FRAUKE SCHEUN

Katzenjamm

Frauke
Scheunemann

Katzenjammer

Roman

GOLDMANN

Verlagsgruppe Random House FSC-DEU-0100
Das FSC®-zertifizierte Papier *München Super* für dieses Buch
liefert Arctic Paper Mochenwangen GmbH.

1. Auflage
Taschenbuchausgabe Juli 2012

Gestaltung von Umschlag und Umschlaginnenseiten:
UNO Werbeagentur München
Umschlagfoto: © John Madere/CORBIS
Redaktion: Iris Kirschenhofer
BH · Herstellung: Str.
Druck und Einband: GGP Media GmbH, Pößneck
Printed in Germany
ISBN: 978-3-442-47792-0

www.goldmann-verlag.de

Katzenjammer, der
[katzənjamər]: die Ernüchterung
nach überschwänglicher Freude

EINS

Mein Leben ist schön. Und es wird täglich schöner. Zufrieden räkle ich mich auf dem kleinen Rasenstückchen unseres Vorgartens und beobachte drei Männer dabei, wie sie schwere Kartons aus unserem Haus heraustragen und in dem großen Lastwagen verstauen, der auf der Straße davor parkt.

Ein tiefes Seufzen neben mir erinnert mich daran, dass nicht alle mit dem heutigen Tag so glücklich sind wie ich. Ich schaue über meine Schulter und sehe meinen Freund, den Kater Herrn Beck, der langsam auf mich zugeschlichen kommt.

»So. Und das soll nun also das vielbeschworene Happy End sein. Na ja.« Becks negative Ausstrahlung macht mich noch wahnsinnig! Warum kann er sich nicht einfach mal mit mir freuen?

»Ja, das ist das Happy End, Punkt!«

»Meiner Erfahrung nach gibt es das bei Menschen gar nicht. Glückliche Enden, meine ich. Die finden immer ein Haar in der Suppe.«

»Okay, von mir aus. Auf alle Fälle ist es MEIN Happy End.« Beck seufzt und schüttelt den Kopf. Das sieht bei einem dicken schwarzen Kater immer sehr fatalistisch aus. »Also dann wird es jetzt ernst, oder?« Er setzt sich neben mich.

»Ja, ich schätze mal noch zehn Kartons, dann sind sie fertig.« Beck nickt und schweigt. Vielsagend, wie mir scheint.

»Nun komm schon! Für uns wird sich gar nichts ändern.

Wir bleiben weiterhin die besten Freunde.« Beck sagt nichts. »Okay, ich verstehe ja, dass es für dich netter wäre, wenn wir weiterhin im gleichen Haus wohnen würden. Aber ich habe mir immer eine richtige Familie gewünscht. Und dazu gehören für mich eben mehrere Menschen. Und Kinder. Ich bin so froh, dass Carolin glücklich mit Marc ist, ich wäre mit ihr auch sonst wohin gezogen. Und jetzt ist es doch nur die andere Seite des Parks.« Beck sagt immer noch nichts. Ich unternehme einen letzten Anlauf. »Außerdem bin ich tagsüber immer noch da. Ihre Werkstatt behält Carolin schließlich hier im Haus. Es geht doch nur um die Wohnung.« Becks Schwanzspitze zuckt.

»Lass gut sein, Kumpel. Ich hatte mich eben doch mehr an dich gewöhnt, als ich es selbst für möglich gehalten hätte. An einen Dackel! Das muss man sich mal vorstellen. Hätte man mir das vor einem Jahr geweissagt, ich hätte es mit Abscheu und Empörung von mir gewiesen. Offensichtlich werde ich altersmilde.«

»Nee, ich würde sagen, du bist einfach schlauer geworden und hast erkannt, dass der Hund nicht nur der beste Freund des Menschen, sondern auch des Katers ist. Ist doch nicht das Schlechteste.« Für diese Bemerkung ernte ich einen weiteren abgrundtiefen Seufzer. Gut, das hat wohl keinen Sinn. Dann soll er eben weiter hier rumhängen und Trübsal blasen. Das ist für mich an diesem aufregenden Tag natürlich keine Alternative, und ich beschließe nachzuschauen, wie weit Carolin schon mit dem ganzen Krimskrams ist, der nicht in Kartons gepackt wurde. Vielleicht kann ich noch irgendwas aus dem Kühlschrank abstauben? Ich bilde mir ein, dass der heute Morgen noch gut gefüllt war. Zumindest roch es ganz vielversprechend, als Carolin ihn öffnete, um eine Tüte Milch herauszunehmen.

Die Wohnung – unsere Wohnung! – sieht ganz seltsam aus: Das Sofa, auf dem Carolin und ich so oft zusammen gekuschelt haben, fehlt, ebenso alle anderen Möbel. Nur das kleine Tischchen mit dem Telefon steht noch im Wohnzimmer, einsam und verlassen. Ansonsten wirkt der Raum nun wie eine Halle. Ich gebe es ungern zu, aber bei diesem Anblick wird mir doch ein bisschen mulmig, und ich hoffe, dass Becks Bemerkung über Menschen und das Fehlen von glücklichen Enden nur sein übliches Geunke war. Carolin und Marc werden sich das schon gründlich überlegt haben.

In diesem Moment packen mich zwei riesige Hände und wuchten mich nach oben. Autsch! Nicht so grob!

»Na, Kleiner? Was stromerst du denn noch hier rum?« Ich blicke direkt in die Augen eines dunkelhaarigen Mannes, den ich noch nie zuvor gesehen habe. Er gehört offensichtlich zu den Menschen, die gerade die Wohnung ausräumen, jedenfalls trägt er die gleichen Arbeitsklamotten wie die anderen und riecht nach Schweiß. Jetzt wiegt er mich ein wenig hin und her, als würde er überlegen, was er mit mir anstellen soll. *Sofort runterlassen!*, möchte ich am liebsten laut rufen, ich bin schließlich kein Möbelstück. In Ermangelung einer menschlichen Stimme muss ich mich aber leider darauf beschränken, den Typen anzuknurren. Der zieht die Augenbrauen hoch.

»Nanu? Wirste etwa frech?«

Bitte? Wer rückt denn hier wem auf die Pelle? Ich knurre noch lauter. Vorsicht! Normalerweise beiße ich nicht, aber wenn es gar nicht anders geht …

»Also gut, du hast es nicht anders gewollt.«

Mit diesen Worten setzt mich Herr Grobian in den Umzugskarton, der noch neben dem Telefontischchen steht. Bevor ich auch nur daran denken kann herauszuhüpfen, schließt er den Deckel. Um mich herum wird es dunkel, und der Geruch von Pappe und Staub steigt in meine Nase. Sofort schwappt eine Woge der Erinnerung über mich hinweg: Schloss Eschersbach, mein Geburtsort, und der alte von Eschersbach, der mich in einen ebensolchen Karton hebt. Mich, den Dackelmischling Carl-Leopold, den er in seiner Zucht nicht duldet. Mein Erstaunen, als ich beim Verlassen des Kartons feststelle, dass ich nicht mehr zu Hause, sondern an einem Ort namens Tierheim bin. Und mein Entsetzen, als sich dieser Ort als wahrer Alptraum herausstellt, aus dem mich Carolin allerdings schon nach einem Tag rettet. Und mich fortan Herkules nennt. Ich beginne zu winseln.

»He, Sie! Haben Sie da etwa gerade meinen Hund in einen Karton gesteckt?«

Durch die Pappe klingt Carolins Stimme ganz dumpf, trotzdem erkenne ich sie natürlich sofort. Der Deckel wird wieder aufgeklappt, Carolins Gesicht erscheint am oberen Rand, mit ihren großen, hellen Augen schaut sie mich mitleidig an.

»Du Armer! Kein Wunder, dass du weinst! Ganz allein in diesem dunklen, engen Karton!«

Sie hebt mich heraus und streichelt mir über den Kopf.

»Alles wieder gut, Herkules. Und Sie merken sich mal eines«, faucht sie den Mann an, »Finger weg von meinem Hund, sonst gibt es gleich richtig Ärger!«

Der guckt sie so blöd an, wie es tatsächlich nur Menschen können. Natürlich – wenn denkende Wesen dem Stumpfsinn anheimfallen, ist es eben viel dramatischer, als wenn beispielsweise ein Goldfisch komplett unterbelichtet ist.

»Is ja gut, is ja gut – ich wollte dem Kleinen doch nichts tun. Nur ein bisschen mit ihm spielen!«

Aha, der wollte nur spielen. Unter Hundebesitzern ja angeblich eine beliebte Ausrede für verzogene Vierbeiner. Dass jetzt schon Zweibeiner darauf zurückgreifen, sagt so einiges über den Zustand aus, in dem sich die Menschheit befindet. Carolin setzt mich wieder auf den Boden, und ich überlege kurz, ob ich an dem Idioten mein Bein heben soll – verwerfe den Gedanken aber als niveaulos. Ein Carl-Leopold von Eschersbach pinkelt nicht aufs Parkett.

Der Mann verzieht sich, und Carolin kniet sich neben mich und streicht sich eine Strähne ihres langen blonden Haares aus dem Gesicht.

»So, Herkules, den sind wir erst mal los. Aber vielleicht gehst du trotzdem wieder in den Garten? Nicht, dass dir gleich der Nächste auf die Pfoten tritt.«

Auf keinen Fall! Meine Mission lautet schließlich Kühlschrank! Ich laufe also Richtung Küche. Dort angekommen, warte ich, bis Carolin mir gefolgt ist, setze mich auf meinen Po und gucke sie so treuherzig an, wie es mir als Dackel nur möglich ist. Zur Unterstreichung meiner Bedürftigkeit fiepe ich noch ein bisschen und hebe eine Vorderpfote. Carolin lacht.

»Aha, daher weht der Wind! Monsieur hat Hunger. Na gut, ein kleiner Snack ist wohl okay.« Sie öffnet die Kühlschranktür und nimmt ein Schälchen heraus. Hm, obwohl die Portion kalt ist, breitet sich ein verführerischer Geruch in der Küche aus. Lecker! Herz!

»Also, die Mikrowelle ist schon verpackt, die Töpfe auch. Frisst du es auch kalt?«

Klaro! Immer her damit! Sie stellt mir das Schälchen vor die Füße, und ich mache mich gleich darüber her.

»Ach, hier steckst du!« Marc steckt seinen Kopf durch die Küchentür. Carolin dreht sich zu ihm herum und strahlt ihn an.

»Herkules hatte ein bisschen Hunger, und den Kühlschrank muss ich sowieso noch ausräumen. Hast du auch Appetit auf irgendetwas?«

Marc stellt sich neben sie.

»Hm, lass mal überlegen. Ja, es gibt tatsächlich etwas, worauf ich richtig Appetit habe.« Blitzschnell packt er Carolin, zieht sie in seine Arme und gibt ihr einen langen Kuss. Mir wird ganz warm und wohlig. Von wegen *»kein Happy End«* – die beiden sind glücklich miteinander, das sieht ein Blinder mit Krückstock. Selbst, wenn er ein Kater ist.

Carolin kichert und strampelt sich los.

»He, so werden wir hier nicht fertig! Also, möchtest du nun noch einen Joghurt oder vielleicht ein Stück Salami?«

Marc schüttelt den Kopf.

»Nein, danke! Ich wollte eigentlich nur schauen, wie weit ihr hier seid. Meinst du, ihr schafft den Rest in einer halben Stunde? Oder brauchen die Jungs noch länger? Denn dann würde ich jetzt schon mal Luisa von der Schule abholen. Sie war heute Morgen ziemlich aufgeregt, ich habe ihr versprochen, dass sie heute nicht in den Hort zu gehen braucht.«

Carolin nickt.

»Ja, das ist eine gute Idee, mach mal. Wenn sie auch nur ansatzweise so aufgeregt ist wie ich, braucht sie bestimmt ein bisschen väterlichen Beistand. Und ich glaube, wir kommen in der nächsten Stunde auch ohne dich aus.«

»Alles klar, dann düse ich mal los.« Er dreht sich, um zu gehen, überlegt es sich dann aber anders und nimmt Carolin wieder in den Arm.

»Glaub mir, ich bin auch verdammt aufgeregt. Aber auch verdammt glücklich.« Dann küsst er sie noch einmal und verschwindet aus der Küche. Carolin schaut ihm eine ganze Weile versonnen hinterher, dann schüttelt sie kurz den Kopf.

»So, Herkules. Genug geträumt! Wenn wir in einer Stunde

fertig sein wollen, gibt es noch einiges zu tun.« Sie öffnet wieder die Kühlschranktür und beginnt, diverse Flaschen und Schalen herauszuräumen. Einige verstaut sie in einem Karton, der neben ihr auf dem Boden steht, andere wirft sie in den großen Müllsack neben der Küchentür.

Gut, etwas zu fressen scheint es also nicht mehr zu geben, dann kann ich eigentlich auch wieder in den Garten. Menschen beim Aufräumen zuzusehen ist nicht wirklich interessant.

Unten angekommen, halte ich kurz Ausschau nach Herrn Beck, sehe ihn aber nirgends. Dafür komme ich an Marc vorbei, der offenbar noch nicht losgefahren ist, sondern zwei Möbelpackern irgendwelche Anweisungen gibt. Als er mich sieht, beugt er sich zu mir herunter.

»Sag mal, Herkules, hast du vielleicht Lust mitzukommen, wenn ich Luisa abhole? Ich glaube, sie würde sich freuen, dich zu sehen.«

Ich wedele mit dem Schwanz – natürlich habe ich dazu Lust! Luisa ist ein wirklich nettes Mädchen, und seitdem Carolin und ich so viel Zeit bei Marc verbringen, habe ich seine Tochter schon richtig ins Herz geschlossen. Schließlich hat sie auch noch Lust, mit mir spazieren zu gehen, wenn alle anderen Menschen längst streiken.

»Gut, Kumpel, dann mal ab ins Auto, die Schule ist gleich aus.«

Kurze Zeit später hält Marc vor einem großen Gebäude, das wie ein riesiger Schuhkarton mit Fenstern aussieht. Nein, eigentlich eher wie vier riesige Schuhkartons, von denen man zwei aufeinandergestapelt und die beiden anderen links und rechts davon platziert hat. Marc steigt aus und öffnet mir die Tür, ich hüpfe direkt auf den Bürgersteig. Wir laufen los und kommen auf eine große Wiese, die direkt vor dem Schuhkarton-Haus liegt. Ein paar Kinder spielen hier mit einem Ball, die Sonne scheint, eine Mutter sitzt mit ihrem Baby auf dem Arm auf einer Bank. Ein friedliches Bild. Das Leben mit Kindern muss einfach schön sein.

Keine drei Sekunden später ist es mit der Ruhe vorbei. Erst ertönt eine Klingel, und dann bricht ein wahrer Höllenlärm los: Durch die gläserne Eingangstür des Hauses kann ich sehen, wie Kinder geradezu rudelweise auf den Flur stürzen und sich ihren Weg Richtung Ausgang bahnen. Die Glastür schwingt auf, die Kinder schubsen und drängeln nach draußen, sie lachen und singen – und das alles in einer ohrenbetäubenden Lautstärke.

Das ist nun wirklich überhaupt nicht mein Fall, Dackelohren sind schließlich sehr empfindlich. Aber gerade, als ich überlege, schon mal allein zum Auto zurückzulaufen, kommt Luisa aus dem Gebäude. Sie sieht uns sofort und kommt herübergelaufen.

»Papa! Herkules!« Marc bekommt einen schnellen Kuss, dann beugt sich Luisa sofort zu mir herunter und krault mich unter der Schnauze.

»Herkules, mein Süßer! Das ist aber lieb, dass du mich abholst. Seid ihr denn schon fertig mit Packen?« Sie stellt sich wieder auf.

»Ich glaube, ein bisschen braucht Caro noch«, antwortet Marc, »aber heute Nachmittag sollte alles über die Bühne sein.« Luisa nickt, und ihre dunklen, lockigen Zöpfe wippen lustig hin und her.

»Dann können wir doch schnell nach Hause fahren. Ich habe eine Überraschung für Carolin gebastelt.«

Eine Überraschung? Das klingt gut. Aber warum eigentlich nur für Carolin? Schließlich zieht nicht nur sie bei Marc und Luisa ein – ich bin auch mit von der Partie.

»Was ist es denn für eine Überraschung?«, will Marc wissen.

»Das wird nicht verraten, Papa. Fahr uns einfach nach Hause, dann wirst du es gleich sehen.«

Marc lächelt.

»Na gut. Stets zu Diensten, meine Prinzessin.«

»Herr Dr. Wagner, da sind Sie ja endlich!« Die junge Frau, die Marc immer in seiner Tierarztpraxis hilft, stürzt sich gleich auf ihn, kaum dass wir das Haus betreten haben. »Frau Deithard hat schon dreimal angerufen, weil sie sich solche Sorgen um Caramel macht. Können Sie sie kurz zurückrufen?«

Marc rollt genervt mit den Augen.

»Ich habe doch gesagt, dass die Praxis heute geschlossen ist und Sie mir nur die absoluten Notfälle auf den Hals hetzen dürfen und sich ansonsten mal um die Buchhaltung kümmern sollen, Frau Warnke. Und wir wissen doch wohl beide, dass Caramel kein absoluter Notfall ist.«

Frau Warnke guckt schuldbewusst, aber nur circa drei Sekunden lang. Dann lächelt sie.

»Na ja. Aber wir wissen auch beide, dass immerhin Frau Deithard selbst ein absoluter Notfall ist. Ohne Sie, lieber Herr Doktor, ist diese Frau wirklich kreuzunglücklich. Also seien Sie nett und rufen Sie sie an.«

Böse Stimmen behaupten, dass einige Frauchen nur mit ihren Tieren in die Praxis kommen, weil Marc so gut aussieht. Und ganz offensichtlich ist auch diese Frau Deithard Marcs vollen, dunklen Haaren und blauen Augen verfallen. Aber nix da! Der gehört zu uns!

Luisa mischt sich ein.

»Nee, zuerst gehen wir nach oben in die Wohnung. Ich muss noch meine Überraschung auspacken, bevor Carolin kommt.«

»Sie hören es, Frau Warnke. Ich werde an anderer Stelle viel dringender benötigt. Denn falls hier nicht alles fertig ist, wenn der Möbelwagen meiner Freundin ankommt, dann habe ich gleich mit zwei Frauen Stress.«

Frau Warnke grinst.

»Aye, aye, Chef. Aber ich erinnere Sie später nochmal an Frau Deithard. Die bringt es nämlich sonst fertig und steht höchstpersönlich vor der Tür – geschlossene Praxis oder nicht. Und das wäre Ihnen dann bestimmt auch nicht recht.«

Marc seufzt.

»Okay, ich rufe sie nachher an. Versprochen. Und jetzt zeig mir mal, was es mit deiner Überraschung auf sich hat, Luisa.«

Im ersten Stock angekommen, stellt Luisa ihre Tasche in den Flur und nestelt am Verschluss. Neugierig komme ich etwas näher. Lustig, so eine große bunte Tasche mit Schlaufen. Ich schnüffele daran. Sie riecht ein bisschen nach Butterbrot und Apfelsaft – und ganz viel nach Luisa.

»Das ist mein Schulranzen, Herkules.«

Sie öffnet eine Klappe und holt etwas heraus, das wie eine Rolle Papier aussieht. Also ziemlich unspektakulär. Und das soll nun die große Überraschung sein? Ich bin enttäuscht. Ich hatte etwas erwartet, das mindestens auf der Stufe von Fleischwurst oder Kauknochen rangiert, was auch immer das für einen Menschen sein könnte. Sie gibt Marc das Papier, er rollt es auf. Es ist ziemlich lang, und Marc schaut es sich gründlich an. Leider kann ich von unten nicht sehen, was er sieht – aber es muss dann doch etwas Tolles sein. Jedenfalls fängt er auf einmal an zu lächeln, legt das Papier zur Seite und nimmt Luisa in den Arm.

»Vielen Dank, mein Schatz. Das bedeutet mir ganz viel. Und Carolin mit Sicherheit auch. Es ist auch wirklich sehr schön geworden.« Luisa nickt.

»Nicht wahr? Ich habe mir auch echt viel Mühe gegeben und die ganzen zwei Stunden Kunstunterricht dafür gebraucht. Eigentlich sollten wir einen Leuchtturm malen, aber als ich Frau Spengler erklärt habe, was ich machen will und wofür ich es brauche, war sie gleich einverstanden.«

Na toll. An mich denkt natürlich wieder keiner. Hallo, ihr beiden Menschen! Ich will endlich wissen, worüber ihr redet! Zeigt mir doch auch mal die Rolle! Vielleicht muss ich mir ein bisschen mehr Aufmerksamkeit verschaffen. Ich fange also an zu fiepen und springe an Marc hoch.

»Musst du mal raus, Herkules?«

Ignorant. Und du willst Tierarzt sein? Dann solltest du doch ein Mindestmaß an Einfühlungsvermögen für Vierbeiner besitzen. Aber wenigstens Luisa scheint zu haben, was ihrem Vater fehlt. Sie schnappt sich die Rolle und hält sie mir vor die Nase.

»Hier, guck mal, Herkules. Schön, oder?«

Das ganze Papier ist bunt bemalt und beklebt, außerdem glitzert es. Schaut hübsch aus, auch wenn ich als Dackel wirklich nicht der Farbenspezialist bin. Aber was genau soll das sein?

»Guck mal: hier steht *Herzlich Willkommen, Carolin! Schön, dass du da bist!* Und daneben habe ich uns alle gemalt, auch dich, Herkules.«

Stimmt. Ich erkenne eindeutig drei Figuren, die wohl ein Mann, eine Frau und ein Kind sein sollen – und daneben einen kleinen Hund mit langen Ohren. Über die Proportionen müssten wir uns nochmal unterhalten, aber natürlich fühle ich mich geschmeichelt, dass mich Luisa hier verewigt hat. Der Sinn der Rolle ist mir allerdings immer noch nicht ganz klar. Und warum sich Marc darüber so freut, auch nicht.

»So«, verkündet dieser, »dann wollen wir das Begrüßungsplakat mal an geeigneter Stelle aufhängen. Wo hättest du es denn gerne?«

Luisa überlegt kurz.

»Vielleicht gleich unten? Wenn man von der Praxis ins Treppenhaus kommt? Dann sieht es Carolin sofort, wenn sie reinkommt. Das wäre doch schön.«

Aha. Eine Begrüßung. Das ist natürlich nett. Wenn auch ein bisschen albern, schließlich sind Carolin und ich mittlerweile doch fast jeden Tag hier. Warum nun gerade jetzt dieses Plakat aufgehängt werden muss, verstehe ich nicht ganz.

»Gut. Ich glaube, ich habe noch irgendwo Teppichklebeband, damit müsste es gut halten.«

Gesagt, getan. Kurz darauf stehen wir zusammen mit Frau Warnke vor dem Aufgang zur Wohnung und bewundern Luisas Werk. Und keine Sekunde zu früh, denn in diesem Moment ertönt eine Hupe, die offensichtlich zu Carolins Möbelwagen gehört. Jedenfalls verschwinden Marc und Luisa sofort nach draußen, ich schließe mich den beiden an.

Tatsächlich. Der gelbe Lastwagen hält vor der Tür, und neben dem Fahrer, der sich als der Blödmann von heute Mittag herausstellt, springt auch Carolin heraus.

»So! Endlich fertig!«

»Dann mal *Welcome Home*, meine Liebe. Ich würde dich jetzt gerne über die Schwelle tragen, aber ich fürchte, ich habe mich heute Morgen an deinem Klavier verhoben.«

Carolin tätschelt Marcs Wange.

»Du Armer, man wird eben nicht jünger. Aber ich weiß den Gedanken zu schätzen.«

Jetzt zupft Luisa sie ungeduldig am Ärmel.

»Komm mal mit rein!«

Carolin lächelt und nickt, dann gehen die drei ins Haus. Bevor ich noch hinterherlaufen kann, höre ich schon Carolins Stimme.

»Oh, Luisa, wie schön! Das ist ja ein toller Empfang, vielen Dank!«

Ich biege um die Ecke und sehe, wie Marc Luisa und Carolin umarmt. Was er sagt, kann ich nicht hören, aber ich bin mir sicher, dass es irgendetwas ist, was Herrn Beck überhaupt nicht gefallen würde. Etwas Nettes eben. Hat einfach keine Ahnung, der blöde Kater. Natürlich ist das hier ein Happy End. Wir sind endlich eine richtige Familie. Ein Mann, eine Frau und ein Kind. Und ich. Ein kleiner Dackel.

ZWEI

Wirklich, Marc. Entweder du trennst dich endlich mal von ein paar dieser Uralt-Klamotten, oder wir brauchen einen neuen Kleiderschrank. Du hast selbst gesagt, du wolltest mal ausmisten.«

Carolin und Marc stehen vor dem großen Schrank im Schlafzimmer der neuen Wohnung. Vor Carolin liegt ein großer blauer Plastiksack, in den sie gerade ein paar von Marcs Sachen aus dem Schrank gelegt hat. Oder besser gesagt: legen wollte. Denn schon das erste Teil hat Marc umgehend wieder aus dem Sack gefischt.

»Dieses Hemd ist noch so gut wie neu. Guck mal, da ist sogar noch das Preisschild dran.«

»Marc, es sieht aus wie ein Küchenhandtuch. Blau-grün karierter Flanell, gekauft bei Tchibo. Das ist jetzt nicht dein Ernst.«

Das Teil wandert wieder in den Müllsack. Carolin greift erneut in den Schrank und holt etwas hervor, was mich von der Form entfernt an einen der Kittel erinnert, die Marc bei der Arbeit trägt. Es hat allerdings eine Art Blümchenmuster. Sehr ungewöhnlich.

»So. Was spricht für dieses Teil?«

Marc schnappt empört nach Luft.

»Hallo? Das ist ein echtes Designerstück. Habe ich mal von einem Kurztrip nach London mitgebracht.«

»Und? Schon mal getragen?«

»Äh, na ja …«

Der Blümchenkittel wandert in den Sack. Der nächste Kandidat ist eine Hose. Marc sieht sie und richtet sich spontan zu voller Größe auf.

»Also echt jetzt! Das ist meine absolute Lieblingshose! Und die sieht doch noch super aus!«

»Marc, wenn es deine *absolute Lieblingshose* ist, wieso habe ich sie dann noch nie an dir gesehen? Wir kennen uns jetzt ein Jahr, ich würde sagen, du hattest sie noch nie an. Und offen gestanden glaube ich, sie passt dir auch gar nicht mehr.«

»Entschuldige mal! Natürlich passt die mir noch!«

»Ja? Das will ich sehen.«

Carolin hält ihm die Hose unter die Nase. Marc seufzt und zieht seine aktuelle Hose aus. Er schlüpft in die andere, zieht sie hoch und lächelt triumphierend.

»Da siehst du's. Passt!«

Carolin verzieht keine Miene.

»Zumachen.«

»Bitte?«

»Du musst sie zumachen. Sonst zählt es nicht.«

Marc schüttelt unwillig den Kopf und macht sich daran, die vielen Knöpfe zu schließen. Gar nicht so einfach. Jedenfalls schnappt er auf einmal nach Luft und zieht den Bauch ein, dann erst ist die Hose endgültig zu. Ich bin wahrlich kein Experte für Hosen, aber es sieht relativ unbequem aus, so, als sei Marc in seiner eigenen Hose eingeklemmt. Jetzt lächelt Carolin.

»Also, wenn du damit leben kannst, den ganzen Tag keine Luft zu holen, dann sitzt die Hose in der Tat noch wie angegossen.«

Marc rollt mit den Augen, zieht die Hose wieder aus und

schleudert sie zur Seite. Dabei wirft er sie mir direkt auf die Nase, ich jaule überrascht auf und springe zurück.

»Ups, tschuldige, Herkules. Ich habe dich gar nicht gesehen. Aber du kommst gerade recht. Du kannst hier etwas lernen, was auch für dich als Haustier interessant sein dürfte: die Domestizierung des Mannes. Will sagen: vom Mann zum Milchbrötchen.«

Hä? Milchbrötchen? Wovon spricht Marc? Und was hat das mit Haustieren zu tun. Carolin holt Luft.

»Also echt, Marc. Was soll denn das? Wir waren uns einig, dass Nina meinen Kleiderschrank behalten sollte, weil in deinem angeblich genug Platz für uns beide sei und mein Schrank auch gar nicht in dieses Zimmer passt. Und wenn du schon dieses olle Teil, das dir noch dazu viel zu eng ist, behalten willst, dann sehe ich für den Rest wirklich schwarz.«

»Ist ja gut, ist ja gut. Reg dich nicht auf. Es ist eben nur so, dass ich mit dieser Hose viele Erinnerungen verbinde. Ich habe sie mir gleich im ersten Semester in München gekauft, und sie war damals schweineteuer und supersexy. Auf Partys kam ich damit sensationell an.«

»Tja, das war dann doch wohl eindeutig noch zu D-Mark-Zeiten. Ich finde, du solltest kleidungstechnisch langsam mal in der Eurozone ankommen. Aber ich habe auch gar keine Lust, mich hier mit dir über deine alten Hosen zu streiten. Ich schlage vor, ich gehe eine Runde mit Herkules einkaufen, und du sortierst deinen Schrank selbst neu. Und wenn es dann eben doch keinen Platz für meine Sachen gibt, dann fahre ich nachher zu Ikea und kaufe einen neuen Schrank für mich. Ich habe jedenfalls keine Lust, noch die ganze Woche aus dem Koffer zu leben.«

Spricht's, dreht sich um und geht aus dem Zimmer. Hoppla, das klang schärfer, als Carolin sonst mit Marc spricht. Offensichtlich scheint diese Kleiderschranknummer irgendwie wichtig zu sein. Ich folge Carolin, die sich ihre Jacke schnappt und Richtung Treppenhaus steuert. Marc guckt noch einmal aus dem Schlafzimmer.

»He, bist du jetzt sauer?«

Carolin bleibt stehen.

»Nein. Na ja. Vielleicht ein bisschen.«

Marc kommt uns hinterher, nimmt sie kurz in den Arm und küsst sie.

»Ich gelobe hiermit feierlich: Wenn ihr vom Einkaufen zurückkommt, hast du mindestens die Hälfte des Kleiderschranks für dich. Und wenn ich dafür alle Hosen, die ich vor 1975 gekauft habe, rituell verbrennen muss. Ehrenwort.«

Carolin kichert und erwidert seinen Kuss.

»Ich bin gespannt.«

Nach dem Einkaufen treffen wir einen alten Bekannten: Willi. Er steht direkt am Eingang vom Supermarkt und baut gerade einen Stapel mit Zeitungen neben sich auf. Willi ist ein älterer Herr, der auf einer Bank in unserem Park wohnt und mich einmal aus einem Kaninchenbau gerettet hat. In letzter Zeit habe ich ihn allerdings kaum noch gesehen, umso mehr freue ich mich, ihn hier zu treffen.

»Grüße Sie, Willi!« Auch Carolin scheint sich zu freuen.

»Hallo, Frau Neumann!«

»Wie geht es Ihnen denn?«

»Prächtig! Ich habe endlich wieder eine Wohnung – und auch einen Job! Sehen Sie mal«, er hält Caro eine Zeitung unter die Nase, »ich bin jetzt Zeitungsverkäufer. Ist ein Projekt extra für Obdachlose, von jedem verkauften Exemplar bekomme ich auch Geld.«

»Klasse, da kaufe ich Ihnen gleich mal eine ab.«

»Danke.« Dann beugt er sich zu mir hinunter. »Und du, Kleiner? Hast du mich schon vermisst?«

Ich wedele mit dem Schwanz. Na klar!

»Weißt du, dem Willi geht's jetzt wieder richtig gut. Deswegen bin ich so selten in eurer Ecke. Aber ich komm dich mal besuchen.«

Ich schlecke ihm die Hände ab, er lacht, und Caro verabschiedet sich. Sie will unserer alten Wohnung noch einen Besuch abstatten. Oder besser gesagt: Nina, die in Carolins Wohnung gezogen ist. Nina ist ihre beste Freundin und ganz anders als Carolin: Groß und dunkelhaarig – und während Carolin für mich die Sanftmut in Person darstellt, ist Nina meist sehr bestimmt und energisch.

Sie öffnet die Tür, sieht uns und strahlt.

»Mensch, das ist ja eine nette Überraschung! Komm rein, ich bin mal gespannt, wie es dir gefällt.«

Sie winkt uns ins Wohnzimmer, das nun mit Ninas Sofa und einem einzigen Bücherregal sehr mager bestückt und so kaum wiederzuerkennen ist. Nina und Carolin setzen sich, und ich lege mich auf mein ehemaliges Lieblingsfleckchen vors Sofa. Schon komisch, der Raum ist natürlich derselbe geblieben, aber er riecht schon ganz anders. Eben deutlich nach Nina, auch wenn ich noch eine leichte Note Carolin erschnuppere.

»Willst du vielleicht etwas trinken?«

Carolin schüttelt den Kopf.

»Nee, danke. Ich war einfach nur neugierig, wie meine Wohnung aussieht, wenn sie deine ist.«

»Tja, so richtig viel kann man noch nicht erkennen. Ich hatte zwar längst nicht so viele Kartons wie du, trotzdem habe ich sie noch nicht alle ausgepackt. Wahrscheinlich brauche ich auch noch jede Menge neuer Möbel, meine alte

Wohnung war deutlich kleiner als deine. Gut, dass ich deinen Kleiderschrank behalten konnte.«

Carolin lacht.

»Du wirst es nicht glauben. Über das Thema Kleiderschrank hatten wir eben unsere erste kleine Kabbelei.«

»Wirklich? Ich hoffe doch, nicht meinetwegen?«

»Nein, nein. Marc ist nur der Ansicht, dass er sämtliche Klamotten horten muss, die er seit seinem Eintritt in den Stimmbruch angeschafft hat. Also, da sind Sachen dabei – unglaublich. Aber wir haben im Schlafzimmer keinen Platz für einen weiteren Schrank, und deswegen muss er jetzt mal ausmisten, sonst passen meine Sachen da definitiv nicht rein.«

»Aha. Also zeigt Marc eindeutiges Revierverhalten.«

»Ist das die Diagnose der Psychologin?«

»Gewissermaßen.«

Revierverhalten. Das klingt für mich endlich mal nachvollziehbar, und jetzt verstehe ich auch, warum die Stimmung im Schlafzimmer eben so angespannt war. Sein Revier muss man natürlich verteidigen, das leuchtet jedem Hund sofort ein. Nicht umsonst habe ich vor noch nicht allzu langer Zeit als Welpe eifrig das Beinchenheben geübt. Das ist nämlich gar nicht so einfach, wie es aussieht. Aber sehr, sehr wichtig. Eine eindrucksvolle Duftmarke zu setzen ist eben die effektivste Methode, das eigene Revier zu kennzeichnen. So weit, so gut. Eine Sache gibt mir dennoch zu denken: Warum verteidigt Marc das gemeinsame Schlafzimmer gegen Carolin? Also gewissermaßen gegen sein eigenes Weibchen? Das macht aus Hundesicht nun überhaupt keinen Sinn. Es gilt zwar, das Revier von lästiger Konkurrenz freizuhalten, die Mitglieder des eigenen Rudels sind aber willkommen. Insbesondere die Weibchen. Im Grunde genommen veranstaltet der Rüde den ganzen Zirkus doch nur für die Hündin. Ob bei Menschen auch Paare miteinander konkurrieren können? Und falls ja, um was? Es ist und bleibt rätselhaft mit diesen Zweibeinern.

Während ich noch darüber sinniere, ob Marc Carolin demnächst auch den Zugang zum Kühlschrank erschweren könnte – denn schließlich geht es da ums Futter! –, gibt Nina ein paar praktische Tipps, um das Kleiderschrank-Problem aus der Welt zu räumen.

»Vielleicht schmeißt du seine Sachen einfach heimlich weg oder spendest sie der Kleiderkammer, wenn er in der Praxis ist?«

Für meinen Geschmack ein etwas simpler Plan. Dass Marc das nicht merkt, halte ich für geradezu ausgeschlossen. Auch Carolin scheint nicht überzeugt.

»Also, das klingt doch etwas rabiat. Ich setze lieber erst einmal auf Freiwilligkeit. Marc hat versprochen, radikal aufzuräumen, bis ich wieder zu Hause bin.«

»Dann lass dir lieber ein bisschen Zeit. Musst du heute nochmal in die Werkstatt?«

»Wo ich gerade hier bin, schau ich mal kurz nach der Post. Ansonsten hatte ich mir die Tage für den Umzug eigentlich freigehalten.«

Wenn Carolin in die Werkstatt möchte, kann ich bestimmt noch ein Weilchen im Garten verbringen. Nicht, dass sich da nun fremde Hunde aus dem Park breitmachen, Stichwort Revierverteidigung. Direkt an den Garten hinterm Haus grenzt nämlich ein Park, und manchmal verirrt sich der ein oder andere Artgenosse auf die falsche Seite des Tors, das unseren Garten vom Park trennt. Da kann ich gleich mal nach dem Rechten sehen und Besuchern nötigenfalls freundlich, aber bestimmt, klarmachen, wer hier Herr im Haus beziehungsweise Hund im Garten ist. Außerdem schwirrt Herr Beck bei dem schönen Wetter bestimmt auch irgendwo durch die Gegend, und mich würde interessieren, wie er die letzten beiden Tage so verbracht hat. Mit Sicherheit ist ihm ohne mich entsetzlich langweilig.

Von der Werkstatt aus führt eine Terrassentür direkt in den Garten, es sind nur drei Stufen nach oben, schon sitzt man im Gras. Das ist natürlich enorm praktisch, denn manchmal arbeitet Carolin stundenlang an einer Geige und hat keine Zeit, mit mir spazieren zu gehen. Meist ist mir das ganz recht, denn ohne Frauchen durch den Park zu stromern ist eindeutig spannender, als an der Leine hinter ihr herzulaufen. Ich erschnüffele Kaninchen, jage Eichhörnchen oder Amseln – kurz: Ich bin ganz ich. Eigentlich ist das total verboten, und wenn Carolin mich dabei erwischt, schimpft sie. Aber als Dackel bin ich nun einmal ein Jagdhund – geboren für das große Abenteuer, nicht für das Leben auf der Etage.

Im Garten riecht es wie immer im Sommer: nach Gras, den großen Blumen im Beet und eben nach mir. Der Duft von Herrn Beck schwebt über dem Rasen, allerdings nur so schwach, dass er wohl schon länger nicht mehr hier war. Komisch, normalerweise ist Herr Beck im Sommer fast immer hier unterwegs. Ich muss spontan daran denken, wie wir uns kennengelernt haben. Dieses denkwürdige Ereignis fand nämlich genau vor dem großen Baum direkt am Haus statt. Kaum zu glauben, dass der Kater und ich uns bei unserem ersten Treffen fast geprügelt hätten. Er hatte mich beim Pinkeln beobachtet und sich über mein noch relativ wackeliges Beinchenheben lustig gemacht. Was natürlich eine Frechheit war. Dass ich ihm dann *versehentlich* in den Schwanz biss, war natürlich auch nicht so nett. Schon erstaunlich, dass wir trotzdem noch die besten Freunde geworden sind. Aber wo steckt der fette Kater jetzt?

Ich suche hinter dem großen Blumenbeet, auf der Wiese vor dem Zaun zum Park, beim Komposthaufen, laufe in den Vorgarten – selbst die Nische mit den Mülltonnen lasse ich nicht aus. Aber nirgends eine Spur von Herrn Beck, ich kann überhaupt keine Witterung aufnehmen. Betrübt schleiche ich zurück und trolle mich mit hängenden Öhrchen in die Werkstatt. Schade, ich hätte Beck so gerne von meinem neuen Zuhause berichtet.

»Nanu, Herkules, was ist los? Keine Lust mehr auf Garten?«

Carolin hebt mich hoch und setzt mich auf den Tisch, vor dem sie gerade steht.

»Oder bekommst du Heimweh nach deinem alten Zuhause? Du guckst irgendwie so traurig. Aber mach dir nichts draus, ich fand es eben auch ein bisschen seltsam, in *meiner* Wohnung auf *Ninas* Couch zu sitzen. Ich denke, wir werden uns schon dran gewöhnen, oder?«

Ich lege mich hin und lasse den Kopf auf meine Vorderläufe sinken. Tja, werden wir uns daran gewöhnen? Vermutlich schon, auch wenn es sich gerade anders anfühlt. Schließlich haben wir uns wirklich nicht verschlechtert. Marcs Wohnung ist viel größer als die von Carolin, es gibt ebenfalls einen tollen Garten und, auch nicht ganz unwichtig: Da im Erdgeschoss gleichzeitig Marcs Tierarztpraxis ist, fühle ich mich seinen Patienten gegenüber wie der Chefdackel. Es ist ja nun auch mein Haus, und all die anderen Hunde, Katzen, Meerschweinchen und was sonst noch so zu Marc gekarrt wird, sind eindeutig nur von mir geduldete Gäste. Ein sehr erhabenes Gefühl.

Auch die ganze Hin- und Her-Schlepperei unseres halben Hausstands entfällt zukünftig. In den letzten Wochen und Monaten haben Carolin und ich zwar schon fast jede

Nacht bei Marc und Luisa geschlafen, aber meist hatten wir irgendwas in unserer eigentlichen Wohnung vergessen: Mal Carolins Haarspange, ein bestimmtes Buch oder – noch viel schlimmer – meinen neuen Kauknochen. Das kann nun nicht mehr passieren. Und es wohnt auch kein Fremder in unserer alten Wohnung, sondern Nina. Wir können also jederzeit zu Besuch kommen.

»Weißt du, ich bin hier gleich fertig, und dann machen wir etwas Schönes zusammen. Wir könnten zum Beispiel eine Runde durch den Park drehen. Wie findest du das?«

Natürlich großartig! Meine schlechte Laune ist sofort wie weggeblasen, ich springe auf und wedele mit dem Schwanz.

»Siehst du, wusste ich es doch. Also, abgemacht: Wir gehen spazieren, sobald ich alles auf meinem Tisch wegsortiert habe. Die Einkäufe lassen wir einfach hier, die können wir auch noch später nach Hause bringen.«

Sie kichert.

»Dann hat Marc auch wenigstens genug Zeit für das Projekt Kleiderschrank.«

Als wir am frühen Abend wieder nach Hause kommen, duftet es schon im Flur verführerisch nach Essen. Hm! Verheißungsvoll! Hoffentlich hat der Koch auch an mich gedacht. Es klappert hinter der Küchentür, und einen kurzen Moment später erscheint Luisa mit einem Stapel Teller in den Händen.

»Hallo ihr beiden! Papa hat euch schon vermisst. Wir haben nämlich für euch gekocht.«

Carolin lächelt und stellt die Einkaufstüten ab.

»Wie nett! Es riecht auch schon sehr lecker. Was gibt es denn?«

»Rahmgeschnetzeltes mit Reis. Ein Rezept von Oma. Das schmeckt immer.«

Das glaube ich nur zu gerne. Ob ich etwas davon abbekomme? Marc ist da leider immer ein wenig streng und behauptet, menschliches Essen sei für Dackel gänzlich ungeeignet.

»Wir haben sogar eine kleine Portion für Herkules zubereitet. Ohne Gewürze oder so. Zur Feier des Tages wollte Papa ihm auch etwas gönnen.«

Juchhu! Eine echte Spitzenidee vom Herrn Doktor! Der biegt in diesem Moment selbst um die Ecke.

»Hallo, Süße! Ihr wart ja ganz schön lange weg. Hattest du Angst, ich hätte sonst nicht genug Zeit zum Entrümpeln?« Er grinst.

»Nee, aber ich war noch in der Werkstatt und habe bei Nina vorbeigeschaut.«

»Aha. Schon Sehnsucht nach der alten Wohnung?«

»Tja, ein bisschen komisch war es schon. Ich hatte auch den Eindruck, dass Herkules etwas wehmütig war. Falls Tiere so etwas sein können.«

Marc nickt.

»Klar können sie das. Gerade Hunde binden sich meist sehr an den Ort, an dem sie leben. Es gibt immer wieder Berichte von Tieren, die erstaunliche Distanzen überwinden, um in ihre alte Heimat zurückzukehren. Aber nachdem Hunger ja bekanntlich schlimmer ist als Heimweh, haben Luisa und ich jetzt das perfekte Mittel gegen beides parat. Ich bin gespannt, wie es euch schmeckt.«

Im Esszimmer füllt Marc die Teller auf, Luisa stellt mir ein Schälchen mit besagtem Geschnetzelten neben den Tisch. Ich probiere und bin begeistert! Das Fleisch ist ganz zart und saftig, der Bratensaft ist längst nicht so salzig wie das, was Carolin immer in der Pfanne zaubert. Wenn Marc von nun an jeden Abend für mich kocht, ist die Sehnsucht nach unserer alten Heimat bestimmt schnell Geschichte. Oder ich lade Herrn Beck mal zum Essen ein? Vielleicht zieht er dann auch noch bei uns ein.

Auch Carolin scheint es zu schmecken.

»Hm, köstlich. Deine Mutter scheint ja eine gute Köchin zu sein.«

»Meine Mutter? Wie kommst du denn da drauf?«

»Luisa sagte, es sei ein Rezept deiner Mutter.«

Luisa lacht.

»Nee, nicht von Oma Hilde. Das ist ein Rezept von Oma Burgel.«

»Oma Burgel?«

Carolin schaut Marc fragend an.

»Äh, das ist ein Rezept von Burgel, Sabines Mutter. Also quasi meine Ex-Schwiegermutter. Und die kann in der Tat ausgezeichnet kochen. Sie hat mir das Rahmgeschnetzelte mal gezeigt, weil ich es so gerne bei ihr gegessen habe.«

»So, hast du das.«

Carolin wirft Marc einen Blick zu, den ich von hier unten nicht richtig deuten kann. Irgendetwas in Carolins Stimme aber sagt mir, dass er nicht allzu freundlich ausgefallen ist. Komisch, was spricht denn auf einmal gegen die Weitergabe von Kochrezepten? Scheint mir doch eine sehr sinnvolle Aktion zu sein.

Den Rest des Essens schweigen Marc und Carolin größtenteils, stattdessen erzählt Luisa von der Schule und von etwas namens Pyjamaparty, das sie dringend veranstalten möchte. Was das wohl sein mag?

»Ach bitte, Papa! Das ist sooo cool! Und wenn ich nicht bald mal selbst etwas mache, dann laden mich die anderen

Mädels nicht mehr ein. Bei Lenas Geburtstag war ich auch nicht dabei, das war voll doof! Die waren nämlich beim Ponyreiten, und ich hätte so gerne mitgemacht.«

Marc seufzt.

»Na gut. Wenn es unbedingt sein muss. Aber gib uns wenigstens noch zwei Wochen Zeit, um den Umzug zu bewältigen. Dann kann deine Party von mir aus steigen, oder, Carolin?«

Die nickt.

»Super, Papa! Vielen Dank! Dann werde ich gleich mal Einladungskarten basteln!«

»Gut, aber hilf uns zuerst, den Tisch abzuräumen.«

»Lass sie ruhig schon basteln, Marc. Schließlich habt ihr zusammen gekocht. Jetzt kann ich mich mal ums Aufräumen kümmern.«

Luisa ruft kurz: »Danke!«, und springt geradezu aus dem Zimmer. Carolin fängt an, die Teller zusammenzuräumen. Marc steht auf und stellt sich neben sie.

»Lass mal, die Küche können wir nachher auch noch saubermachen. Erst will ich dir etwas anderes zeigen. Könnte auch deine Laune verbessern.«

»Meine Laune ist gar nicht schlecht!«

Marc lächelt.

»Natürlich nicht.«

Dann geht er aus dem Zimmer, Carolin folgt ihm. Ich auch, denn ich bin schließlich neugierig, was Marc vorhat. Er geht Richtung Schlafzimmer.

Dort angekommen, schaltet er mit einem lauten »Tataa!« das Licht an.

Ich sehe den Kleiderschrank. Seine Türen sind geöffnet – und anders als heute Morgen ist die linke Seite tatsächlich komplett leer. Jedenfalls fast. Das Einzige, was sich noch darin befindet, ist eine ziemliche Menge Blumen. Dem Duft nach eindeutig Rosen. Pflanzen im Kleiderschrank? Was hat das nun wieder zu bedeuten? So passen da Carolins Sachen doch erst recht nicht rein. Also eine besonders perfide Art der Revierverteidigung?

Carolin scheint das aber nicht zu stören, denn sie fällt Marc um den Hals und küsst ihn.

»Danke, Marc!«

Er streicht ihr übers Haar und guckt sie ganz ernst an.

»Ich liebe dich. Schön, dass du da bist.«

He! Und was wird jetzt mit dem Blumenbeet? Über die naheliegenden Dinge denken Menschen einfach nicht nach. Typisch.

DREI

Immer noch keine Spur von Herrn Beck. Eine Stunde habe ich nach ihm gesucht und nichts entdeckt. Keine frische Fährte, keine Duftnote, nichts, rein gar nichts. Er ist wie vom Erdboden verschluckt. Langsam fange ich an, mir Sorgen zu machen.

Dabei hat der Tag eigentlich gut begonnen: Nach einem sehr friedlichen gemeinsamen Familienfrühstück ist Marc in seine Praxis gegangen, Luisa Richtung Schule gestartet, und Carolin und ich haben uns auf den Weg in die Werkstatt gemacht. Sie auf dem Fahrrad, ich immer nebenher. Bei strahlendem Sonnenschein durch den Park – besser geht's nicht.

Aber jetzt sitze ich hier vor Carolins Werkbank und zermartere mir das Hirn darüber, wo ich noch nach Herrn Beck suchen könnte. Selbst vor seiner Wohnungstür im zweiten Stock bin ich schon auf und ab geschlichen, immer in der Hoffnung, etwas zu erschnüffeln oder zu erspähen. Ob es vielleicht wirklich so etwas wie Tierfänger gibt? Böse Menschen, die harmlose Haustiere einfangen und wegsperren? Mein geliebter Opili, der schlauste und älteste Dackel auf Schloss Eschersbach, hatte einmal so etwas erzählt. Meine Schwester Charlotte und ich waren ausgebüchst, lange hatten Mama, Opili und Emilia, die Köchin, nach uns gesucht. Wir hockten derweil hinter den großen Büschen neben der Auffahrt zum Schloss, fühlten uns wild und gefährlich und genossen das Abenteuer. Als wir wieder nach Hause kamen, gab es ein ziemliches Donnerwetter. Und Opilis unheimliche Geschichte von den bösen Tierfängern, die nur auf kleine dumme Hunde warten, die sie einfangen und verkaufen können. Und die dann nie wieder gesehen werden. Charlotte und ich taten so, als würden wir Opili das Schauermärchen nicht abkaufen. Aber insgeheim gruselten wir uns sehr, und hin und wieder muss ich immer noch an die Geschichte denken.

Zum Bespiel jetzt. Ob also die Tierfänger auch Katzen fangen? Oder sind das reine Hundefänger? Oder gibt es die in Wirklichkeit gar nicht, und Herr Beck macht nur ein paar Tage Urlaub mit seinem Frauchen? Von dem fehlt nämlich auch jede Spur. Lässt sich Herr Beck also womöglich den frischen Wind um die Nase wehen und die Mäuse schmecken? Wie finde ich das bloß heraus? Wahrscheinlich kann ich Carolin noch so sehnsuchtsvoll angucken, ich glaube nicht, dass sie mir diese Frage von den Augen ablesen kann.

Es klingelt. Ich flitze zur Tür. Obwohl es eigentlich blanker Unsinn ist zu vermuten, bei dem Besuch könnte es sich um Herrn Beck handeln. Er ist zwar wie alle Katzen ein echtes Bewegungswunder, aber an den Klingelknopf wird er trotzdem kaum rankommen. Vielleicht gibt uns der nächste Besucher aber doch einen Hinweis auf Becks Verbleib?

Fehlanzeige. Vor der Tür steht Nina.

»Ich habe gerade etwas gekocht. Hast du vielleicht Lust hochzukommen? Allein essen ist doof.«

Carolin lächelt und nickt.

»Mensch, ich wusste gar nicht, dass du so eine häusliche Seite hast. Und müsstest du eigentlich nicht an der Uni sein?«

Nina schüttelt den Kopf.

»Nein, es sind Semesterferien. Da habe ich deutlich weniger zu tun. Meine Privatpatienten kommen sowieso zu mir nach Hause, und die Sprechstunden in der Klinik laufen zwar weiter, aber dafür fallen die Seminare weg. Ich muss also erst später los.«

»Klingt entspannt. Was gibt's denn?«

»Einen Maultaschenauflauf. Mindestens 5000 Kalorien pro Person, aber sehr lecker.«

»Okay, in zehn Minuten bin ich oben.«

Was heißt hier *ich*? Mich gibt's schließlich auch noch, und ich habe ebenfalls Hunger! Ich presse mich gegen Carolins Bein und belle. Nina schaut zu mir herunter.

»Oh, Herkules, für dich gibt es natürlich auch etwas. Ihr habt noch eine Packung Hundekuchen bei mir stehen lassen.«

Na also. Geht doch.

Hundekuchen ist eindeutig keine Alternative zum Geschnetzelten von Oma Burgel, so viel steht schon mal fest. Während sich Nina und Carolin ihre 5000 Kalorien – was auch immer das sein mag – in die Bäuche hauen, kaue ich missmutig auf einem trockenen Rindfleischkringel herum. Wann hat Carolin das Zeug bloß gekauft? Das muss ja direkt zu Beginn ihrer Hundehalterkarriere gewesen sein. Genau so schmeckt es auch: Als ob es schon ein Jahr irgendwo rumsteht. Bah!

Nina und Carolin unterhalten sich angeregt. Carolin erzählt von unserem Frühstück, wie *süüüß* Marc den Tisch gedeckt hat, was für ein tolles Begrüßungsplakat Luisa gemalt hat und natürlich von den Rosen im Kleiderschrank. Offenbar sind gerade Letztere der Beweis für Marcs Liebe zu Carolin. Warum, leuchtet mir immer noch nicht ein, denn Carolin begründet das vor allem mit der Tatsache, dass die Rosen rot waren. *Rote Rosen, ist das nicht toll?* Nun ist das Auseinanderhalten von Farben sowieso nicht meine Stärke, und warum gerade in Rot der Liebesbeweis liegen soll, ist mir nicht klar. Zu meiner Ehrenrettung muss ich sagen, dass auch Nina eher skeptisch guckt. Dann seufzt sie.

»Also ist das nun das Happy End, oder wie?«

Carolin nickt heftig.

»Auf alle Fälle!«

»Ich will ja nicht zu negativ klingen – aber nach meiner Erfahrung gibt's so etwas gar nicht. Also, außer bei den Gebrüdern Grimm.«

Moment – das kommt mir aber sehr bekannt vor! Es ist doch fast das gleiche Gespräch, was Beck und ich beim Umzug geführt haben. Ich habe es schon manches Mal gedacht – mit ihrer negativen Art sind Herr Beck und Nina tatsächlich so etwas wie Seelenverwandte. Schlimm, so was. Nur gut, dass Carolin so ein sonniges Gemüt hat und sich davon nicht beeindrucken lässt.

»Dann nenn mich von mir aus Schneewittchen, und Herkules den siebten Zwerg. Auf alle Fälle ist Marc mein Prinz.«

»O nein, meine Liebe. Du bist die böse Stiefmutter, und Luisa fühlt sich bestimmt bald wie Aschenputtel. Du wirst es schon noch merken. Patchwork ist mit Sicherheit schwieriger, als du jetzt glaubst. Es gibt ja Untersuchungen, dass gerade die Rolle der neuen Frau an der Seite eines Vaters sehr problematisch ...«

Mit einer schnellen Handbewegung unterbricht Carolin Nina.

»Mann, jetzt hör endlich auf mit der Schwarzseherei. Manchmal glaube ich echt, du bist noch eifersüchtig, weil du Marc am Anfang auch ganz niedlich fandest.«

Nina schnappt nach Luft.

»Bitte?! Das ist jetzt nicht dein Ernst! Also wenn du das wirklich denkst, dann ...«

Bevor Nina noch ausführen kann, was genau dann passiert,

klingelt es. Ich bin ganz froh über diese Unterbrechung, denn ich bin mir ziemlich sicher, dass die beiden Damen hier gerade auf einen handfesten Streit zugesteuert sind.

Nina steht vom Tisch auf und geht zur Tür, ich lasse meinen trockenen Hundekuchen zurück und trabe hinterher. Vor der Tür steht ein junger Mann.

»Guten Tag, Frau Bogner?«

»Ja, die bin ich. Was gibt's?«

»Martin Wiese mein Name. Ich bin der Neffe von Frau Wiese, Sie wissen schon, die ältere Dame, die direkt über Ihnen wohnt.«

Genau, Frau Wiese, Herrn Becks Frauchen. Klar kenne ich die. Herr Beck wohnt schon ziemlich lange mit ihr zusammen und hat sich eigentlich noch nie über sie beschwert. Und das, obwohl er ja ein durchaus kritischer Zeitgenosse ist. Nina allerdings hat Frau Wiese natürlich noch nie zu Gesicht bekommen.

»Tut mir leid, ich kenne Ihre Tante nicht, ich bin erst letzte Woche hier eingezogen.«

Jetzt kommt auch Carolin dazu.

»Aber ich kenne Ihre Tante. Hallo, ich bin Carolin Neumann, ich habe vorher in dieser Wohnung gewohnt. Was ist denn mit Ihrer Tante?«

Martin Wiese seufzt.

»Tja, meine Tante hatte am Wochenende einen Schlaganfall.«

Was auch immer das ist – mich beschleicht das Gefühl, dass meine dunkle Vorahnung sich bewahrheiten könnte: Herr Beck steckt in Schwierigkeiten.

Carolin holt Luft. »Wie furchtbar! Das tut mir leid!«

»Gott sei Dank war sie nicht allein, als das passiert ist, meine Frau war gerade mit den Kindern zu Besuch. Meine

Tante ist auch gleich ins Krankenhaus gekommen, es geht ihr inzwischen etwas besser. Allerdings wird sie auf absehbare Zeit nicht in die Wohnung zurückkommen. Deswegen wollte ich fragen, ob vielleicht einer der Nachbarn ab und zu nach der Post und den Pflanzen schauen könnte.«

Nach der Post und den Pflanzen? Aber was ist denn mit Herrn Beck passiert? Der ist doch wohl viel wichtiger als ein bisschen Papier und das Grünzeug. Ich beginne, unruhig hin und her zu laufen. Leider ignorieren mich die Zweibeiner komplett.

»Na ja, ich habe nach wie vor meine Werkstatt im Haus. Ich könnte natürlich schon alle drei, vier Tage nach dem Rechten sehen.«

Das war ja klar, dass sich meine grundgute Carolin hier gleich wieder opfert, während Nina wahrscheinlich im Leben nicht auf die Idee käme, helfend einzuspringen. Erstaunlich, wie unterschiedlich die Menschen sind. Eine grundsätzliche Charakterfestigkeit, wie sie Dackeln oder Terriern zu eigen ist, geht ihnen leider völlig ab. Es ist offenbar Zufall, ob ein Mensch edel und hilfreich oder mies und gemein ist. Wobei ich damit natürlich nicht gesagt haben will, dass Nina mies und gemein ist, nur edel und hilfreich ist sie eben nicht, obwohl sie durchaus …

»Sagen Sie, Herr Wiese, Ihre Tante hat doch eine Katze, oder?«

Hoppla, Nina erinnert sich an Herrn Beck. Das hätte ich nicht gedacht. Es untermauert meine These von der Seelenverwandtschaft allerdings ungemein.

»Äh, ja, das stimmt. Sie hat tatsächlich einen Kater. Blecki oder so. Der ist momentan bei uns zu Hause. Ist aber auch keine Dauerlösung, meine Frau hat eine leichte Tierhaarallergie.«

»Was halten Sie denn davon, wenn ich mich um Blecki kümmere, solange, bis es Ihrer Tante wieder besser geht? Dann muss sich das Tier nicht groß umgewöhnen.«

»Oh, das ist ja ein nettes Angebot! Wir haben tatsächlich schon überlegt, was wir mit ihm machen. Meine Tante hängt sehr an ihm, das Tierheim wäre also keine Alternative.«

Ach du Schreck – das Tierheim! Nein, das würde ich Beck nicht einmal in seinem missmutigsten Zustand wünschen. Meine eigenen Erfahrungen dort waren mehr als gruselig. Nur gut, dass Nina auf einmal ihre Tierliebe entdeckt hat. Auch wenn das eine völlig überraschende Entwicklung ist. Offenbar muss ich meine Meinung über Nina noch einmal überdenken. Der Punkt mit der fehlenden Charakterfestigkeit war vielleicht ein bisschen voreilig. Aber konnte ich das ahnen? Selbst Carolin scheint erstaunt.

»Du willst dich wirklich um die Katze kümmern?«

»Klar, warum nicht? Du die Post, ich das Viech. Passt doch.«

Herr Wiese lächelt.

»Danke, das ist sehr nett. Da haben wir auf einen Schlag ein paar Sorgen weniger.«

»Keine Ursache. Eigentlich habe ich schon immer mit einer Katze geliebäugelt. Jetzt kann ich das mal ein bisschen üben.«

»Sehr gut! Dann bringe ich Ihnen die Katze morgen vorbei.«

Nina nickt.

»Ja, machen Sie mal. Falls ich nicht da bin, klingeln Sie doch einfach in der Werkstatt bei Frau Neumann.«

Nina, die verkappte Tierfreundin. Fragt sich nur, wie ich ihr klarmache, dass Herr Beck nicht Blecki heißt.

»Sag mal, meinst du, Luisa hat wirklich nichts dagegen, dass wir zusammengezogen sind?«

Carolin und Marc sitzen auf dem Sofa, in der Hand jeweils ein Glas von dem fürchterlichen Zeug, das sich Rotwein nennt. Luisa ist längst ins Bett gegangen, ich bin eigentlich auch schon ziemlich müde. Aber natürlich ist meinem feinen Näschen nicht entgangen, dass sich hier ein menschliches Beziehungsgespräch anbahnt. Und weil ein kleiner Hund wie ich dabei in aller Regel viel über Zweibeiner lernen kann, verziehe ich mich nicht ins Körbchen, sondern bleibe hübsch neben dem Sofa liegen. Beziehungen zwischen Hunden sind ja meist recht simpel gestrickt: Ober sticht Unter, und Rüde liebt Weibchen. Wobei mir bei Letzterem noch die praktische Erfahrung fehlt, aber wenn ich den älteren Hunden im Park bei ihren wilden Geschichten zuhöre, dann muss es wohl so sein. Also einfach und überschaubar.

Nicht so natürlich beim Menschen. Das fiel mir schon auf, als ich noch nach dem passenden Mann für Carolin Ausschau hielt. Ihr Exfreund Thomas war wirklich der letzte Heuler, aber kaum waren wir ihn los, wurde es erst richtig kompliziert. Denn das Beuteschema von Menschenfrauen ist voller Rätsel. Merke: Männer sollen nett sein, aber keinesfalls zu nett. Als Herr Beck mir das zum ersten Mal erklärte, war ich mir sicher, er wolle mich auf den Arm nehmen. Aber am Ende haben wir ja Gott sei Dank Marc dingfest gemacht.

Umso wichtiger, mal hinzuhören, was die beiden nun zu besprechen haben. Nur für den Fall, dass die Beck'sche Theorie, wonach es beim Menschen immer kompliziert bleibt, stimmen könnte.

»Aber warum sollte Luisa denn auf einmal etwas dagegen haben, dass du hier eingezogen bist? Im Gegenteil, wir haben doch vorher alles miteinander besprochen, und sie hat sich gefreut.«

»Na ja, aber es könnte ja sein, dass sie immer noch hofft, dass es mit Sabine und dir doch wieder etwas wird, und dann würde ich nur stören.«

»Sag mal, wie kommst du denn auf einmal auf so eine absurde Idee? Sabine und ich sind seit drei Jahren getrennt und seit zwei Jahren geschieden.«

»Na, ich sage ja nicht, dass ich das denke. Ich sage ja nur, dass Luisa das vielleicht hofft.«

Marc rutscht vom Sofa und kniet sich vor Carolin.

»Spatzel, was ist heute eigentlich mit dir los? Warum machst du dir auf einmal solche Gedanken?«

»Ach, ich habe heute mit Nina Mittag gegessen. Und dann haben wir uns fast gestritten, weil sie schon wieder damit anfing, ob ich mir das mit dem Zusammenziehen gut überlegt habe. Gott sei Dank bekam sie dann Besuch, und wir konnten es nicht weiter ausdiskutieren. Aber zum Abschied hat sie mir einen ganzen Stapel Bücher über Patchworkfamilien in die Hand gedrückt. Da habe ich ein bisschen drin geblättert. Und jetzt ist mir irgendwie mulmig.«

Marc schüttelt den Kopf.

»Und die will deine Freundin sein.«

»Sie hat es bestimmt nicht böse gemeint. Und sie ist als Psychologin schließlich vom Fach.«

Richtig, Nina ist Psychologin. Es hat eine Weile gedauert, bis ich kapiert habe, was das bedeutet. Denn sie macht nichts, was man sehen kann, also so wie Carolin, die Geigen baut. Und es ist auch nicht wie bei Marc, der sich als Tierarzt um kranke Kollegen von mir kümmert: Hund krank, Marc ran, Hund gesund. Wenn ich es richtig verstanden habe, dann beschäftigt sich Nina mit Menschen, die ein Problem in ihrem Kopf haben. Also nicht Kopfschmerzen oder so. Eher Schmerzen beim Denken. Das ist bei Menschen natürlich ein großes Problem, weil sie ja über so vieles nachdenken. Und wenn das nicht mehr so rund läuft, dann kommt Nina ins Spiel. So jedenfalls erkläre ich mir das. Und deswegen ist es auch logisch, dass Carolin auf sie hört, wenn sie *denkt*, dass Luisa irgendwas *denkt*. Puh – mir wird schon bei diesen wenigen Gedanken ganz schwindelig. Gut, dass ich ein Dackel bin.

»Darf ich die Bücher mal sehen? Vielleicht kann ich da ja auch noch was lernen. Bestimmt mache ich seit Jahren alles falsch.«

Marc klingt genervt, Carolin rutscht vom Sofa herunter, setzt sich neben ihn auf den Boden und küsst ihn.

»Komm, du unsensibler Veterinär, sei nicht so grummelig.«

»Tut mir leid. War nicht so gemeint. Aber die Bücher interessieren mich wirklich.«

»Moment.«

Carolin steht auf und holt einen Stapel Bücher aus ihrer Tasche, die noch auf der Fensterbank steht.

»Hier.«

Sie reicht Marc ein Buch.

»Hm. *Im Schatten der Ersten. Wie Partnerschaft mit einem geschiedenen Mann gelingen kann.* Aha.«

Er blättert darin.

»*Kapitel 2: Von Glücksgriffen und Traumata – der Gebrauchte Mann als Partner*. So, ich bin also ein ›Gebrauchter Mann‹, oder wie. Das klingt ja nicht gerade ermutigend. Bin ich denn eher ein Glücksgriff oder ein Trauma?«

Jetzt kichert Carolin.

»Das, mein Lieber, muss sich noch erweisen.«

Trauma? *Traumata*? Worüber reden die? Ich verstehe kein Wort. Oder meinen die *Traummann*? Und warum ärgert sich Marc dann? Klingt doch gut. Vielleicht ist es aber auch die Sache mit dem »gebraucht«, die ihn aufregt. Aber auch das verstehe ich nicht. Ist doch gut, wenn man gebraucht wird. Selbst als Mann. Hm. Hoffentlich kommt Herr Beck bald wieder nach Hause. Ohne einen versierten Menschenkenner wie ihn gerate ich ganz schön ins Schwimmen.

VIER

»Du kannst dir einfach nicht vorstellen, wie schrecklich diese kleinen Monster sind. Fürchterlich! Grausam!«

Herr Beck sitzt vor mir und schnauft gequält. Seine Augen wirken trüb, und ich bilde mir sogar ein, dass seine Schnurrbarthaare nach unten hängen. Keine Frage – die drei Tage bei Familie Wiese haben ihm schwer zugesetzt. Nicht einmal das tolle Wetter und ein gemeinsamer Plausch im Garten können ihn aufmuntern.

»Hm. Luisa ist eigentlich sehr nett zu mir. Ich kann da nichts Negatives berichten.«

Beck starrt mich an.

»Ha! Luisa! Das ist ja nur *ein* Kind. Ein einigermaßen großes noch dazu. Aber dieser nichtsnutzige Neffe hat gleich drei Stück davon – alles noch kleine Hosenscheißer und eines verzogener als das andere!«

»Hosenscheißer?«

»Ja, mein Lieber, da staunst du! Menschen sind nicht automatisch stubenrein – nein, und es dauert bei ihnen auch nicht nur ein paar Wochen, bis sie kapiert haben, dass man nicht einfach auf den nächsten Teppich pinkelt. Stell dir vor – diese Menschen brauchen JAHRE, um das zu lernen, was unsereins eigentlich ratzfatz raushat. Also tragen die kleinen Menschlein sogenannte Windeln in der Hose, in die sie einfach … na, du weißt schon. Das nur mal, um zu verdeutlichen, wie DUMM Kinder eigentlich sind.«

Ach, das ist in der Tat interessant.

»Also, das ist mir bei Luisa noch nie aufgefallen.«

»Natürlich nicht. Ich sagte doch: Die ist ja schon groß für ein Kind. Aber die Gören von diesem Wiese – einfach schrecklich. Stell dir vor: Sie haben mich angezogen. In Puppenkleidung haben sie mich reingequält. Sogar eine Mütze haben sie mir aufgesetzt, auf meine empfindlichen Ohren! Und dann wurde ich in den Puppenwagen gestopft. Ich konnte mich nicht wehren, die waren ja zu dritt. Durch die Gegend haben sie mich gefahren. Ach was: geschleudert! Mir ist richtig schlecht geworden, ich dachte, mein letztes Stündlein hätte geschlagen.«

Der arme Herr Beck! Was für ein Alptraum. Nur gut, dass ihn Nina aus dieser Hölle befreit hat. Dagegen scheint ja selbst das Tierheim ein Hort der Stille und des Friedens zu sein. Ich beschließe, ihn ein wenig abzulenken.

»Ist es nicht toll, dass du jetzt bei Nina wohnst? Quasi in meiner alten Wohnung?«

Er schaut mich stumpf an.

»Was soll daran toll sein?«

»Du bist wieder hier! Bei deinen Freunden!«

»Ich vermisse mein Frauchen.«

Das allerdings wundert mich fast. Bisher dachte ich, Herr Beck ist niemand, der sein Herz an einen Menschen hängt. Stark und unabhängig. Im Grunde genommen eher Wildkatze als Hauskater.

»Sieh es doch mal so: die ist bestimmt bald wieder gesund, und so lange ist Nina nicht die schlechteste Adresse. Ich finde, ihr passt richtig gut zusammen.«

Wieder dieser stumpfe Blick.

»Wieso?«

»Na ja, weil ihr beide immer so schlecht gelau… äh, weil

ihr so ähnliche Ansichten über die Welt und eure Mitmenschen und -tiere habt. Das verbindet euch bestimmt, du wirst schon sehen.«

Herr Beck schnaubt. »Warum sollte ich denn mit der verbunden sein wollen? Du bist doch eigentlich nicht gerade Ninas größter Fan. War die nicht eine Zeitlang auch hinter Carolins Tierarzt her?«

»Ja, aber das spielt doch jetzt keine Rolle. Wärst du lieber im Tierheim gelandet? Oder hättest noch gern ein paar Tage bei den Mini-Monstern verbracht?«

Beck schüttelt den Kopf. »Natürlich nicht. Wahrscheinlich bin ich einfach schlecht drauf. Wie gesagt: Ich vermisse Frau Wiese. Sie ist wahrlich nicht die hellste Kerze auf der Torte, aber enorm zuverlässig. Bei Menschen ein unschätzbarer Wert. Was nützt dir das ganze Rumgekuschel, wenn das Essen nicht rechtzeitig auf dem Tisch steht? Respektive im Fressnapf landet?«

»Immerhin kann Nina gut kochen. Gestern hat sie uns zum Mittagessen eingeladen.«

»Nun lass mal gut sein. Du brauchst sie mir nicht anzupreisen. Ich bin in der Tat froh, dass sie mich aufgenommen hat. Ich dachte immer, sie sei so eine Zicke, aber offenbar hat sie doch einen guten Kern.«

»Freut mich, dass du das so siehst. Ich finde Nina wirklich ganz in Ordnung.« *Und sie ist nicht zickiger als du*, füge ich in Gedanken hinzu.

»Aber wie läuft's denn jetzt in der neuen Wohnung? Noch alle glücklich? Oder gab's schon den ersten Zoff?«

Ich schüttele den Kopf.

»Nein, alles in bester Ordnung. Und damit es noch besser läuft, hat Nina den beiden sogar ein Buch geschenkt, in dem drinsteht, wie sehr so jemand wie Marc gebraucht wird.«

»Aha. Eine Abhandlung über Tiermedizin?«

»Nein, nein, mit Tieren hatte das nichts zu tun. Es ging um Männer. Genauer gesagt, um gebrauchte Männer.«

»Du weißt aber schon, dass es zwischen ›brauchen‹ und ›gebraucht‹ einen Riesenunterschied gibt?«

War ja klar. Wenn hier jemand für eine Wortklauberei gut ist, dann Herr Beck.

»*Brauchen*, *gebrauchen* – das ist doch völlig egal. Carolin braucht Marc, und selbst Nina ist dieser Meinung. Das ist doch toll. Du willst ja nur nicht zugeben, dass diese ganze Familiennummer eine Supersache ist. Ist für dich als Einzelgänger wahrscheinlich einfach nicht zu verstehen, wie schön das Zusammenleben mit anderen ist.«

Blöde Katze. Jetzt rutscht Beck mit den Pfoten nach vorne, legt sich auf den Bauch und mustert mich durchdringend.

»Ich sage es wirklich nicht gern, aber: Du musst noch viel lernen, Kleiner.«

Was genau ist es eigentlich, was ich an Beck so nett finde? Seine Überheblichkeit bestimmt nicht. Ich drehe mich um und lasse den Blödmann einfach unter dem großen Baum liegen. Da turne ich lieber noch ein bisschen durch die Werkstatt, als mich hier weiter belehren zu lassen.

»He, nun sei doch nicht gleich beleidigt! Bleib hier!«

Ich schüttle den Kopf und trotte weiter.

»Mensch, Carl-Leopold, ich habe mich total gefreut, dich wiederzusehen. Lass mich bitte nicht allein hier sitzen!«

Alle Achtung – wenn sich Herr Beck dazu aufrafft, mich mit meinem ursprünglichen Namen anzureden, ist es ihm wirklich ernst. Dann will ich mal nicht so sein. Und eigentlich geht es mir ja genauso wie Beck: Ich habe mich auf das Wiedersehen sehr gefreut. Ich drehe mich um und lege mich genau vor Becks Nase.

»Dann gilt in Zukunft aber Folgendes: Du begründest deine Einsichten über Menschen im Allgemeinen und meine Familie im Besonderen mal näher, oder aber: Klappe halten. Verstanden? Dein Rumgestänker nervt mich nämlich gewaltig.«

Herr Beck seufzt und nickt. »Na gut. Vielleicht bin ich in letzter Zeit wirklich etwas griesgrämig. Ich werde zukünftig darauf achten, nicht zu verschroben zu werden.«

»Eine gute Idee. Ich werde dich beizeiten daran erinnern.«

»Mach das. Aber wenn du unbedingt Klartext willst, dann muss ich dir schon sagen, dass Nina mit ihrem Buch über gebrauchte Männer bestimmt nicht sagen wollte, dass Carolin Marc braucht. Vielmehr wollte sie darauf hinweisen, dass Männer, die schon mal eine Familie hatten, nicht der beste Griff für die eigene Familiengründung sind. Und der gute Marc ist eben so ein gebrauchter Mann. Schließlich war er schon mal verheiratet und hat bereits ein Kind. Frauen wollen aber meist lieber einen Mann ohne Anhang und Vergangenheit.«

Tja, und da sieht man wieder deutlich, wie verrückt die Menschen sind. Kein Züchter käme doch auf die Idee, dass der ideale Kandidat für den Aufbau einer neuen Zucht ein Dackel sein könnte, der noch keinen Nachwuchs hat. Da kann man doch gar nicht beurteilen, ob der das überhaupt hinkriegt mit ansehnlichen Kindern. Marc hingegen hat mit Luisa bewiesen, dass er Vater *kann*.

Ich schüttele den Kopf und schnaufe in meinen nicht vorhandenen Bart.

»Gut, wenn du es so sagst, wird es Nina schon so gemeint haben. Aber Unsinn ist es allemal.«

»Weiß nicht. Ich ...«

Bevor Herr Beck noch näher ausführen kann, wie er denn

zu der ganzen Geschichte steht, kommt Carolin die beiden Stufen von der Werkstatt zum Garten hoch.

»So, mein Lieber, jetzt mal nicht faul in der Sonne rumliegen. Action ist angesagt! Wir sind mit Marc und Luisa an der Alster verabredet, also auf, auf!«

Lachhaft! Als müsste man mich besonders motivieren, um mich zum Laufen zu kriegen.

An der Alster sind wir an einem schönen Sommertag natürlich nicht allein. Wahre Menschenmassen schieben sich über die Sandwege beim See: Männer, Frauen und Kinder, Babys in Kinderwagen, ältere Herrschaften sind mit Gehstock unterwegs, kurz: Jeder Mensch, der sich halbwegs fortbewegen kann, hat offensichtlich beschlossen, dies auch zu tun. Das wiederum ist ungewöhnlich, denn eigentlich laufen die Zweibeiner nur ungern. Jedenfalls mit ihren eigenen Füßen. Mit Auto oder Fahrrad sieht die Sache schon wieder anders aus. Woran das wohl liegt? Zu weiteren philosophischen Gedanken bleibt mir allerdings keine Zeit, denn ich bin angeleint und muss daher sehen, dass ich im passenden Tempo hinter Carolin herkomme, die gerade recht schnell ist.

»Komm, Herkules, gib mal ein bisschen Gas! Wir sind schon spät dran und wollen doch nicht, dass die anderen auf uns warten müssen.«

Das ist ja mal wieder typisch! Was kann ich denn dafür, wenn wir nicht rechtzeitig aufbrechen? Bin ich hier etwa für die Verabredungen zuständig? Nervig, so was. Die menschliche Zeitrechnung ist sowieso ziemlich undurchsichtig, wenn man dann noch von ihr abhängt und deswegen total hetzen muss, wird es richtig unangenehm. Überhaupt finde ich, dass es in letzter Zeit ziemlich viel Zeitplan und ziemlich wenig

Streicheleinheiten von Carolin gab. Ich setze mich auf meinen Po.

»Was wird das? Ein Sitzstreik?«

Carolin klingt vorwurfsvoll. Ich lasse meine Öhrchen hängen und fiepe ein wenig. Sie kniet sich neben mich.

»Herkules, Süßer, was ist denn los mit dir?«

Ich lege meinen Kopf auf ihre Knie und drehe ihn leicht. Ohne ein bisschen Zärtlichkeit werde ich mich nicht von der Stelle rühren. Basta. Aus den Augenwinkeln sehe ich, dass mich Carolin mustert. Offensichtlich denkt sie nach, jedenfalls kneift sie ihre Augen leicht zusammen – ihr klassisches Denkergesicht. Dann fährt sie mir mit einer Hand über den Kopf und krault mich hinter den Ohren.

»War ein bisschen stressig in letzter Zeit, oder? Aber ich verspreche dir, dass es bald wieder ruhiger wird. Du hast auch alles ganz toll mitgemacht, ehrlich! Da bin ich schon ein bisschen stolz auf meinen kleinen Dackel.«

Gut. Das will ich gelten lassen. Ich nutze die Gelegenheit und schlecke Carolin einmal quer übers Gesicht. Ich weiß, sie mag das nicht. Ich aber umso mehr! Sie kichert.

»He, mein Make-up! Das muss ich wohl gleich nochmal überprüfen. Wenn du mir jetzt den Gefallen tun würdest?«

Sie macht eine einladende Handbewegung in die Richtung, in der sich wohl unsere Verabredung befindet.

Gerade will ich aufstehen und Carolin hinterhertrotten, da geschieht ES. Ich sehe SIE und bin – überwältigt! Denn sie ist schön. Nein, sie ist wunderschön. Ich bin fassungslos. Sie geht direkt an mir vorbei, streift mich dabei fast und wirft mir einen kurzen Blick über ihre Schulter zu. Sie ist mir so nah, dass ich sofort in einer Woge ihres unglaublich wunderbaren Geruchs gefangen bin. Ich sage *gefangen*, weil ich in diesem Moment absolut unfähig bin, mich zu regen. Ich bin gelähmt. Aber glücklich. Denn mir ist gerade ein Engel begegnet.

Ein unsanfter Ruck an meinem Halsband erinnert mich daran, dass ich nicht im Himmel, sondern an der Alster bin.

»Hallo, Erde an Herkules! Du wolltest doch brav sein, oder?«

Hä? Wer? Herkules? Ich schüttele mich kurz und starre dem Wesen hinterher, das mich gerade verzaubert hat. Blonde, lange Haare, schlank, aber sportlich, und ein Gang, der eigentlich mehr ein Schweben ist, kurzum: eine absolute Wahnsinnsfrau. Mir wird schwindelig, ich glaube, ich muss mich kurz hinlegen. Mittlerweile steht Carolin direkt über mir und grinst mich an.

»Du hast Glück, mein Kleiner, wir wollen in die gleiche Richtung wie der hübsche Golden Retriever, der dich so aus den Socken gehauen hat.«

Ertappt! Wie hat sie das bloß gemerkt?

»Also nicht mehr sabbern und jaulen – sondern schnell aufstehen und nichts wie hinterher!«

Wie peinlich! Habe ich tatsächlich gesabbert und gejault? Was ist bloß aus meinen guten Manieren geworden? Es spricht vieles dafür, dass sie sich im Angesicht dieses Naturschauspiels verabschiedet haben. Ich rappele mich auf und laufe sofort hinter Carolin her, die mittlerweile ein paar Schritte vorgegangen ist. Tatsächlich, sie geht in Richtung Traumfrau. Ich mache einen Satz nach vorne und überhole Carolin. Kann die nicht mal schneller machen? Was schleicht sie denn hier lang? Ich dachte, wir hätten es eilig!

»Wow, Herkules – du hast ja dein Gaspedal wieder entdeckt. Wenn du noch schneller wirst, muss ich joggen.«

Carolin legt zwar noch einen Zahn zu, zu laufen beginnt sie allerdings nicht. Mist, gleich ist der Engel verschwunden, und bei den vielen anderen Menschen und Hunden wird es einigermaßen schwierig werden, ihrer Witterung zu folgen.

»Autsch! Halt mal, ich habe mir den Fuß verknackst!«

Auch das noch! Carolin bleibt stehen und reibt sich den Knöchel. Muss das denn sein? Da kann man sich doch wohl mal einen Moment zusammenreißen.

»Hör mal auf, an der Leine zu zerren, ich habe mir wirklich weh getan. Komm zu mir und mach Sitz!«

Missmutig trabe ich zu Carolin und setze mich neben sie. Die soll bloß nicht glauben, dass ich nun den Rettungshund gebe. Wegen ihr habe ich gerade die Chance meines Lebens verpasst. Wer weiß, ob ich Carolin das überhaupt jemals verzeihen kann. Noch nie zuvor habe ich eine so schöne Hündin gesehen. Und wie toll sie roch! Mein Herz beginnt schneller zu schlagen, und in meiner Magengegend macht sich ein Gefühl breit, das ich noch nie zuvor hatte. Ob ich krank werde?

Carolin hat sich hingesetzt, den Schuh ausgezogen und betrachtet ihren Fuß. Zugegebenermaßen sieht der dazugehörige Knöchel auf einmal ziemlich dick aus. Wahrscheinlich tut es auch wirklich weh. Hm. Ich müsste schon sehr hartherzig sein, um das zu ignorieren. Was ich natürlich nicht bin. Wenn es meinem Frauchen schlecht geht, fühle ich mich auch nicht wohl. Schließlich sind meine Ahnen in grader Linie 300 Jahre lang ihrem Jäger treu gefolgt. Und das vermutlich auch, wenn sie gerade einen wunderschönen anderen Hund erblickt hatten. Ich kuschle mich also an Carolins Beine und schlecke ihr die Hände ab, mit denen sie gerade ihren Knöchel abtastet.

»Aua, also das hat mir gerade noch gefehlt! So was Blödes, ich bin richtig umgeknickt und kann mit dem linken Fuß gar nicht mehr auftreten. Hoffentlich kommen wir überhaupt bis ins *Cliff*. Das ist bestimmt noch ein halber Kilometer, und es tut richtig weh.«

Sie stöhnt, und ich merke, dass ich ein schlechtes Gewissen bekomme. Wenn ich nicht so an der Leine gezogen hätte, wäre das vielleicht nicht passiert. Ein Hund, der sein Frauchen in Schwierigkeiten bringt: Ich will gar nicht wissen, was Opili dazu sagen würde. Vielleicht kann ich zum Ausgleich Hilfe holen? Marc alarmieren? Andererseits – keine Ahnung, wo der steckt.

Ein Fahrradfahrer hält neben uns.

»Kann ich Ihnen helfen? Haben Sie Probleme?«

Er steigt ab. Ein junger Kerl mit einer wirklich riesigen Umhängetasche. Seltsam, dabei dachte ich, große Taschen seien ein Privileg von Menschenfrauen. Der Typ riecht ein bisschen nach Pfefferminz – und irgendwie abenteuerlustig. Ich knurre. Diese Frau ist bereits vergeben, verzieh dich, Freundchen.

»Hoppla, keine Gewalt, Kleiner!«

Er grinst. Ich knurre lauter.

»Herkules, also wirklich! Wo ist dein Benehmen? Der Herr will mir doch nur helfen.«

Nee, schon klar. Und ich trete demnächst dem Verein der Freunde des Zwergkaninchens bei. Der will nicht helfen, der will Beute machen, Carolin! Und wenn ich das ganze Alsterufer nach Marc absuchen muss – so leicht sind wir doch wohl nicht zu haben!

Das Raubtier nimmt den Fahrradhelm ab. Ziemlich viele Haare kommen zum Vorschein.

»Tja, da passt einer gut auf sein Frauchen auf. Ist ja nicht das Schlechteste. Ich bin übrigens Robert.«

Er reicht Carolin die Hand und zieht sie zu sich hoch. Grrrrr!

»Danke. Ich bin Carolin. Ich glaube, ich habe mir den Fuß verstaucht. Und jetzt muss ich noch die 500 Meter bis zum *Cliff* schaffen – leider weiß ich gerade nicht, wie.«

»Da helfe ich doch gerne. Was halten Sie davon: Sie setzen sich auf mein Fahrrad, ich schiebe Sie hin. Wenn Sie dort erwartet werden, kann Ihre Begleitung vielleicht den nächsten Transport organisieren.«

Er lächelt, Carolin lächelt zurück. Das passt mir zwar nicht, aber eine brauchbare Alternative fällt mir auch nicht ein. Carolin kann schlecht auf meinem Rücken zum *Cliff* reiten. Dafür bin ich eindeutig zu klein. Dann lieber das Fahrrad von Mr. Raubtier. Er hebt Carolin auf den Sattel und schiebt los. Ich trotte hinterher und komme mir komplett überflüssig vor. Traumfrau weg, Frauchen verletzt, Dackel hilflos. Was für ein ätzender Nachmittag.

Wenig später kommen wir in dem Restaurant an, in dem Carolin und Marc offensichtlich verabredet sind. Sie bedankt sich bei Robert, er hilft ihr vom Fahrrad, und sie humpelt gestützt auf ihn Richtung Terrasse. An einem der hinteren Tische sehe ich Marc und Luisa. Er winkt uns zu, Carolin winkt zurück. Robert verabschiedet sich – mit einem Küsschen auf Carolins Wange und einem kurzen Griff an ihren Po, so, als müsse er sie festhalten. Carolin schaut überrascht, aber bevor sie etwas sagen kann, hat sich Mister Lebensretter schon zu seinem Fahrrad davongemacht. GRRRR. Aber egal, den sind wir los.

Carolin humpelt zu Marc. Er kommt uns entgegen und fasst Carolin um die Hüfte.

»Mensch, Schatz, was ist denn mit dir los?«

»Ich bin umgeknickt, und jetzt tut mein Fuß tierisch weh. Er ist auch schon ziemlich geschwollen. Ohne Hilfe von dem Fahrradkurier hätte ich es gar nicht mehr hierhin geschafft.«

»Hm. Sollen wir gleich gehen?«

Carolin schüttelt den Kopf.

»Nein, lass mal. Ich habe mich auch schon auf das Essen mit euch gefreut. Wenn wir wieder zu Hause sind, werde ich mal den Fuß hochlegen und kühlen. Aber das hat noch ein bisschen Zeit.«

Sie setzen sich, ich lege mich unter den Tisch. Sofort schweifen meine Gedanken wieder zu meiner Begegnung mit dem Engel ab. Ich muss so sehr an sie denken, dass ich fast das Gefühl habe, sie zu riechen. Hm, toll, was Phantasie auszurichten vermag. Fast ist es, als läge sie unter dem Nachbartisch. Ich schließe die Augen und beginne zu träumen. Was sie wohl für ein Hund ist? Schüchtern? Mutig? Vorlaut? Still? In meinem Traum wird ihr Geruch immer stärker. Ich muss mich sehr beherrschen, nicht zu jaulen. Stärker und stärker. Ich öffne meine Augen wieder und versuche mir anzuhören, worüber Carolin, Marc und Luisa reden. Aber gerade jetzt ist der Geruch so stark, dass ich mich beim besten Willen nicht darauf konzentrieren kann. Wie gemein Vorstellungskraft doch sein kann.

»Ich bin übrigens Cherie.«

Meine Vorstellungskraft kann offensichtlich sprechen. Ich drehe den Kopf Richtung eingebildeter Stimme. WAHNSINN! Dort liegt sie tatsächlich! In voller Schönheit. Die Retriever-Dame von der Alster. Und sie spricht mich an! Ich bekomme Herzrasen. Und kein Wort heraus.

Die Schönheit lässt nicht locker. »Kennen wir uns nicht? Ich glaube, ich habe dich schon mal gesehen.«

SIE hat MICH schon mal gesehen? Und kann sich daran erinnern? Ich glaube, ich werde ohnmächtig. Quatsch. Ich werde ohnmächtig.

FÜNF

Kleiner? Alles in Ordnung bei dir?«

Als ich aus meiner Blitzohnmacht wieder erwacht bin, ist Cherie noch ein Stück näher an mich herangerückt und betrachtet mich neugierig.

»Du warst eben total weggetreten. Geht es dir nicht gut?«

»Äh, doch, blendend.«

»Ich kenn dich. Du warst im letzten Jahr mit deinem Frauchen hier. Sie hatte ein Date, und du hattest Angst, sie könnte Schluss machen. Was sie wohl auch getan hat, wenn ich mir den Typen neben ihr ansehe. Das ist eindeutig ein anderer.«

Stimmt. Im letzten Sommer bin ich Cherie hier schon einmal begegnet. Sie lag unter dem Nachbartisch, als Carolin eine Verabredung mit Jens, dem Schauspieler, hatte. Damals waren wir noch auf Männersuche, und eigentlich erfüllte Jens alle Anforderungen an ein zukünftiges Herrchen. Er ging gerne spazieren, brachte Hundewurst mit und hatte auch Eigenschaften, die bei Menschenfrauen für Begeisterung sorgen: nämlich blaue Augen und ein Auto ohne Dach. Leider hatte er ganz vergessen zu erzählen, dass er bereits eine Freundin hatte. Das kam bei Carolin natürlich nicht so gut an, und so mussten wir Jens dann wieder loswerden.

Wieso ist mir damals nicht aufgefallen, wie sensationell Cherie aussieht und riecht? Dass es sich bei ihr wahrscheinlich um die tollste Hündin der Welt handelt? Also, hübsch fand ich sie damals auch, daran kann ich mich noch erinnern.

Aber wiedererkannt habe ich sie jetzt trotzdem nicht. Ob sie irgendwie schöner geworden ist? Oder hat sich irgendetwas bei mir geändert? Kann ich auf einmal besser sehen und riechen? Mysteriös.

Schmeichelhaft ist allerdings, dass sich Cherie noch an mich erinnert hat. Ich bin eben ein Mann, der Eindruck hinterlässt. Klasse! Beste Voraussetzung, um mal ein Rendezvous unter uns Vierbeinern klarzumachen.

»Schön, dass du noch weißt, wer ich bin.«

»Wie könnte ich das vergessen! Du hast an dem Abend so ein Theater gemacht, dass ich zuerst dachte, du hättest eine Blasenschwäche. Mindestens. Wenn nicht etwas Schlimmeres. Ständig bist du unter dem Tisch hervorgeschossen und hast gebellt. Und dann hast du mir erklärt, dass du das nur machst, damit sich dein Frauchen in den richtigen Kerl verliebt. Das war wirklich die verrückteste Geschichte, die ich je gehört habe. Bellen für die Liebe – wie bescheuert ist das denn?«

Sie lacht. Und ich schäme mich in Grund und Boden. Stimmt, so war das damals. Peinlich. Wie soll ich diesen verheerenden Eindruck wieder wettmachen? Denn dass ich ihn wettmachen muss, steht fest. Cherie ist möglicherweise die Frau meines Lebens. Ach was, ganz sicher ist sie das. Ich überlege fieberhaft, was ich nun Schlaues sagen könnte. Leider fällt mir überhaupt nichts ein.

»Nun schau mal nicht so bedröppelt, Kleiner. Ich meine, die Idee war bescheuert, aber auch irgendwie ganz romantisch. Und außerdem warst du doch noch ein halbes Kind. Da kann man schon mal auf solche Gedanken kommen.«

Gut, tröstlich, dass Cherie mich anscheinend nicht für einen Vollidioten hält. Nicht ganz so tröstlich ist, dass sie mich *Kleiner* nennt. Ich bin zwar neu im Flirt-Geschäft, aber ich kann mir nicht vorstellen, dass die mehrfache Verwendung dieser Anrede ein Zeichen für die abgrundtiefe Bewunderung des so Angesprochenen ist. *Großer* wäre da vermutlich besser. Mir ist natürlich klar, dass ich gemessen an einem Golden Retriever tatsächlich klein bin, aber es muss doch möglich sein, diese fehlenden Zentimeter irgendwie auszugleichen.

In diesem Moment schießt etwas an unserem Tisch vorbei. Groß, schwarz und schnell. Ehe ich noch sehen kann, um wen oder was es sich dabei handelt, ist es auch schon verschwunden. Und zwar in der Alster. Mit einem riesigen Satz. Sensationell! Ich springe unter unserem Tisch hervor. Das muss ich mir genauer ansehen. Auf die gleiche Idee kommt auch Cherie, gemeinsam laufen wir zu dem kleinen Bootssteg, der dem Gartenlokal vorgelagert ist.

Vorne angekommen, starren wir beide neugierig auf die Stelle, wo *das Ding* eben verschwunden ist. Die vielen Luftblasen verraten, dass sich unter der Wasseroberfläche mehr befinden muss als ein paar kleine Fische. Und richtig – in diesem Moment taucht *Es* auf: ein riesiger schwarzer Labrador, der in der Schnauze eine Art großen Ring hält. Ein paar kräftige Schwimmzüge, schon ist er am Steg angelangt, springt aus dem See und schüttelt sich kräftig. Wasser spritzt nach allen Seiten, wir werden richtig nass, aber zumindest Cherie scheint das nicht zu stören.

»Wahnsinn, was für ein toller Typ!«

Ein junger Mann läuft auf den *Wahnsinnstypen* zu und nimmt ihm den Ring ab.

»Gut gemacht, Alonzo!«

Alonzo. Was für ein beknackter Name.

»*Alonzo*! Was für ein toller Name!«

Die letzten Worte sind fast nur ein Hauchen. Cherie ist offensichtlich hin und weg. Verdammt. Wenn der Cheries

Vorstellung vom Traummann nahe kommt, bin ich weiter als weit davon entfernt, ihr zu gefallen. Alonzos Herrchen holt jetzt noch einmal aus und wirft den Ring wieder in die Alster. Der Labrador springt sofort hinterher. Cherie hält den Atem an. Wenig später taucht Alonzo mit dem Ring in der Schnauze wieder auf. Ich muss zugeben, dass ich auch ein klein bisschen beeindruckt bin. Wie hat er den Ring im See bloß noch gesehen? Das Wasser der Alster ist nicht gerade das, was man glasklar nennen würde.

»Hast du das gesehen, Kleiner? Toll, oder? Wie hat er den Ring so schnell gefunden? Und was für ein guter Schwimmer er ist. Wir Golden Retriever sind ja auch nicht schlecht im Wasser, aber dieser Alonzo ist wirklich unglaublich! So sportlich, super!«

Na ja, also sportlich bin ich auch. Vielleicht könnte ich auch einen Ring aus dem Wasser fischen? Ob Cherie dann beeindruckt wäre? Und ich in ihren Augen gleich ein Stück größer? Alonzo hat in der Zwischenzeit den Ring noch zwei weitere Male apportiert. Und immer, wenn er an Land kommt, wirft er Cherie heiße Blicke zu. Der Angeber! Aber der wird sich noch wundern! Als sein Herrchen das nächste Mal den Ring wirft, zögere ich keine Sekunde.

Das Wasser ist nicht so kalt, wie ich dachte. Allerdings ist es tatsächlich sehr trüb. Ich sehe noch kurz, in welche Richtung der Ring sinkt, dann muss ich mich auf meine Intuition verlassen. Schnell tauche ich tiefer und paddle in die Richtung, in der ich den Ring vermute. Meine Schnauze stößt gegen etwas – das muss er sein! Entschlossen packe ich zu und habe tatsächlich den Ring erwischt. Bravo, Carl-Leopold! Du bist eben doch ein Großer.

Ich tauche wieder auf und will Richtung Steg schwimmen. Aber das geht auf einmal gar nicht mehr so leicht. Irgendetwas scheint mich zurückzuziehen, jeder Schwimmzug fällt mir schwer. Mit Mühe kann ich meinen Kopf noch über Wasser halten, immer wieder drückt es mich unter die Wasseroberfläche. Wahrscheinlich wäre es besser, den Ring einfach wieder loszulassen, aber das will ich auf keinen Fall. Ich kann Opilis Stimme hören: *Ein von Eschersbach gibt niemals auf!* Verdammt, was ist bloß los? Je mehr ich mich anstrenge, desto schwerer fällt es mir, Richtung Steg zu paddeln. Das Wasser, das eben noch ruhig und glatt war, hat auf einmal regelrechte Strudel bekommen, die mich immer wieder hinunterziehen.

Ich werfe einen Blick nach hinten – und bekomme Panik: Ein riesiges Schiff fährt direkt hinter mir vorbei, und riesige Wellen kommen direkt auf mich zu. Schnell will ich mich wegducken, aber das ist aussichtslos, denn langsam geht mir die Luft aus, und ich werde Richtung Schiff gezogen. Ich paddle noch einmal nach Kräften, dann wird mir schwarz vor Augen, und ich merke, wie ich immer tiefer sinke.

In diesem Moment fährt mir ein stechender Schmerz in den Nacken, irgendetwas packt mich und reißt mich wieder nach oben. Ich will mich umdrehen, bin aber zu schwach. Alles, was ich sehen kann, sind Sternchen vor meinen Augen. Ich lasse den Kopf wieder sinken und bewege mich nicht mehr. Dann werde ich aus dem Wasser gehoben. Einen Moment bleibe ich regungslos liegen, nach einer Weile öffne ich die Augen. Wie auch immer ich wieder hier hingekommen bin: Ich liege auf dem Steg und lebe noch.

»Mensch, Kleiner, was machst du denn für Sachen?«

Ich blinzle nach oben ins Licht und sehe direkt in Cheries Augen. Sie ist klitschnass und grinst mich an.

»Also, wenn du das nächste Mal ins Wasser springst und Hilfe brauchst, sag doch bitte vorher Bescheid. Dann achte ich nämlich darauf, dass ich keine Leine mehr am Halsband habe. Das war doch sehr lästig.«

Oh! Mein! Gott! Cherie hat mich gerettet. Okay, die Sache ist durch. Selbst wenn ich doppelt so groß wäre – nach dieser Aktion stehe ich garantiert nicht als Held da. Ich schließe die Augen wieder und wünschte, ich wäre einfach auf den Grund der Alster gesunken. Da stupst mich Cherie in die Seite.

»Was mich allerdings wirklich beeindruckt: Du hast immer noch den Ring in der Schnauze.«

Sag ich ja: Ein von Eschersbach ist ein echter Kämpfer! Auch wenn ich mich gerade überhaupt nicht so fühle.

»Herkules! Bist du von allen guten Geistern verlassen?!«

Jetzt sind auch Marc und Luisa am Steg angelangt, und insbesondere Marc scheint irgendwie sauer zu sein.

»Du kannst doch nicht einfach in die Alster springen! Um ein Haar wärst du abgesoffen! Wenn der Retriever dich nicht im letzten Moment rausgezogen hätte, wärst du jetzt tot. Du bist direkt vor den Ausflugsdampfer gesprungen – wie kann man nur so blöd sein?«

Okay, Marc *ist* sauer. Unter normalen Umständen würde ich mich jetzt möglichst schuldbewusst geben, aber ich bin zu erschöpft und bleibe einfach so liegen, wie mich Cherie auf den Steg geschleppt hat. Wenigstens Luisa scheint Mitleid zu haben, sie kniet sich neben mich und streichelt mich.

»Nicht so schimpfen, Papi. Du siehst doch, wie schlecht es Herkules geht.«

»So eine Dummheit aber auch! Wie ist er bloß auf die Idee gekommen?«

»Schimpfen Sie nicht mit ihm – das war eigentlich nicht seine Schuld.«

Aus den Augenwinkeln sehe ich, dass Cheries Frauchen vom Tisch aufgestanden und auch auf den Steg gekommen ist.

»Hier hat eben jemand seinen Labrador ständig diesen Ring apportieren lassen. Offensichtlich wollte Ihr Kleiner es auch einmal versuchen. Dass das Schiff so nah an den Steg kommen würde, konnte er sicher nicht ahnen. Der Herr mit dem Labrador ist dann ganz fix verschwunden. Wahrscheinlich das schlechte Gewissen. Ist ja auch eine doofe Idee, eine Hundesportstunde im Gartenlokal abzuhalten.«

Genau! So gesehen bin ich gar nicht schuld.

»Da haben Sie Recht. Wenn der Retriever nicht gewesen wäre, hätte Herkules vielleicht das Zeitliche gesegnet.«

»Ja, unsere Cherie hat eine sehr zupackende Art.«

»Ach, ist das Ihr Hund? Vielen Dank! Da muss ich ja wohl mal eine Fleischwurst springen lassen für die Dame! Wissen Sie, unser Herkules neigt ab und zu zur Selbstüberschätzung. Ist halt noch ein Teenager.«

Pah! Ist das etwa Solidarität mit den eigenen Familienmitgliedern? Und was heißt hier Selbstüberschätzung? Immerhin habe ich den Ring sofort erwischt. Wenn das doofe Schiff nicht gekommen wäre, wäre das ein 1a-Auftritt meinerseits gewesen. Ich hebe den Kopf und versuche, Marc möglichst böse anzugucken, was der natürlich ignoriert. Stattdessen plaudert er auch gleich noch meine finstersten Geheimnisse aus.

»Bestimmt wollte er auch den größeren Hunden imponieren. Wissen Sie, Herkules ist ein Dackelmix, zu einer Hälfte Terrier. Und die fühlen sich doch gerne mal größer, als sie eigentlich sind. Mutige Hunde, aber manchmal etwas unvorsichtig.«

Vielen Dank, Marc. Jetzt weiß wenigstens auch Cherie, dass ich nicht reinrassig bin. Heute bleibt mir auch nichts erspart. Es mag Einbildung sein – aber ich glaube, Cherie guckt mich bereits abschätzig an. Ich lege den Kopf wieder auf den Steg. Was für ein furchtbarer Tag.

»Hm, er sieht aber noch ganz schön schlapp aus. Meinen Sie, er ist okay? Vielleicht gehen Sie besser mit ihm zum Tierarzt.«

Jetzt mischt sich Luisa ein.

»Das brauchen wir nicht. Papa ist selbst Tierarzt.«

»Ach so? Das ist natürlich praktisch. Hier in der Nähe?«

»Ja, ich habe meine Praxis gleich hinter dem Helvetia-Park.«

»Das ist gut zu wissen – unser Tierarzt ist nämlich gerade in den Ruhestand gegangen und hat die Praxis aufgelöst. Jetzt suche ich einen neuen, falls mal was mit Cherie sein sollte.«

»Na, das wäre mir natürlich eine Ehre, die tapfere Lebensretterin zu behandeln. Warten Sie, ich glaube, ich habe eine Karte dabei.«

Er greift in die Hosentasche und zieht ein Stück Karton heraus.

»Bitte sehr – Marc Wagner. Ich würde mich freuen, Sie beide zu sehen.«

»Danke, ich heiße Claudia Serwe. Ich komme bestimmt bald mal mit Cherie vorbei. Spätestens bei der nächsten Wurmkur.«

Hm, das ist nun eine unerwartete, aber ausgezeichnete Wendung. Wenn Cherie erst mal in Marcs Praxis aufkreuzt, kann ich die Scharte von eben vielleicht auswetzen. Als Hund des Tierarztes genießt man doch ein gewisses Ansehen bei den Patienten. Das ist meine Chance, und ich werde sie nutzen!

SECHS

Komm Schatz, lass mich doch mit Herkules Gassi gehen. Wenn dein Fuß noch so weh tut, solltest du ihn lieber ein bisschen hochlegen, anstatt unserem Kampfdackel hinterherzuhinken.«

»Danke, das ist lieb von dir. Es geht zwar schon viel besser, aber so ganz in Ordnung ist mein Fuß tatsächlich noch nicht.«

Seit ihrem kleinen Unfall an der Alster lahmt Carolin. Und zwar gewaltig. Zudem hat sich herausgestellt, dass Marc sich zwar mit Pferdegelenken bestens auskennt, bei Menschen hingegen passen muss. Viel mehr als ein paar aufmunternde Worte und das Angebot, mit mir spazieren zu gehen, ist vom Herrn Doktor noch nicht gekommen. Das überrascht mich: Es kann doch nicht sein, dass Marc vom Hamster bis zum Elefanten alles behandelt, was durch seine Praxistür kommt, bei Carolin aber völlig ahnungslos ist. Ob er vielleicht keine Lust hat, sich um sie zu kümmern? Weil er mit seinen Patienten schon ausgelastet ist? Aber ein reines Zeitproblem kann es auch nicht sein: Immerhin hat sich Marc jetzt meine Leine geschnappt und scheint fest entschlossen, eine Runde mit mir zu drehen. Gut, ich muss nehmen, wen ich kriegen kann. Denn nicht nur, dass Caro schwächelt: Luisa ist dieses Wochenende gar nicht da.

Marc zieht sich eine Jacke über, dann geht es los. Wir steuern direkt auf den Park zu, das ist gewissermaßen unsere

Stammstrecke. Nicht mehr besonders aufregend für mich, aber immer wieder gerne genommen. Kaum haben wir allerdings die ersten Bäume passiert, setzt sich Marc schon auf eine Parkbank. Ach nö – was soll das denn? Das ist doch wohl nicht wahr! Soll ich jetzt etwa im Kreis um die Bank laufen? Ich zerre an der Leine und belle.

»Keine Sorge, Herkules, es geht gleich weiter. Ich muss nur mal eben in Ruhe telefonieren. Dauert auch nicht lang.«

Okay, das kann sogar stimmen. Wenn Marc telefoniert, dann tatsächlich meist sehr kurz. Carolin hingegen kann stundenlang in das kleine Kästchen sprechen, das sie sich beim Telefonieren ans Ohr hält. Wie überhaupt alle Menschenfrauen, die ich bisher beim Telefonieren beobachtet habe, hier wesentlich mehr Ausdauer beweisen als Männer. Dann kann ich also nur hoffen, dass Marc nicht mit einer Frau telefonieren will. Ich setze mich neben die Bank.

»Hallo Sabine, Marc hier. Du hattest um Rückruf gebeten.«

Mist. Soweit ich weiß, ist Sabine ein Frauenname. Ich glaube, die eigentliche Mutter von Luisa heißt zum Beispiel so. Die Stimme, die ich dank meiner ausgezeichneten Ohren aus dem Telefon hören kann, ist auch tatsächlich die einer Frau. Das kann also dauern. Ich lege mich hin. Gähn. Vielleicht schlafe ich ein bisschen.

Bevor ich jedoch wegdämmern kann, ändert sich die Stimmung schlagartig von »langweilig« zu »explosiv«. Und nicht nur die *Stimmung* – vor allem Marcs *Stimme* bekommt auf einmal einen ganz schneidenden Ton.

»Ich muss dich gar nichts fragen. Ob meine Freundin bei mir einzieht, geht dich nichts an! Ich kann mich auch nicht erinnern, dass du mich gefragt hättest, bevor du mit deinem Flugkapitän abgehoben bist.«

Auch die Frau klingt auf einmal ganz aufgeregt. Ich kann zwar keine einzelnen Worte verstehen, aber ihre Stimme ist plötzlich hell und schrill.

»So, du machst dir Sorgen um deine Tochter? Das ist aber neu. Wo waren denn deine Muttergefühle, als du ausgezogen bist? Das war für Luisa mit Sicherheit schlimm.«

Sabine, Luisa? Marc scheint also tatsächlich mit Luisas Mutter zu telefonieren. Aber warum ist er denn so wütend? Ich dachte, das Konzept menschlicher Familie sei Harmonie. Davon ist Marc aber meilenweit entfernt: Er brüllt regelrecht. Verschreckt verkrieche ich mich unter der Parkbank. Jetzt springt Marc auf und geht vor der Bank auf und ab. Ich beobachte ihn aus sicherer Entfernung. Seine Aggression ist so greifbar, dass ich ein bisschen Angst bekomme. Sabine schreit auch irgendwas, aber Marc fällt ihr ins Wort.

»O nein, meine Liebe, so einfach ist es eben nicht. Wir waren uns einig, dass Luisa zu mir zieht. Das war eine gemeinsame Entscheidung. Wenn dir das heute nicht mehr schmeckt, ist das allein dein Problem.«

Jetzt wieder sie – weit kommt sie allerdings nicht. Marc unterbricht sie und schreit in den Hörer.

»Pass mal auf, Sabine: Ich bin endlich wieder glücklich, und das stinkt dir. So einfach ist das.«

Dann drückt er auf einen Knopf und steckt das Handy in seine Hosentasche. Er atmet tief durch, dann dreht er sich zu mir um.

»Herkules, was machst du denn unter der Bank? Komm da mal raus.«

Ich zögere. Er bückt sich und streckt mir eine Hand entgegen.

»Nun komm schon. Ich habe mich wieder beruhigt. Keine Schreierei mehr, versprochen.«

Kaum stehe ich neben ihm, nimmt mich Marc auf einmal auf den Arm und drückt mich fest an sich. Hoppla, so kuschelig ist er doch sonst nicht! Ich frage mich, ob diese plötzliche Gefühlsanwandlung mit dem Telefonat zu tun hat. Was hat Luisas Mutter bloß zu ihm gesagt, das ihn so aufgeregt hat? Ich würde es wirklich gerne wissen, denn so habe ich Marc noch nie erlebt. Der ist eigentlich ein sehr besonnener Mensch.

Er setzt mich wieder auf den Boden und dreht sich um.

»So, mein Lieber. Jetzt kommst du endlich zu deinem Recht: einem ausgedehnten Spaziergang. Wir werden uns doch von der blöden Kuh nicht den Tag verderben lassen, Kumpel! Wir sind gut drauf, oder?«

Ich mag mich täuschen, aber diese plötzliche Fröhlichkeit wirkt auf mich irgendwie … gekünstelt und Marc eher verzweifelt als guter Dinge. Um ihn aber nicht noch mehr runterzuziehen, gebe auch ich mich nun geradezu kämpferisch gut gelaunt und belle aufmunternd. Hoffe ich jedenfalls.

»Ich habe dir doch gleich gesagt, dass es mit gebrauchten Männern etwas schwieriger wird. Und das liegt unter anderem an den alten Frauen.«

Marc hat gestern kein Wort mehr über sein Gespräch mit Sabine verloren – selbst Carolin hat er meines Wissens nichts davon erzählt. Ich bin also immer noch ratlos, was diesen Gefühlsausbruch seinerseits verursacht haben könnte, und habe mich daher heute umgehend an den Spezialisten in Menschenfragen gewandt: Herrn Beck.

Der liegt neben mir auf dem Rasen und erläutert mir haarklein die Tücken der menschlichen Familie. Beck ist hier unglaublich versiert: Sein altes Herrchen, der Bruder von Frau Wiese, war Anwalt und als solcher oft mit Familienfragen befasst. Menschen, die ihren Partner loswerden wollten, kamen zu ihm, und auch solche, die sich darüber streiten wollten, bei wem die Menschenkinder künftig wohnen, zählten zu seinen Kunden. Ich mag es kaum glauben, aber das Thema Familie scheint wirklich unglaublich kompliziert zu sein.

»Aber was haben denn alte Frauen mit gebrauchten Männern zu tun? Das verstehe ich nun überhaupt nicht. Marc ist gebraucht, das habe ich jetzt geschnallt. Aber wenn Sabine die Mutter von Luisa ist, dann ist sie doch wahrscheinlich noch gar nicht so alt.«

»Ich meine doch nicht *alt* im Sinne von *alt*.«

»Nein?«

Okay, vielleicht verstehe ich es auch einfach nicht, weil Beck es so schlecht erklärt.

»Ich meine: Wenn Carolin die *neue* Frau von Marc ist, dann ist Sabine die *alte*. Kapiert?«

»Aha. Aber wo ist das Problem? Die Frauen begegnen sich doch nie. Marc wohnt schließlich nicht mit beiden zusammen. Obwohl das in der freien Wildbahn jeder Dackelrüde so machen würde – also, mit all seinen Frauen zusammenleben, neuen, alten, jungen, betagten, einfach allen. Behauptet jedenfalls mein Opili. Und wenn Marc sich das aussuchen kann, dann könnte er doch …«

Beck atmet schwer.

»Unsinn. Das kann sich Marc doch nicht aussuchen! Was denkst du denn. Da würden ihm die beiden Damen aber aufs Dach steigen!«

»Ja, schon klar. Die Menschen bilden Pärchen, weiß ich doch. Aber dann verstehe ich den ganzen Ärger noch weniger. Marc hat doch dann alles richtig gemacht. Ein neues Pärchen gebildet. Mit Carolin. Damit hat doch dann die alte Frau gar nichts zu tun.«

»Wenn du mir nun endlich mal zuhören würdest, anstatt hier immer alles zu kommentieren, würde ich es dir erklären.«

Ich nicke schuldbewusst. »Okay, ich halt die Klappe.«

»Das Problem mit den alten Frauen ist doch Folgendes: Menschen als denkende Wesen können die Vergangenheit einfach nicht ruhen lassen. Während der durchschnittliche Hund sich maximal noch daran erinnern kann, was vergangene Woche alles so passiert ist, und selbst eine Katze selten mehr als den vergangenen Monat auf dem Zettel hat, hängen Menschen gerne ganzen Jahren nach. Ich habe es bei meinem Herrchen gesehen: Die Menschenpaare trennen sich, aber dann verbringen sie immer noch genauso viel Zeit mit Streitereien. Sie sind wie gefangen in der Vergangenheit. Und besonders schlimm kann das werden, wenn Menschenkinder zu der ganzen Geschichte gehören. Weil Mann und Frau dann ja tatsächlich immer noch miteinander zu tun haben, als Vater und Mutter.«

Ein interessantes Konzept. Natürlich habe ich auch an meiner Mutter gehangen. Aber man wird als Hund schnell unabhängig von den Eltern. Deckrüde und Hündin wohnen meist sowieso nicht zusammen. Streit über den Aufenthalt des Nachwuchses kann es nicht geben, weil der Züchter den bestimmt. Kein Wunder, dass Menschen ständig Probleme haben. Sie machen es sich einfach zu schwer.

»Also, so wie du es erzählst, wird wohl Folgendes passiert sein: Sabine und Marc haben beschlossen, dass Luisa bei Marc wohnen soll. Leider hat Marc dann vergessen, Sabine zu erzählen, dass Carolin bei ihm einzieht. Und jetzt ist Sabine sauer, weil sie nicht will, dass ihr Kind mit einer fremden Frau zusammenlebt, ohne dass sie vorher gefragt wurde. Vielleicht hat sie auch Angst, dass Carolin ihr die Mutterrolle streitig macht.«

»Hä?«

»Ja, Letzteres ist für Fortgeschrittene. Das erkläre ich dir ein andermal genauer. Momentan verspüre ich tatsächlich ein leichtes Hungergefühl. Weißt du, Nina kocht jetzt immer für mich, und wahrscheinlich wartet schon etwas ganz Leckeres in meinem Napf. Ich sehe dich später!«

Spricht's, steht auf und verschwindet. So, so. Nina kocht für Herrn Beck. Und der verbringt seine Zeit offenbar lieber mit seiner neuen Freundin als mit mir. Dabei wollte ich ihm noch von Cherie erzählen. Ich bin mir zwar ziemlich sicher, dass Hundedamen nicht gerade in Herrn Becks Kernkompetenz fallen. Trotzdem hätte ich mich gerne mal mit jemandem ausgetauscht. Oder besser: jemandem von Cherie vorgeschwärmt. Und nun lässt mich dieser alte Kater schnöde hier sitzen. Wer hätte das gedacht? Und warum kocht eigentlich niemand für mich?

Bevor ich mich weiter mit dieser Frage befassen kann, streckt Carolin ihren Kopf durch die Terrassentür und ruft nach mir. Ob sie vielleicht Ninas leuchtendem Beispiel gefolgt ist und auch etwas Leckeres für mich vorbereitet hat? Neugierig trabe ich in Richtung Werkstatt.

»So, Herkules, heute machen wir mal früher Feierabend. Ich habe Marc versprochen, dass wir Luisa von der Schule abholen. Der Hort fällt heute aus, wir werden uns also ein bisschen um die junge Dame kümmern.«

Gut, dagegen ist nichts zu sagen – aber was ist denn mit meinem Mittagessen? Oder bekomme ich nicht nur *nicht* etwas Selbstgekochtes, sondern *insgesamt* nix? Carolins Kinderliebe in allen Ehren und auch wenn mir langsam klar wird, dass die menschliche Brutpflege eine ganz delikate Angelegenheit ist: Das geht nun echt zu weit! Luisa wird schon keinen Schaden nehmen, nur weil sie vielleicht ein bisschen vor der Schule warten muss. Ich werde auch häufiger vor dem Supermarkt angebunden und muss mich dann gedulden, bis Carolin mit dem Einkaufen fertig ist. Meines Wissens hat sich noch kein einziger Mensch darüber Gedanken gemacht, wie es mir eigentlich damit geht.

Aber so wie es aussieht, fällt das Essen tatsächlich aus, denn Carolin hat schon ihre Jacke an und wedelt mit dem Autoschlüssel. Ein eindeutiges Signal zum Aufbruch. Normalerweise erledigt Carolin alles zu Fuß oder mit dem Fahrrad. Werkstatt, Marcs Haus und die Schule liegen schließlich so dicht beieinander, dass es selbst für Menschen keine unüberwindbare Distanz darstellt. Doch mit Hinkefuß ist die sonst so bewegliche Carolin zum Autofahrer mutiert. Nun gut, dann muss ich eben hungern. Wenn ich deshalb gleich die Autositze fresse, ist Carolin selbst schuld. Ich knurre leise vor mich hin, aber dieses Zeichen meines Protests wird von Carolin komplett ignoriert. Stattdessen scheucht sie mich aus der Werkstatt und schließt die Tür hinter uns. Hier im Treppenhaus riecht es verführerisch lecker nach gekochtem Hühnchen. Wahrscheinlich eigens für Herrn Beck zubereitet. So eine Gemeinheit!

Schlecht gelaunt hüpfe ich auf den Beifahrersitz. Eigentlich mag ich Luisa sehr gerne, aber gerade entdecke ich, dass das Zusammenleben mit einem Kind auch ganz offenkundig Nachteile hat. Man spielt als Hund eindeutig nur noch die zweite Geige. Es ist wahrscheinlich der Hunger, aber ich kann mich nicht daran hindern, in Selbstmitleid zu versinken. Was bin ich nur für ein armer Hund! Es ist noch nicht so lange her, da gab es nur Carolin und mich. Das war herrlich. Sie hatte jede Menge Zeit für mich, wir haben auf dem Sofa gekuschelt, und ab und zu durfte ich in ihrem Bett schlafen. Dann kam Marc dazu. Das war auch noch in Ordnung, immerhin war Carolin seitdem deutlich ausgeglichener und glücklicher. Ab und zu hat uns Luisa besucht, und wir waren eine kleine Familie auf Zeit. Vielleicht war das ideal, und es wäre besser so geblieben. Herr Beck hatte Recht. Damals war alles besser: Luisa spielte und schmuste mit mir, fütterte mich, ich war für sie auch etwas Besonderes, denn zu Hause, bei ihrer Mutter, gab es offensichtlich keine Tiere. Das habe ich gleich gerochen. Jetzt bin ich natürlich nichts Besonderes mehr, und es spielt nicht einmal eine Rolle, dass ich ...

»Herkules, mein Süßer! Komm, lass dich mal richtig knuddeln!«

Luisa reißt die Autotür auf und nimmt mich sofort auf den Arm. Sie drückt mich fest an sich, vergräbt ihr kleines Gesicht in meinem Fell und bläst mir ihren warmen Kinderatem ins Genick. Das kitzelt zwar, ist aber trotzdem ein schönes Gefühl. Dann hebt sie mich hoch und guckt mir direkt in die Augen.

»Weißt du, ich freue mich immer, wenn ich dich sehe! Ich glaube, du bist mein bester Freund.«

Ich merke, wie mein Herz einen kleinen Hüpfer macht. Luisa ist einfach ein ganz tolles Mädchen, ich bin wirklich froh, dass es sie gibt. Das mit dem Freund stimmt schon – Kinder und Hunde passen super zusammen. Man ist einfach gleich auf Augenhöhe. Ich schlecke ihr einmal quer übers Gesicht, und sie quietscht vor Freude.

»Komm, Luisa, steig ein! Ich glaube, Herkules hängt der Magen schon auf den Knien, ich hatte eben keine Zeit mehr, ihn zu füttern. Wahrscheinlich frisst er mir gleich die Autositze auf.«

So ein Quatsch! Die Autositze? Absurd. So einen riesigen Hunger habe ich nun auch wieder nicht. Ist doch wohl wichtiger, dass Luisa erst mal heil nach Hause kommt.

SIEBEN

Der Hundegott ist doch ein gütiger: Nach einer sehr reichlichen Portion Pansen sitze ich zufrieden und ein bisschen müde neben Luisa und lasse mich hinter den Öhrchen kraulen. Die unterhält sich gleichzeitig mit Carolin. Gewissermaßen ein Gespräch von Frau zu Frau. Jedenfalls kommt es mir so vor, denn beide haben einen einigermaßen geheimnisvollen Tonfall.

»So, und Pauli ist echt cool?«

»Genau. Eigentlich der einzige coole Junge an der ganzen Schule. Er ist natürlich auch schon in der vierten Klasse. Die Jungs in meiner Klasse sind alle kleine Pupsis, voll doof.«

»Na ja, *ein* netter Typ ist doch auch schon mal was.«

»Ja, aber im nächsten Schuljahr kommt Pauli aufs Gymnasium – und dann ist er weg, und ich sehe ihn nie wieder.«

»Also, das Gymnasium liegt vermutlich nicht in Australien. Wieso solltest du ihn denn nie wiedersehen?«

»Weil, dann müsste ich mich schon extra mit ihm verabreden.«

»Na und? Kannst du doch machen.«

»Carolin! Pauli verabredet sich nicht mit Mädchen. Dazu ist er viel zu cool.«

»Aha? Das ist ein Zeichen von Coolness? Das wird sich der Pauli bestimmt noch mal anders überlegen.«

»Also selbst wenn er sich mit Mädchen verabreden sollte, dann bestimmt nicht mit kleinen Mädchen. Das ist völlig aussichtslos. Momentan sehe ich ihn noch auf dem Schulhof, und da unterhält er sich sogar mit mir. Aber wenn er erst mal weg ist, ist er weg. Hundertprozentig.«

Schweigen. Carolin legt Luisa einen Arm um die Schulter.

»Und das wäre schon blöd, nicht wahr?«

Luisa nickt, sagt aber nichts.

»Wie ist es denn sonst so an der Schule?«

Luisa zuckt mit den Schultern.

»Du wolltest doch eine Party machen. Hast du denn deine Freundinnen schon eingeladen?«

Luisa nickt wieder, sagt aber immer noch nichts.

»Und wann findet die Party statt?«

Jetzt fängt Luisa endlich an zu sprechen, aber so leise, dass selbst ich mit meinem ausgezeichneten Gehör sie kaum verstehen kann.

»Die findet gar nicht statt. Die wollten alle nicht kommen. Ich bin nämlich nicht im Club.«

Luisa hat aufgehört, mich zu kraulen. Ich blinzele nach oben. Sie wischt sich mit einer Hand über die Augen, und ich kann sehen, dass etwas auf ihrer Wange glitzert. Klarer Fall: Luisa weint. Das hat auch Carolin bemerkt, die ihr jetzt über den Kopf streicht.

»Mensch, Luisa, warum hast du das denn nicht erzählt?«

»Ich wollte nicht, dass Papi sich Sorgen um mich macht. Er hat sich doch so gefreut, dass ich nach Hamburg gezogen bin.«

Ich bin entsetzt – Luisa geht es schlecht, und ich habe davon rein gar nichts bemerkt. Ein Unding – ein Dackel, der keine Antennen für sein Rudel hat! Offenbar kreise ich in letzter Zeit zu sehr um mich selbst. Ob das an Cherie liegt? Sofort schweifen meine Gedanken ab. Wie finde ich bloß heraus, wann sie in Marcs Praxis kommen wird? Ich bin tagsüber immer mit Carolin in der Werkstatt, da würde ich sie glatt verpassen. Oder ich bleibe in Zukunft einfach zu Hause und verbringe meine Zeit in der Praxis. Gut, das ist natürlich für den Fall, dass Cheries Frauchen erst in ein paar Wochen einen Termin macht, eine ziemlich langweilige Variante. In Marcs Haus habe ich nämlich keine Freunde. Luisa ist tagsüber in der Schule, und die einzigen anderen Tiere sind Marcs Patienten, die aber ständig wechseln. Also niemand, mit dem ich mich anfreunden könnte. Ein echtes Problem, aber hoffentlich kein unlösbares.

»Eigentlich ist nur Herkules mein Freund.«

Ich höre meinen Namen und erschrecke. Ein feiner Freund bin ich! Wenn Luisa das wüsste – sie schüttet ihr Herz aus, und ich denke bei nächstbester Gelegenheit wieder nur an Cherie. Was ist bloß los mit mir?

»Vielleicht musst du die anderen Kinder erst besser kennenlernen? Ich meine, du bist doch erst seit Januar in der Klasse. Manchmal braucht es etwas mehr Zeit, bis man Freunde findet.«

Im Gegensatz zu mir ist Carolin rührend um Luisa bemüht. Ob es das ist, was Herr Beck meinte? Mit »Mutterrolle streitig machen«? Hat Sabine deshalb Angst vor Carolin? Also, falls sie überhaupt Angst hat – so genau weiß ich das natürlich nicht, denn Marc hat nichts erzählt. Und wenn es so ist, welchen Sinn würde das machen? Sabine müsste doch froh sein, dass Carolin sich so gut um Luisa kümmert.

Wenn ein Züchter Welpen abgibt, dann sorgt er immer dafür, dass sie in liebevolle Hände kommen. Jedenfalls ein gewissenhafter Züchter tut das. Gut, der alte von Eschersbach hat mich gemeinerweise einfach ins Tierheim verfrachtet, aber wäre ich reinrassig gewesen, hätte er potenzielle Käufer auf Herz und Nieren geprüft. In ihrem neuen Zuhause sollen sich die Welpen wohl fühlen, so denkt sich ein guter Züchter das. Ich sehe zwar ein, dass man die Sache wahrscheinlich nicht eins zu eins auf Menschen übertragen kann. Aber nicht wenigstens ein bisschen?

Nachdem ich zu der ganzen Geschichte offensichtlich nichts Sachdienliches beitragen kann, beschränke ich mich darauf, Luisa ein wenig die Hände abzuschlecken. Vielleicht ist das irgendwie tröstlich. Sie kichert. Na also, wer sagt's denn?

Carolin guckt nachdenklich. Das heißt, sie legt ihre Stirn in Falten und hält den Kopf schief. »Was ist denn das für ein Club, in dem du nicht Mitglied bist?«

»Der Tussi-Club.«

Carolin prustet laut los.

»Bitte? Wie heißt der?«

»Tussi-Club.«

Was, bitte, ist daran so komisch?

»Bist du sicher, dass du in einem Club mit einem so bescheuerten Namen Mitglied sein möchtest? Ich meine *Tussi* – schlimmer geht's doch nicht. Weißt du überhaupt, was das bedeutet?«

Luisa nickt.

»Klar weiß ich das. Tussi ist normalerweise ein Schimpfwort für doofe Frauen. Aber das macht es ja gerade so cool, verstehst du?«

Carolin guckt sie mit großen Augen an.

»Nee, ehrlich gesagt, nicht.«

Mir geht's genauso. *Tussi* ist ein Schimpfwort, und trotzdem nennen sich die Mädchen so?

»Ist doch logisch: Pony-Club, Prinzessinnen-Club – das sind alles Namen für Clubs von kleinen Mädchen. Weil die immer was Tolles sein wollen. Aber Lena und so – die wollen gar nichts Tolles sein. Die *sind* toll. Und deswegen nennen sie sich *Tussi-Club* – zum Spaß, verstehst du?«

»Äh, nicht so ganz. Ist ja aber auch egal. Die Frage ist doch: Wie wird man da nun Mitglied? Bewirbt man sich?«

Luisa seufzt tief.

»Nein, das geht nicht. Die müssen einen fragen. Und sie fragen mich einfach nicht.«

»Hm. Verstehe. Das ist natürlich ein Problem. Aber ich verspreche dir, ich werde darüber nachdenken. Und jetzt lade ich dich erst mal auf ein Eis ins Café Violetta ein. Danach sieht die Welt garantiert schon besser aus.«

Luisa ist längst im Bett, als Carolin Marc vom Tussi-Club erzählt. Die beiden kuscheln bei einem Glas Wein auf dem Sofa, ich liege davor – alles in allem saugemütlich.

»*Tussi-Club*? Ich lach mich schlapp! Und da will Luisa unbedingt Mitglied werden und ist todunglücklich, weil die sie nicht lassen? Ach komm, die wird sich schon wieder beruhigen.«

Carolin mustert Marc über den Rand ihres Glases.

»Hm, ich weiß nicht. Luisa war wirklich sehr traurig. Und sie wollte dir nichts davon erzählen. Vielleicht geht das Problem ja auch tiefer, und es gefällt ihr nicht in Hamburg? Oder unser Zusammenziehen war doch ein bisschen zu schnell für sie?«

Sofort richtet sich Marc auf. »Wie kommst du denn darauf?«

»Es ist nur so ein Gedanke. Ich mache mir eben ein wenig Sorgen um das Kind.«

»Ach – und ich nicht, oder wie?« Marc klingt sehr scharf.

»Hey, das habe ich gar nicht gesagt. Fühl dich doch nicht gleich angegriffen.«

»Ich fühle mich nicht angegriffen. Ich glaube nur, dass das totaler Schwachsinn ist. Luisa fühlt sich sehr wohl, und mit dir kommt sie blendend aus. Alles ist gut.«

Carolin legt ihre Hand auf Marcs Arm und tätschelt ihn. »Süßer, alles in Ordnung bei dir?«

»Natürlich. Warum?«

»Du wirkst so angespannt.«

»Überhaupt nicht. Ich bin völlig entspannt. Gewissermaßen die Ruhe selbst.«

Ich muss sagen, dass das nicht gerade überzeugend klingt. Weder wirkt Marc ruhig noch entspannt. Und er riecht auch nicht so.

Am nächsten Tag bringen Caro und ich Luisa auf dem Weg in die Werkstatt noch bei der Schule vorbei. Die Stimmung ist gut, Luisa und Caro blödeln miteinander herum, und Luisa scheint wieder so fröhlich zu sein, wie ich sie eigentlich kenne. Außerdem stecken in ihrer Jackentasche Leckerlis – ich rieche das genau. Ob ich gleich eins davon bekomme?

Caro stoppt das Auto kurz vor der Schule, und tatsächlich kramt Luisa in ihrer Jacke herum.

»Hier, Herkules, für dich. Weil du mich gestern so lieb getröstet hast!«

Hm, köstlich! Wo hat sie das bloß her? Und gibt's dort noch mehr davon?

»Wo du gerade von trösten redest – ich habe mir tatsächlich schon ein paar Gedanken über den Tussi-Club gemacht, und ich glaube, mir ist da eine gute Idee gekommen.«

Luisa reißt die Augen auf.

»Ehrlich? Was denn?«

»Na, ich will noch nicht zu viel verraten – aber ich sage

mal: Stichwort Ponys und Prinzessinnen. Mal sehen, ob's klappt.«

Carolin lächelt geheimnisvoll.

»Och, Carolin, nun sag schon!«

»Nein, lass mich erst mal machen. Aber es wird bestimmt gut.«

»Bitte!«

»Neihein!«

Carolin lacht, und auch Luisa fängt an zu kichern. Trotzdem unternimmt sie noch einen letzten Versuch, bevor sie aussteigt.

»Bitte, Carolin! Was hast du dir überlegt?«

»Lass dich einfach überraschen. Und jetzt schnell – du kommst sonst zu spät!«

Nun bin ich aber auch neugierig geworden. Was kann sich Carolin bloß ausgedacht haben, damit Luisa in den Tussi-Club kommt. Mit Ponys und Prinzessinnen. Wobei die doch *uncool* waren, wenn ich das gestern Abend richtig verstanden habe. Also, nur für kleine Mädchen. Oder sollten die Tussis doch kleiner sein, als sie eigentlich zugeben? Es bleibt mir wohl nichts anderes übrig, als mich ebenfalls überraschen zu lassen.

»Frau Wiese kommt nicht wieder. Nie wieder.«

Herr Beck empfängt mich mit Grabesstimme, als ich mit Carolin in Ninas Wohnung komme. O je, das klingt gar nicht gut.

»Was ist denn passiert?«

»Der Neffe war gestern Nachmittag hier. Frau Wiese geht es immer noch so schlecht, dass sie nicht mehr allein wohnen kann. Sie kommt in ein Heim.«

In ein HEIM? Ich traue meinen Ohren kaum.

»So etwas gibt es auch für Menschen?«

»Ja. Ein Altersheim. Dort kommen die alten Menschen hin, die sich nicht mehr um sich selbst kümmern können.«

»Und da gibt es dann auch Pfleger, die sie füttern? Und saubermachen und so?«

Becks Schwanzspitze zuckt hin und her, er legt den Kopf schief.

»Ich glaube schon.«

Ich schüttele mich.

»Die arme Frau Wiese! Von meinem eigenen eintägigen Tierheimaufenthalt habe ich heute noch Albträume. Ich bin dort von zwei riesigen Kötern fertiggemacht worden. Boxer und Bozo. Das vergesse ich nie. Wenn mich Carolin nicht gerettet hätte, dann ...«

»Ja, ja, dann hätte dein letztes Stündlein geschlagen. Die Geschichte hast du mir schon hundert Mal erzählt. Aber es geht hier gerade nicht um Frau Wiese.«

»Geht es nicht?«

Versteh einer diesen Kater.

»Nein. Es geht um MICH. Was wird nun aus MIR?«

Herr Beck macht eine sehr nachdrückliche Bewegung mit seiner Tatze. Stimmt, die Frage stellt sich natürlich. Wenn Frau Wiese nicht wiederkommt, muss Beck dann ausziehen? Vielleicht ins Menschenheim? Falls Tiere da überhaupt erlaubt sind. Jetzt bekomme ich es auch mit der Angst zu tun – ich will meinen Kumpel Beck auf keinen Fall verlieren! Er starrt mich düster an.

»Am schlimmsten wäre es, wenn ich wieder zu den drei kleinen Monstern zurückmuss. Das überlebe ich nicht.« Er holt theatralisch Luft. »Dann haue ich lieber ab und lebe auf der Straße.«

»Aber meinst du nicht, dass du bei Nina bleiben kannst? Ihr versteht euch doch super. Sie kocht jeden Tag für dich!«

Beck nickt.

»Ja, das wäre am schönsten. Nur kann ich sie das leider nicht selbst fragen, ich muss darauf vertrauen, dass sie es von allein anbietet.« Er stöhnt. »Gott! Ich fühle mich so hilflos! Weißt du, eigentlich bin ich sehr gerne ein Tier. Beziehungsweise: gerne ein Kater. Aber als Haustier letztendlich immer von den Menschen abhängig zu sein, das geht mir gegen den Strich. Aber gewaltig. Vielleicht sollte ich gleich abhauen.«

»Jetzt würde ich mal nichts überstürzen. Ich kann verstehen, dass du dir Sorgen machst. Aber so, wie ich die Sache sehe, will Nina dich bestimmt behalten. Ich wiederhole es nur ungern: Sie kocht jeden Tag für dich! Da könnte sich Carolin mal eine Scheibe von abschneiden.«

»Hoffentlich hast du Recht.«

»Bestimmt. Lass uns doch mal hören, was die Damen zu besprechen haben. Wo stecken die überhaupt?«

Wir müssen nicht lange suchen. Die beiden stehen in der Küche, Nina hat einen Kaffee aufgesetzt. Der Duft der Kaffeebohnen strömt langsam durch die ganze Wohnung. Carolin redet, Nina hört aufmerksam zu.

»Irgendwas ist komisch mit Marc. Ich habe ihm gestern erzählt, dass Luisa Schwierigkeiten hat, neue Freunde zu finden und dass ich mir ein bisschen Sorgen mache – da ist er gleich an die Decke gegangen. Du hättest ihn hören sollen! Dabei habe ich ihn wirklich nicht kritisiert. Es ging mir nur um Luisa.«

»Ich hab's dir gesagt: Patchwork ist nicht so einfach, wie du vielleicht denkst.«

»Super, vielen Dank! Mal im Ernst – ich erzähle dir das nicht, damit du mit einem *ich hab's ja gleich gesagt* um die Ecke kommst. Damit hilfst du mir überhaupt nicht.«

»Entschuldige, du hast Recht. Wahrscheinlich steht Marc unter einem gewissen Erfolgsdruck, und deine Vermutung, es könne Luisa nicht gut gehen, stresst ihn da noch zusätzlich.«

»Erfolgsdruck? Warum?«

»Na, immerhin muss er jetzt beweisen, dass er der Superpapi ist.«

»Das ist doch Quatsch. Ich weiß doch, dass er ein toller Vater ist.«

Nina schüttelt heftig den Kopf.

»Doch nicht dir, Caro. Seiner Ex, der muss er das beweisen. Schließlich wohnt das Kind zum ersten Mal seit der Trennung bei ihm, und es ist ja möglich, dass sie der Sache eher skeptisch gegenübersteht.«

Was genau mag eine Ex sein? Und was hat sie mit Luisa zu tun? Muss etwas Naheliegendes sein. Carolin jedenfalls weiß sofort, was gemeint ist.

»Kann eigentlich nicht – es war immerhin auch ihre Idee, dass Luisa zu Marc zieht. Sie ist Stewardess und wollte wieder mehr arbeiten. Das ist mit einem Kind zu Hause natürlich schwierig, zumal ihr Neuer als Pilot ähnlich oft unterwegs ist. Marc war natürlich begeistert, er wollte schon lange mehr Zeit mit Luisa verbringen.«

»Tja, wenn das so ist – dann weiß ich auch nicht, was das Problem ist. Also entweder es ist etwas, was er dir nicht erzählen will. Oder aber er hatte einfach einen schlechten Tag.«

Apropos Problem: Wenn sich die Damen mal eben des Anliegens meines besten Freundes annehmen könnten? Das wäre ganz reizend. Sonst gehen hier wieder Stunden mit Gesprächen über den menschlichen Nachwuchs ins Land, und wir wissen immer noch nicht, wo Herr Beck demnächst sein müdes Haupt betten kann. Der sieht offen gestanden schon ziemlich angeschlagen aus – die Sorge um seine Zukunft scheint ihm wirklich zuzusetzen. Nur: Wie lenken wir die Aufmerksamkeit von Nina und Carolin in diese Richtung?

Ach, ich versuche es einfach mal ganz platt. Ich fange an, zu bellen und mich an Herrn Beck zu reiben. Der springt überrascht zur Seite.

»Hey, was ist denn mit dir los?«

»Vertrau mir, ich habe jetzt auch schon ein paar Sachen über das menschliche Hirn gelernt. Wenn sich Nina überhaupt schon Gedanken gemacht hat, ob sie dich endgültig adoptieren soll, dann braucht sie dich bestimmt nur anzugucken und wird Carolin davon erzählen.«

»Und deswegen musst du mit mir kuscheln?« Beck faucht mich regelrecht an. Der muss wirklich runter mit den Nerven sein.

»Meine Güte, sei doch nicht so empfindlich. Es ist zu deinem Besten. Und so schlimm ist es auch nicht, mit mir auf Tuchfühlung zu gehen.«

»Was ist denn mit euch beiden los?«, wundert sich Nina. »Ihr versteht euch doch sonst so gut.« Genau, tun wir eigentlich auch – also, woran wird's wohl liegen? Komm schon, Nina, denk mal nach. Du kommst bestimmt drauf.

Herr Beck schenkt mir einen Blick, der irgendwo zwischen *»so wird das nie was«* und *»wird's nun endlich was?«* schwankt. Und dann ist es erstaunlicherweise Carolin, die auf die richtige Idee kommt.

»Wie gestaltet sich eigentlich deine WG mit Blecki?«

»Oh, gut. Vor allem habe ich inzwischen herausgefunden, dass das Viech Herr Beck heißt.«

»Stimmt. Jetzt, wo du es sagst, fällt es mir auch wieder ein. Bist du denn jetzt auf den Geschmack gekommen und schaffst dir auch eine Katze an, wenn Frau Wiese wieder da ist?«

»Die arme Frau Wiese kommt gar nicht wieder. Ihr Neffe war da. Es geht ihr noch so schlecht, dass sie erst einmal in ein Pflegeheim zieht. Die Wohnung wird aufgelöst. Und ich habe mir überlegt, Herrn Beck zu behalten. Es ist nämlich der erste Mann in meinem Leben, mit dem das Zusammenleben richtig Spaß macht. Ich glaube, es ist was Ernstes.«

ACHT

Ich habe eine Superidee in Sachen Tussi-Club!«

Carolin fällt Marc um den Hals und küsst ihn, kaum dass wir durch die Praxistür gekommen sind. Normalerweise ist sie diesbezüglich etwas zurückhaltender und die Praxis erst recht nicht der Ort für innige Zweisamkeit bei den beiden. Aber es sind keine Patienten mit den dazugehörigen Menschen mehr da, also scheint das aus ihrer Sicht in Ordnung zu sein. Marc schaut zuerst etwas überrascht, dann erwidert er ihren Kuss.

»Na, erzähl mal. Ich bin gespannt.«

Ja? Ich nicht. Etwas Langweiligeres, als jetzt Carolins Ideen zu dieser Kinderveranstaltung zu lauschen, kann ich mir gerade nicht vorstellen. Viel spannender ist doch, dass Herr Beck nun dauerhaft bei Nina wohnen wird! Warum erzählt Carolin denn das nicht als Erstes?

»Luisa hat doch gesagt, dass diese Lena einen Pony-Geburtstag veranstaltet hat. Also offensichtlich stehen Pferde bei den Damen hoch im Kurs. Was hältst du davon, wenn wir den gesamten Club zu einem Außentermin mit Pferden und echtem Schloss einladen? Dafür müsstest du allerdings mal deine guten Verbindungen spielen lassen.«

Gähn! Pferde? Wen interessiert's? Gut, ich weiß, dass meine Vorfahren oft auch Jäger begleitet haben, die mit Pferden unterwegs waren. Opili sagt, dass das immer die tollsten Erlebnisse waren – eine ganze Meute Hunde und die Menschen auf den Pferden natürlich viel schneller als sonst zu Fuß. Allerdings bin ich mir sicher, dass Carolin mit dem Tussi-Club keine Treibjagd plant. Ohne Jagd kann ich mit Pferden aber nichts anfangen. Auf Schloss Eschersbach standen auch so einige davon rum, mir persönlich kamen die immer ein wenig blöd vor. Marc runzelt die Stirn. Ob er meine Ansicht über Pferde teilt?

»Ich fürchte, ich kann dir momentan nicht ganz folgen.«

»Macht nichts, ich erkläre es dir. Wir waren doch letztes Jahr einmal zusammen mit Herkules bei seinem Züchter – diesem etwas kauzigen Grafen, oder Herzog, oder was auch immer der ist, auf diesem riesigen Landgut.«

Herkules? Züchter? Landgut? Mit einem Mal bin ich wie elektrisiert. Carolin muss einfach von Schloss Eschersbach reden. Tatsächlich war ich einmal mit Carolin und Marc dort zu Besuch. Es war das erste und letzte Mal, dass ich meine Familie wieder zu Gesicht bekommen habe, nachdem mich der alte von Eschersbach ins Tierheim abgeschoben hatte. Es war ein traumhafter Tag. Alle haben sich gefreut, mich wiederzusehen: meine Schwester Charlotte und Mama, Emilia, die Köchin, und natürlich Opili. Es schien mir, dass selbst von Eschersbach ein bisschen gerührt war. Wahrscheinlich hatte er es schon bitter bereut, mich so schlecht behandelt zu haben. Aber das Tollste von allem war fast, als Hund des Tierarztes auf dem Schloss aufzutauchen. Ich habe regelrecht gerochen, wie viel Respekt die anderen auf einmal vor mir hatten. Leider haben wir diesen Ausflug nie wiederholt, ich hätte riesige Lust dazu gehabt.

»Äh, du meinst den alten von Eschersbach?«

»Genau. Du betreust doch seine Dackelzucht, oder?«

»Ja, das hat schon mein Vater gemacht, und ich habe das übernommen. Aber was hat das mit dem Tussi-Club zu tun?«

»Wenn ich mich recht erinnere, gibt es auf dem Gut auch Pferde.«

»Richtig. Deswegen war von Eschersbach auch schwer begeistert, als ich Vaters Praxis übernommen habe. Schließlich war ich in München lange Assistent in der Pferdeklinik der Uni.«

»Ja, du bist ein ganz Toller. Aber darauf wollte ich gar nicht hinaus.«

Marc grinst, schnappt plötzlich nach Carolin und kippt sie in die Waagerechte. »So, wolltest du nicht? Na warte, bevor ich nicht einen Kuss bekomme, lasse ich dich nicht wieder los.«

Hey, Leute, nicht flirten, weitererzählen! Ich will jetzt unbedingt wissen, was Carolins Plan mit Schloss Eschersbach zu tun hat. Ob nun Marc auch ein klasse Pferdedoc ist oder nicht, tut doch hier gar nichts zur Sache!

Carolin windet sich lachend aus Marcs Griff. »Nee, nee, mein Lieber, erpressen ist nicht! Hör mir lieber weiter zu.«

Marc seufzt und nickt. »Hat von Eschersbach auch Ponys?«

»Ja, hat er. Beziehungsweise seine Schwiegertochter hat welche. Er war erst überhaupt nicht begeistert davon, aber mittlerweile stehen dort meines Wissens auch noch drei oder vier Isländer. Viel habe ich mit den Pferden aber nicht zu tun, die sind Gott sei Dank ziemlich gesund.«

»Meinst du, Luisa könnte mal mit ein paar Mädchen zum Reiten vorbeikommen?«

Eine echte Knaller-Idee! Und ich komme gleich mit! Großartig, Carolin! Du bist wirklich zu gebrauchen. Marc allerdings scheint mir nicht ganz so euphorisch. Er zuckt bloß mit den Schultern.

»Weiß nicht. Von Eschersbach ist da immer sehr eigen. Allerdings mag er mich wohl recht gerne. Ich kann ihn mal fragen. Aber was spricht eigentlich gegen einen *normalen* Reitstall?«

»Echt, Marc – du verstehst auch gar nichts von jungen Damen. Schon gar nicht von *Tussis*. Schloss Eschersbach ist doch eine sehr exklusive Location. Da werden die Mädchen schon aus purer Neugier nicht Nein sagen. Ich will nicht, dass Luisa noch einmal so eine Schlappe wie mit der Pyjama-Party erlebt.«

»Nein, das will ich auch nicht«, erwidert Marc sehr knapp. Carolin schaut ihn erstaunt an.

»Sag mal, was ist eigentlich mit dir los? Nervt es dich, wenn ich solche Vorschläge mache? Findest du, dass mich das nichts angeht? Oder ist es was anderes?«

»Überhaupt nicht. Im Gegenteil, ich freue mich, dass du dir Gedanken um Luisa machst.«

»Aber was ist es dann? Stress mit Sabine?«

Sabine? Da klingelt doch etwas bei mir. Ich muss sofort an Marcs Telefongespräch im Park denken.

»Quatsch, wie kommst du denn darauf? Es ist alles in bester Ordnung.«

In bester Ordnung? Wenn das mal stimmt. Ich bin mir ziemlich sicher, dass Marc mit der Sabine, die Luisas Mutter ist, telefoniert hat und dass sich die beiden gestritten haben. Also, entweder ich habe das im Park völlig falsch verstanden – oder es handelt sich hierbei um eine faustdicke Lüge. Ich tippe auf Letzteres, denn auf einmal beginnt Marc, nach Stress zu riechen. Und ein kleines bisschen nach Angst. Auch Carolin scheint das zu bemerken, obwohl sie wie alle Menschen ziemlich taub auf der Nase sein dürfte. Sie zieht die Augenbrauen nach oben und mustert Marc eindringlich. Er weicht ihrem Blick aus.

»Also, wie dem auch sei – vielleicht ist deine Idee wirklich gut. Ich werde morgen bei von Eschersbach anrufen und einen Termin machen. Muss sowieso mal wieder nach den Dackeln gucken.«

Ohne weiter nachzudenken, fange ich an zu bellen. Marc und Carolin schauen sich überrascht an – und lachen gleichzeitig los. Dann bückt sich Carolin und streichelt mir über den Kopf.

»Hast du uns etwa verstanden?«

»Ich glaube schon. Keine Sorge, Herkules. Wenn es so weit ist, nehme ich dich mit. Und jetzt habe ich auch einen Wunsch.«

Ach ja? Carolin und ich schauen Marc interessiert an.

»Ich möchte gerne mit meiner Liebsten ein romantisches Abendessen verbringen. Meinst du, Nina könnte spontan babysitten?«

Carolin nickt. »Klar, ich rufe sie gleich mal an. Auf ein Dinner zu zweit hätte ich auch Lust. Schade, dass Herkules uns im Zweifel nicht anrufen kann. Sonst wäre er bestimmt der perfekte Babysitter für Luisa.«

Marc guckt mich an und grinst. »Tja, Herkules ist schon ziemlich gut – aber er ist kein Superdackel.«

Bitte? Bodenlose Frechheit.

Als Nina zwei Stunden später tatsächlich im Hause Wagner-Neumann aufkreuzt, bringt sie Herrn Beck mit. Luisa ist begeistert, Herr Beck wahrscheinlich weniger.

»Oh, wie süß! Eine Katze!«

»Genau genommen ein Kater«, erklärt ihr Nina und gibt ihr Herrn Beck auf den Arm. Hoffentlich kriegt unser Kinderfreund da nicht gleich einen Herzinfarkt! Aber zu meiner großen Überraschung lässt sich Beck offenbar ganz entspannt von Luisa kraulen und fängt sogar an zu schnurren. Ganz neue Töne – aber ich freue mich natürlich, dass die beiden sich offenbar auf Anhieb verstehen.

»Wie heißt er denn?«, will Luisa wissen.

»Herr Beck. Er ist schon ein etwas älterer Herr, ich habe ihn gewissermaßen geerbt.«

Luisa lächelt und wiegt ihn hin und her, Beck schnurrt noch lauter.

»Heuchler!«, zische ich ihm zu, aber er ignoriert mich. Stattdessen schmiegt er sich sogar noch ein bisschen näher an Luisa.

»Ich glaube, er mag Kinder.«

»Bestimmt!«

Gut, dass ich nicht sprechen kann.

»Dein Vater hat gesagt, dass du noch eine halbe Stunde aufbleiben darfst. Soll ich dir etwas vorlesen?«

Luisa schüttelt den Kopf.

»Nein danke, lesen kann ich ja schon selbst, das mache ich nachher im Bett. Lieber spiele ich noch etwas mit Herkules und Herrn Beck. Oder vertragen sich die beiden nicht? Ich meine, so von wegen Hund und Katze?«

»Im Gegenteil, die beiden sind Kumpels. Sozusagen beste Freunde«, beruhigt sie Nina. Luisa seufzt, setzt Herrn Beck neben mich auf den Boden und sich selbst gleich dazu.

»Das ist schön, wenn man einen besten Freund hat. Oder eine beste Freundin.«

Auch Nina setzt sich auf den Boden.

»Stimmt. Ich bin auch froh, dass ich Carolin habe. Wer ist denn deine beste Freundin?«

Luisa zuckt mit den Schultern. »Niemand. Johanna war meine beste Freundin in München, aber hier in Hamburg habe ich noch keine.«

»Verstehe. Das ist natürlich doof.«

»Weißt du, ich habe schon versucht, ein paar Mädchen aus meiner Klasse einzuladen, aber die wollten leider nicht kommen. Ich habe es neulich schon Carolin erzählt – und die hat sich jetzt etwas überlegt, wie ich vielleicht doch noch Freundinnen finde. Ist aber noch geheim, sie will mich überraschen.«

»Das klingt doch gut. Bestimmt hat Caro eine richtig tolle Idee, du wirst schon sehen.«

Herr Beck robbt an mich heran. »Muss man sich Sorgen um Luisa machen? Das arme Kind!«

»Sag mal, seit wann bist du denn so ein Kinderfreund? Neulich hast du wegen der Gören von Wiese junior noch Gift und Galle gespuckt.«

»Was heißt hier *Gift und Galle*? Ich war lediglich ein wenig ungehalten, vielleicht hatte ich auch einen schlechten Tag wegen der ganzen Geschichte mit Frau Wiese.«

Hört, hört. Herr Beck räumt einen schlechten Tag ein. Eine interessante persönliche Entwicklung. Allerdings nicht so interessant wie das Gespräch zwischen Luisa und Nina. Letztere kann es sich nämlich nicht verkneifen, sich mal genauer nach dieser Sabine zu erkundigen.

»Und deine Mama? Wie findet die, dass du jetzt bei deinem Papa wohnst?«

Wenn Marc das wüsste, wäre es ihm bestimmt nicht recht. Ich kann gar nicht genau sagen, warum ich das glaube – aber ich habe das Gefühl, dass Nina die Familiengeschichte eigentlich nichts angeht.

»Mama findet das gut. Wir haben uns das zusammen überlegt.«

»Wer ist denn *wir*?«

Mann, diese Nina ist aber richtig neugierig. Warum will sie das bloß so genau wissen?

»Na, Mama, Papa und ich. Und auch Jesko. Das ist Mamas Freund. Der wohnt mit ihr zusammen.«

»Aha. Dann ist ja alles gut.«

Eben. Und so hat es ihr doch auch schon Carolin erzählt. Aber der wollte Nina das wohl nicht glauben. Wobei – so ganz gut scheint es nicht zu sein, sonst hätte Marc keinen Streit mit Sabine gehabt. Glaube ich jedenfalls. Und ich könnte einen großen Kauknochen darauf verwetten, dass Nina auf die gleiche Idee gekommen ist.

Luisa ist längst im Bett, und Herr Beck und ich lümmeln mit Nina vor dem Fernseher auf dem Sofa herum. Eine gute Gelegenheit, Herrn Beck endlich mal von dem Thema zu erzählen, das mich am meisten bewegt: Cherie. Ich habe ihm gegenüber zwar schon die ein oder andere Andeutung gemacht, aber bisher hat er darauf überhaupt nicht reagiert. Was ich schon ein bisschen ungerecht finde. Schließlich habe ich mir auch das ganze Elend über Frau Wiese, Wiese junior, die kleinen Monster und die Sorgen über die Suche nach einer neuen Bleibe von ihm angehört. Da wird er doch mal fünf Minuten Zeit übrig haben, sich anzuhören, wie es um mein kleines Dackelherz bestellt ist.

»Weißt du, was ich dir schon die ganze Zeit erzählen wollte?«

Herr Beck rollt sich herum und dreht den Kopf in meine Richtung. »Nee, was denn?«

»Ich habe jemanden kennengelernt.«

»Ach.« Besonders interessiert klingt Beck nicht, aber das ist mir egal.

»Ja, eine Golden-Retriever-Hündin. Sie heißt Cherie und ist schön. Wunderschön.«

Herr Beck rückt näher an mich heran. »Sag bloß, du hast dich verliebt?«

»Na ja, also, ich weiß nicht so genau. Aber ein bisschen Herzklopfen kriege ich schon, wenn ich sie sehe. Genau genommen ziemlich viel Herzklopfen.«

Wenn er es könnte, würde Herr Beck in wieherndes Gelächter ausbrechen, das sehe ich ihm genau an. So allerdings muss er sich auf etwas beschränken, das wie ein heiseres Fauchen klingt.

»Cherie? Golden Retriever? Oh, Mann, Herkules, die ist doch mindestens doppelt so groß wie du! Wenn nicht dreimal!«

Er rollt sich vor Vergnügen auf dem Boden herum. Irgendwie hatte ich mir von einem guten Freund eine andere Reaktion erhofft.

»Also, ich weiß wirklich nicht, was daran so komisch ist. Sicher, ich bin kleiner, aber eigentlich bin ich doch auch ein Jagdhund und da ...«

Es klingelt an der Wohnungstür. Nanu? Ganz schön spät für Besuch. Wahrscheinlich haben Carolin und Marc nur den Schlüssel vergessen. Nina läuft in den Flur, um zu öffnen, ich folge ihr.

Aber vor der Tür stehen nicht Marc und Carolin. Sondern eine Frau, die ich noch nie zuvor gesehen habe.

NEUN

Ich habe sie wirklich noch nie gesehen. Da bin ich mir ganz sicher. Und trotzdem riecht sie irgendwie vertraut. Seltsam. Wie kann das sein? Nina scheint es interessanterweise ähnlich zu gehen. Kommt ihr die Frau auch bekannt vor? Sie schaut hin, schaut kurz wieder weg, überlegt, schaut nochmal hin. Dann öffnet sie die Tür ein Stück weiter.

»Ja, bitte?«

Die fremde Frau macht einen Schritt nach vorne. Der vertraute Geruch weht mir nun direkt in die Nase. Es riecht ein bisschen nach … hm … nach … Luisa!

»Hallo. Ich bin Sabine. Sie müssen Carolin sein. Darf ich reinkommen?«

»Marc ist nicht da«, beeilt sich Nina zu sagen.

»Schade.« Die Frau denkt kurz nach. »Wobei – vielleicht ist es auch gar nicht schlecht, wenn wir beide uns mal unterhalten.«

Hey, Nina, vergiss es! Du bist doch gar nicht Carolin. Und das ist auch gar nicht deine Wohnung – willst du diese Fremde wirklich reinlassen? Ich merke, wie sich jede Muskelfaser in meinem Körper anspannt. Lass! Sie! Nicht! Rein!, würde ich am liebsten laut rufen. Stattdessen muss ich mich aufs Knurren beschränken. Dackel sind zwar eigentlich Jagdhunde, aber vielleicht sorgt der Terrieranteil in mir auch für gewisse Wachhundqualitäten.

Die fehlen Nina leider völlig. Sie zögert nur kurz, dann

öffnet sie die Tür ganz. Die Frau betritt unseren Flur und schaut sich fragend um. Ich bleibe bei der Tür stehen und mustere sie aus den Augenwinkeln. Sie ist groß und schlank und hat dunkle, gelockte Haare, genau wie Luisa. Warum sagt Nina dieser Sabine nicht einfach, dass sie heute Abend nur der Babysitter ist, und schmeißt sie dann raus?

»Kommen Sie doch bitte mit ins Wohnzimmer. Hier entlang.«

»Ich weiß. Meine Schwiegereltern haben hier früher gelebt.« Der letzte Satz kommt schnell und scharf. Sehr scharf. Meine Nackenhaare beginnen, sich zu sträuben. Diese Frau ist gefährlich, das ist eindeutig. Hoffentlich ist sie nicht bewaffnet, immerhin hat sie eine sehr große Handtasche dabei. Ich halte mich jetzt dicht an Nina, bereit, sie sofort zu verteidigen.

Noch allerdings geht die Frau nicht in eine Angriffshaltung über. Sie mustert Nina.

»Komisch. Ich hatte Sie mir ganz anders vorgestellt.«

Kein Wunder. Das ist ja auch gar nicht Carolin. Nina, was ist los mit dir? Klär das auf, und zwar bevor sie dich anfällt und niederschlägt. Riechst du die Gefahr etwa nicht?

Natürlich nicht. Stattdessen geht sie ins Wohnzimmer vor und bietet der Frau mit einer Handbewegung einen Platz auf dem Sofa an. Wozu haben Menschen eigentlich eine Nase im Gesicht? Die ist komplett überflüssig. Ich habe mir das schon öfter gedacht. Meistens stört es mich nicht – jeder hat eben seine Schwächen. Aber gerade im Moment regt es mich schon auf, dass Nina diesen stechend aggressiven Duft, der die Frau umweht, so gar nicht wahrnimmt.

Wer allerdings auch nichts wahrnimmt, ist Herr Beck. Der liegt nach wie vor auf dem Sofa. Ist anscheinend eingeschlafen. Himmel, bin ich hier denn der Einzige, der den Ernst der Lage erkannt hat? Nur zwei Türen weiter schläft Luisa friedlich in ihrem Bett. Was, wenn die Fremde, die behauptet, Sabine zu sein, unser Kind rauben will?

Nina setzt sich neben Herrn Beck, der tatsächlich angefangen hat zu schnarchen. Ich lege mich vor ihre Füße. Von hier aus habe ich die potentielle Angreiferin genau im Blick, sie hat sich nämlich in den Sessel gegenüber vom Sofa gesetzt.

»Womit kann ich Ihnen denn helfen?«, beginnt Nina das Gespräch betont freundlich.

»Sie haben keine eigenen Kinder, oder?«

Ha! Ich hab's gewusst! Es geht um Luisa! Nina schaut schwer irritiert. Klar, die Frage nach eigenen Kindern würde auch die Dackelin krummnehmen. Klingt glatt so, als ob man ihr unterstellt, nicht für die Zucht geeignet zu sein.

»Äh, nein, noch nicht.«

»Dann können Sie auch nicht wissen, wie sich das anfühlt.«

»Was denn?«

»Wenn das eigene Kind zu einer fremden Frau zieht. Das kann sich niemand vorstellen, der es noch nicht erlebt hat.«

Nina legt den Kopf schief.

»Na ja, ich habe zwar keine Kinder, aber ich bin Psychologin, also da …«

»Ach? Ich dachte, Sie seien Geigenbauerin. Hat Marc jedenfalls behauptet.«

»Natürlich … äh … richtig. Ich meinte damit nur, dass ich auch mal ein paar Semester Psychologie studiert habe. Nach meiner Ausbildung, weil es mich so interessiert hat.«

Sabine zieht die Augenbrauen hoch, und Ninas Gesichtsfarbe wird deutlich dunkler. Lügen ist eben gar nicht so einfach. Als Hund sowieso nicht, aber auch als Mensch muss man so einiges beachten, damit man nicht auffliegt. Trotzdem machen sie es sehr oft. Also, ich meine: lügen. Der alte von

Eschersbach wurde seinerzeit nicht müde, die Schlechtigkeit von lügenden Menschen hervorzuheben, und anfangs hat es mich auch schwer irritiert, wenn ich einen Menschen dabei erwischt habe. Aber mittlerweile bin ich zu der Überzeugung gelangt, dass es ein wichtiger Bestandteil menschlicher Kommunikation ist und die meisten Menschen die ein oder andere Lüge in ihrem Alltag fest einkalkulieren. Mit einer kleinen Lüge hier und da schummeln sie sich so durch, es macht ihr Leben einfacher.

Ninas Lüge scheint mir aber ein ganz anderes Kaliber zu sein. Nicht die Sorte *Ich war schon mit dem Hund draußen* oder *Natürlich habe ich beim Zahnarzt angerufen*. Immerhin tut sie einfach so, als sei sie ein anderer Mensch. Ich frage mich nur, warum? Sie könnte doch auch einfach zugeben, der Babysitter zu sein, und dann wären wir vermutlich auch schnell diese unangenehme Frau los.

»Auf alle Fälle muss ich mit Marc sprechen, wie es nun weitergeht. Denn *so* geht es nicht weiter, das steht schon mal fest. Ich habe neulich versucht, mit ihm am Telefon darüber zu sprechen, aber da hat er mir einfach den Hörer aufgelegt. Hat er Ihnen das erzählt?«

Aha, das Telefonat im Park. Nun bin ich auf einmal doch ganz Ohr.

»Nein, das wusste ich nicht.«

»Das wundert mich nicht. Marc ist so ein konfliktscheuer Idiot. Deswegen bin ich jetzt nach Hamburg geflogen. Ich habe mir extra zwei Tage freigenommen.«

»Was ich nicht ganz verstehe – es war doch eigentlich auch Ihre Idee, dass Luisa zu uns zieht. Wo ist denn jetzt das Problem?«

Sabine schnappt hörbar nach Luft. »Wo das Problem ist? Es war eben nicht meine Idee, dass Luisa zu *Ihnen* zieht.

Als ich das mit Marc besprochen habe, war er noch Single. Es war überhaupt keine Rede davon, dass er mit einer Frau zusammenziehen würde. Es gab *Sie* noch gar nicht.« Wütend funkelt sie Nina an, die verschränkt die Hände vor der Brust.

»Sie können Marc doch nicht verbieten, mit einer Frau zusammenzuziehen. Oder erwarten Sie, dass er im Zölibat lebt?«

Zöli-was?!

»Natürlich nicht. Ich erwarte nur, dass er mir erzählt, wenn so etwas Wichtiges in seinem Leben passiert. Vor allem, wenn es auch *mein* Kind betrifft.«

Nina lässt die Arme sinken.

»Hat er Ihnen das denn nicht erzählt?«

»Nein.«

»Oh.«

»Ja. *Oh*. Ich habe es erst von Luisa bei ihrem letzten Besuch erfahren.«

Nina schüttelt den Kopf. »Gut, Männer gehen einem Streit in der Tat gerne mal durch das klassische Aussitzen aus dem Weg. Aber in diesem Fall war das vielleicht nicht so geschickt.«

Sabine springt von dem Sessel auf. »Nicht so geschickt? Es hat mich extrem gekränkt! Mein Kind wohnt nun mit einer fremden Frau zusammen, und ich erfahre es nur durch Zufall. So geht das nicht. Ich kann wohl zu Recht erwarten, dass Marc in diesem Punkt auch auf meine Gefühle Rücksicht nimmt.«

»Okay, wahrscheinlich hat er sich gedacht, da Sie doch auch mit einem neuen Partner ...« Weiter kommt Nina nicht, denn Sabine schießt auf sie zu und bleibt erst ganz kurz vor ihr stehen. Dabei tritt sie mir fast auf den Schwanz, so dass ich erschreckt aufheule. Das ignoriert die Furie komplett, sie wettert einfach drauflos.

»Ja, ja, damit kommt Marc auch am liebsten um die Ecke: Dass ich diejenige war, die ihn verlassen hat und dass ich ihn Knall auf Fall für Jesko habe sitzen lassen. Und dafür lässt er mich jetzt büßen, oder wie? Meinen Sie, mein lieber Exmann hat sich schon ein einziges Mal gefragt, warum ich ihn verlassen habe? Zu einer Trennung gehören immer zwei. Jesko war vielleicht der Anlass, aber er war mit Sicherheit nicht der Grund.«

Tollwut. Ein ganz klarer Fall von Tollwut. Ich kann es jetzt nicht so genau sehen, weil Sabine direkt über mir steht, aber ich bin mir sicher, dass sie Schaum vor dem Mund hat. Tragisch, denn eigentlich muss man die Frau bei dieser Diagnose sofort erschießen. Ich weiß allerdings nicht, ob Marc ein Gewehr im Haus hat. Er ist da sehr schlecht sortiert, fürchte ich.

»Ja, also«, stottert Nina, »ich weiß gar nicht …«

»Richten Sie Marc einen schönen Gruß aus«, unterbricht Sabine sie erneut, »er soll mich anrufen. Wir müssen reden. Und wir werden reden.«

Dann macht sie auf dem Absatz kehrt, schnappt sich ihre große Tasche und rauscht aus der Wohnung. Als die Tür mit einem lauten Knall ins Schloss fällt, schreckt Herr Beck hoch.

»Was? Wie? Sprichst du mit mir? Also was war denn nun, als du mit Carolin an der Alster spazieren warst?«

In dieser Nacht schlafe ich sehr schlecht. Ständig träume ich von Sabine, die versucht, Luisa aus ihrem Bett zu zerren. Und wenn ich zwischen zwei Alpträumen kurz hochschrecke, horche ich angestrengt, ob irgendjemand durch die Wohnung schleicht. Dabei ist der Abend ganz friedlich zu Ende gegangen. Kurz nachdem die Verrückte abgehauen war, kamen auch schon Marc und Carolin. Sie waren gut gelaunt, hatten offenbar einen tollen Abend zu zweit. Marc hat eine Flasche Wein geöffnet, gemeinsam mit Nina haben sie noch eine Zeitlang im Wohnzimmer gesessen und gequatscht. Nina hat allerdings kein Wort über unsere unheimliche Besucherin verloren, sondern nur erzählt, dass sich Luisa schon auf Carolins Überraschung freut. Dann hat sie sich Herrn Beck unter den Arm geklemmt und ist gegangen. Sehr seltsam, das Ganze.

Jetzt ist es Morgen, und ich fühle mich wie gerädert. Dieser Menschenkram fängt an, sehr anstrengend zu werden. Wie hatte Herr Beck gesagt? Ein Happy End gibt es bei Menschen nicht? Langsam ziehe ich wenigstens vage in Betracht, dass er Recht gehabt haben könnte. Ich sollte mich aus der Angelegenheit raushalten und mich auf mein eigenes Leben konzentrieren. Das allerdings ist leichter gesagt als getan. Denn das Leben eines treuen Dackels ist untrennbar verbunden mit dem seines Herrchens. Und das gilt mit Sicherheit auch, wenn der Dackel ein Dackelmix und das Herrchen ein Frauchen ist.

Zumindest könnte ich aber versuchen, mich verstärkt auf hundgerechte Tätigkeiten wie durch den Park stromern und Kaninchen jagen zu verlegen. Oder ich bleibe einfach mal einen Tag faul im Körbchen liegen. Wir Dackel sind ohnehin nicht die großen Langstreckenläufer. Ein Tag Ruhe wird mir gewiss guttun. Uah, bin ich müde!

Carolin steht auf einmal neben mir. »Alles okay bei dir, Herkules? Du warst so unruhig heute Nacht. Ich habe dich ab und zu heulen hören. Oder musst du nur ganz dringend raus? Vielleicht sollten wir für diese Fälle mal ein Katzenklo besorgen. Nina hat ja nun eines in ihrer Wohnung stehen, ich frage sie mal, wo sie das besorgt hat.«

Katzenklo? Kein Hund mit einem Funken Ehre im Leib würde sich auf so ein Teil hocken. Das wäre ja noch schöner! Aber typisch Mensch: immer schön bequem. Was ich in solchen Fälle brauche, ist ein Baum, keine Plastikwanne. Jawollja! Ich lege den Kopf auf die Vorderläufe und knurre ein bisschen. Carolin lacht.

»Na gut, also kein Katzenklo. Kannst ja gleich auf dem Weg in die Werkstatt den nächsten Baum aufsuchen. Wir gehen heute mal zu Fuß, ich glaube, das kriege ich wieder hin.«

Hm, das klingt nicht schlecht. Wobei ich mir doch gerade überlegt hatte, einfach hierzubleiben. Ach, was soll's – ausruhen kann ich mich auch noch in der Werkstatt. Ich komme mit!

Schnell hüpfe ich aus meinem Körbchen und schüttele mich, dann laufe ich in die Küche. Marc und Luisa sitzen auch schon dort, Luisa kritzelt in einem Heft herum, Marc liest Zeitung und trinkt Kaffee. Es sieht ziemlich idyllisch aus – eben doch nach Happy End. Wahrscheinlich habe ich mir völlig umsonst Sorgen gemacht. Liegt bestimmt an meiner Übermüdung.

Carolin geht zum Kühlschrank, holt mein Fresschen und verfrachtet es in die Mikrowelle. Pling! Sie stellt mir ein Schälchen vor die Füße. Ich schnuppere daran. Hm, Herz. Lecker! Okay, die Nacht war schlimm. Aber der Tag lässt sich dafür umso besser an.

Es klingelt. Erst kurz. Dann länger. Dann durchgehend. Marc und Carolin schauen sich fragend an.

»Erwartest du irgendjemanden?«, will Carolin wissen.

»Um halb acht? Natürlich nicht. Keine Ahnung, wer das ist.«

Aber ich weiß es: die Verrückte. Sie ist zurück, ich bin mir ganz sicher. Sie wird versuchen, Luisa zu holen. Genau wie in meinem Traum. Sofort lasse ich mein Fressen Fressen sein und rase zur Tür. Diese Frau wird keinen Fuß über unsere Schwelle tun, ich werde persönlich dafür sorgen.

»Hoppla, Herkules! Fast wäre ich über dich gestolpert – was ist denn los mit dir?« Marc muss mich zur Seite schieben, um überhaupt die Tür öffnen zu können. Das wollte ich eigentlich verhindern, aber auf dem Parkettboden kann ich mich leider nicht festkrallen, und so schiebt mich Marc mitsamt der Tür zur Seite. Jetzt kann ich noch nicht einmal sehen, wer geklingelt hat, geschweige denn verhindern, dass dieser Jemand in die Wohnung kommt.

»Guten Morgen! Sie kenne ich doch, oder?«

»Ja, ich bin Claudia Serwe. Meine Hündin hat neulich Ihren Dackel aus der Alster gefischt. Entschuldigen Sie diese frühe Störung, aber Cherie ist eben von einem Auto angefahren worden. Ich wusste nicht, wo ich mit ihr hinsoll, und dann fiel mir wieder ein, dass Ihre Praxis gleich um die Ecke ist. Ich hatte gehofft, dass Sie vielleicht schon da sind. Ja, und dann habe ich auf dem Klingelschild gesehen, dass Sie auch hier wohnen.«

Mir wird heiß und kalt. Cherie! Ihr ist etwas zugestoßen! Die Frau klingt atemlos und verzweifelt. Ich drücke mich an Marcs Beinen vorbei, um sie mir genauer anzuschauen. Sie hat geweint, ihre Augen sind ganz rot. Marc legt ihr eine Hand auf die Schulter.

»Gut, dass Sie gleich gekommen sind. Wo ist das Tier denn?«

»Sie liegt bei mir auf dem Rücksitz, mein Auto steht direkt vor der Tür. Ich habe solche Angst um sie!«

»Frau Serwe, ich sehe sie mir sofort an.«

Und ich komme mit! Ich lasse dich nicht allein, Cherie! Auf keinen Fall.

ZEHN

Ich hatte schon fast vergessen, wie sie riecht. Oder vielleicht hatte ich es auch verdrängt, um nicht ständig an sie zu denken. Und jetzt liegt sie hier, direkt vor mir, und als Frau Serwe die Autotür noch ein bisschen weiter öffnet, werde ich von dem Geruch regelrecht überrollt. Sofort ist er wieder da, der Tag an der Alster – Cherie und ich auf dem Steg, ihr spöttisches Lachen, ihre Berührungen, ihr federnder Gang. Mein Herz fängt an zu rasen, und ich muss mich kurz schütteln, um wieder im Hier und Jetzt anzukommen.

Von der Rückbank höre ich ein leises Wimmern, es klingt kläglich und auch ängstlich. Ich dränge mich noch weiter nach vorne, versuche, mit meinen Vorderläufen ins Wageninnere zu kommen. Das gelingt mir auch, und so reiche ich mit meiner Schnauze fast bis zum Polster der Bank. Von hier aus kann ich Cheries Kopf sehen. In ihr wunderschönes blondes Haar hat sich Blut gemischt, das sich wie ein dünnes Rinnsal vom Ohr bis zu ihrer Nasenspitze zieht.

Marc beugt sich nach vorne in den Wagen.

»Wie ist das passiert?«

»Ich wollte heute vor dem Büro noch eine kurze Runde mit ihr drehen. Wir kommen aus der Haustür – und werden fast von einem Fahrradkurier über den Haufen gefahren. Der war auf dem Bürgersteig unterwegs und so schnell, dass sich Cherie wahnsinnig erschreckt hat. Ich mich ehrlich gesagt auch. Aber Cherie ist auf die Straße gesprungen. Genau vor ein Auto. Die Fahrerin konnte nicht mehr bremsen und hat sie noch seitlich erwischt. Cherie ist richtig durch die Luft geflogen.« Claudia Serwe fängt wieder an zu weinen. »Ich dachte schon, sie sei tot.«

Marc legt seinen Kopf auf Cheries Brustkorb.

»Also, ihr Atem ist sehr flach, aber einigermaßen regelmäßig.« Er greift mit einer Hand an die Innenseite ihres Hinterlaufs und wartet einen Moment. »Hm, der Puls ist sehr schnell, schätze mal ungefähr hundert Schläge pro Minute. Das ist viel für einen so großen Hund, aber noch nicht dramatisch. Ich habe in der Praxis eine Trage, damit können wir Cherie in den Untersuchungsraum transportieren, ohne sie unnötig zu bewegen. Bin gleich wieder da.«

Er zieht seinen Kopf aus dem Wagen und verschwindet ins Innere des Hauses. Claudia Serwe geht um das Auto herum und holt irgendetwas von ihrem Sitz. Ich nutze die Gelegenheit und hüpfe jetzt ganz ins Wageninnere. Vorsichtig lege ich meine Schnauze neben Cheries Kopf.

»Alles wird wieder gut, bestimmt! Marc ist ein toller Arzt, mach dir keine Sorgen.«

Cherie versucht den Kopf in meine Richtung zu drehen. »Wer bist du?«

»Herkules. Der Dackel, den du aus der Alster gerettet hast.«

Sie fängt an zu schnaufen, dann stöhnt sie.

»Werden die Schmerzen schlimmer?«, will ich besorgt wissen.

»Nein. Ich hätte nur fast gelacht, und das tut weh.«

Also, wenn sie ihren Sinn für Humor noch hat, besteht Hoffnung. Ein gutes Zeichen!

»Dieser blöde Radfahrer. Ich habe ihn echt nicht gesehen. Er war so schnell. Dann wollte ich zur Seite springen – und ab da kann ich mich an nichts mehr erinnern.«

»Du bist unter ein Auto gekommen. Aber dein Frauchen hat dich gleich zu Marc gefahren. Und der wird dich bestimmt schnell wieder auf die Beine bringen.«

»Dein Optimismus ehrt dich, Kleiner. Momentan fühlt es sich nur leider nicht so an. So mit *schnell auf die Beine bringen*, meine ich.«

Marc kommt mit der Trage an, das heißt, er rollt an. Seine Trage hat nämlich ausklappbare Beine mit Rollen, was sie nun entfernt wie einen Einkaufswagen aussehen lässt.

»Herkules, tröstest du unsere Patientin ein bisschen? Bist ein guter Hund, aber jetzt musst du mal zur Seite gehen, sonst kriege ich Cherie nicht auf die Trage gehoben.«

Er taucht Richtung Rückbank, nimmt Cherie behutsam auf den Arm und legt sie dann auf die blanke Metallfläche der Trage. Claudia Serwe stellt sich daneben und streichelt Cherie vorsichtig.

»Schh, schh, wird alles wieder gut, meine Süße.«

Marc rollt die Trage Richtung Praxiseingang. Hier, auf dem Bürgersteig, stehen auch Carolin und Luisa. Obwohl ich selbst sehr aufgeregt bin, sehe ich, dass Luisa zittert.

»Papa, was ist denn mit dem armen Hund?«

»Er ist von einem Auto angefahren worden. Ich muss ihn untersuchen, um festzustellen, wie schwer seine Verletzungen sind.«

»Und wird er wieder ganz gesund werden?«

»Ich tue mein Bestes, Schatz.«

»Soll ich irgendwie helfen? Der Hund tut mir so leid.«

»Das ist ganz lieb, Luisa, aber am meisten hilfst du mir, wenn du jetzt zur Schule gehst. Zu viele aufgeregte Menschen sind auch nicht gut für unsere tierische Patientin.«

Luisa nickt und setzt den Schulranzen auf, der schon neben ihr steht. Marc wendet sich an Carolin.

»Sag mal, ist Frau Warnke denn noch nicht da? Es ist doch bestimmt schon nach acht Uhr, oder?«

Carolin nickt.

»Ja, gleich Viertel nach.«

»Mist. Wo bleibt die denn? Sie müsste längst da sein. Sie soll mir jetzt assistieren, und gleich beginnt auch die normale Sprechstunde.«

»Kann ich dir vielleicht helfen?«

Marc überlegt kurz. »Ja, wenn es dir nichts ausmacht, wäre das gut.«

Im Behandlungsraum rollt Marc ein kleines Schränkchen neben die Trage.

»So, Frau Serwe, ich mache jetzt einen Ultraschall von Cheries Brustraum und Unterbauch, um innere Verletzungen auszuschließen. Dann versorge ich die Platzwunde am Kopf, die muss ich wahrscheinlich nähen. Meine Frau wird mir dabei assistieren. Wären Sie so freundlich und würden so lange im Wartezimmer Platz nehmen?«

Frau Serwe nickt. »Ja, sicher. Aber sagen Sie mir gleich Bescheid, wenn Sie etwas klarer sehen?«

»Natürlich.«

»Soll ich den Dackel mitnehmen?«

»Nein, der stört mich eigentlich nicht, und Ihren Hund scheint er eher zu beruhigen. Nach der Nummer an der Alster bilden die beiden ja offensichtlich so eine Art Schicksalsgemeinschaft.«

Er lächelt schief, was Frau Serwe erwidert. Dann geht sie ins Wartezimmer. Marc zieht einen langen, dicken Stab aus dem Schränkchen.

»So, hier oben ist der Schallkopf«, erklärt er Carolin, »damit werde ich jetzt Brustkorb und Bauchraum schallen, damit wir uns die gute Cherie von innen mal genauer ansehen können.«

Unglaublich – mit diesem Stab kann sich Marc Cherie von innen anschauen? Hoffentlich muss er dafür nicht ein Loch in sie bohren. Ich merke, dass mir unwohl wird. Nicht, dass Marc Cherie noch mehr weh tut – wo ich ihr doch versprochen habe, dass Marc ihr helfen wird. Als könne er meine Gedanken lesen, streichelt Marc Cherie einmal kurz über den Rücken.

»Ganz ruhig, meine Liebe, das tut nicht weh. Carolin, bleib bitte oben beim Kopf stehen und halte sie am Halsband fest, falls sie aufspringen will. Ich kann ihr wegen der Kopfverletzung leider gerade keinen Maulkorb anlegen. Also sei ein bisschen vorsichtig.«

»Was hältst du denn davon, wenn wir Herkules neben sie setzen? Ich hatte auch den Eindruck, dass er sie beruhigt.«

Marc kratzt sich am Kopf.

»Hm, ja, warum nicht. Wir können es probieren, vielleicht funktioniert es.«

Er hebt mich nun ebenfalls auf die Trage, so dass ich direkt neben Cheries Kopf sitze, dann klappt er die Türen des Schränkchens auf – zum Vorschein kommt ein Fernseher. Aha? Was passiert denn jetzt?

»Ich konzentriere mich vor allem auf Lunge, Milz und Leber. Bei Unfällen mit Autos sind innere Verletzungen an diesen Organen leider häufig. Der Hund kann daran verbluten. Eigentlich müsste ich Cherie für ein besseres Bild vorher rasieren, aber hier am Bauch ist ihr Fell etwas dünner. Und wenn sich aus den ersten Bildern kein entsprechender Verdacht ergibt, würde ich ihr das gerne ersparen. So, ich trage erst ein wasserhaltiges Gel auf, damit die Schallwellen auch wirklich bis zu den Organen vordringen und nicht unterwegs verloren gehen. Vorsicht, Cherie, jetzt wird's erst ein bisschen kalt am Bauch, und dann lege ich los.«

Er fährt mit dem kugeligen Ende des Stabs über Cheries Bauch, die zuckt zusammen und wimmert ein bisschen.

»Ich bin bei dir«, flüstere ich ihr zu, »nur Mut! Es dauert bestimmt nicht lang.« Ich habe zwar keine Ahnung, ob das tatsächlich stimmt, aber es kann bestimmt nicht schaden, ein wenig Zuversicht zu verbreiten.

»Danke, dass du da bist«, flüstert Cherie zurück, dann schließt sie die Augen.

»So, das hier sieht schon mal gut aus. Keine Einblutungen zu sehen. Jetzt gehe ich weiter Richtung Leber … Moment …«, Marc schaut sehr konzentriert auf den kleinen Fernseher, »sieht auch gut aus.«

Neugierig geworden, riskiere ich ebenfalls einen Blick Richtung Bildschirm. Wie mag Cherie wohl von innen aussehen? Zu meiner Enttäuschung kann man auf dem Fernseher eigentlich gar nichts erkennen. Wie kann sich Marc da so sicher sein, dass alles in Ordnung ist? Ich sehe nur helle und dunkle Flecken, die mal größer, mal kleiner werden.

»Dass du da überhaupt etwas erkennen kannst«, merkt nun auch Carolin an. Ihr scheint es genauso zu gehen wie mir. Marc lacht.

»Na, ein bisschen Übung braucht man schon. Im Prinzip ist es so: Blut und die meisten anderen Flüssigkeiten werfen den Schall nicht so stark zurück zum Schallkopf, deswegen erscheinen sie auf dem Bildschirm schwarz, Gewebe mit hoher Dichte, wie zum Beispiel Knochen, reflektieren dagegen ziemlich gut und tauchen deswegen auf dem Bild viel heller auf.«

Ich versteh kein Wort, und auch Carolin sieht so aus, als könne sie nicht ganz folgen.

»Okay, mal ein Beispiel: Hier siehst du Cheries Rippen.«

»Stimmt, das kann ich erkennen.«

»Die kann ich jetzt zählen und auch nachschauen, ob sie von der Struktur her in Ordnung sind. Sind sie übrigens. Hier weiter unten sehen wir die Leber. Wenn sich jetzt irgendwo Blut angesammelt hätte, wo es nicht hingehört, würde ich das als schwarze Fläche sehen. Aber es ist alles so, wie es sein soll. Bittest du kurz Frau Serwe herein?«

»Klar, mache ich.«

Kurz darauf steht auch Claudia Serwe im Untersuchungsraum. Ängstlich schaut sie Marc an.

»Wird Cherie wieder ganz gesund?«

»Ich denke schon. Innere Verletzungen hat sie jedenfalls nicht. Ich würde jetzt gerne eine Röntgenaufnahme vom Kopf machen, um einen Schädelbruch auszuschließen, und dann muss ich noch ihre Platzwunde versorgen. Dafür bekommt Cherie eine Narkose, damit sie keine Schmerzen hat.«

»Das klingt ja nach einer richtigen Operation!«

»Nein, es ist nur ein kleiner Eingriff. Allerdings braucht sie danach eine Infusion, damit sie das Narkosemittel schneller wieder loswird. Außerdem hat sie dann schon einige Zeit nichts gefressen und getrunken. Wir müssen sie also ein bisschen stärken. Und dann sollte sie über Nacht hierbleiben, nur zur Vorsicht, falls es ihr schlechter gehen sollte.«

»Natürlich, das ist bestimmt besser so. Aber sagen Sie, Herr Doktor, Cherie wirkt noch sehr schwach. Ist das normal?«

»Mit der Infusion wird sie schnell wieder zu Kräften kommen, keine Sorge. Außerdem hat sie wahrscheinlich eine Gehirnerschütterung. War sie nach dem Unfall bewusstlos?«

»Ja, aber nicht lange – vielleicht ein oder zwei Minuten. Danach war sie noch sehr benommen, aber bei Bewusstsein.«

»Wie ich schon sagte – das deutet auf eine Gehirnerschütterung hin.«

»Sagen Sie, Herr Dr. Wagner, können Sie schon sagen, wie teuer die gesamte Behandlung wird?«

»Nicht auf den Cent genau, aber ich schätze, es wird so an die 400 Euro kosten.«

Claudia Serwe seufzt.

»Kann ich das vielleicht im nächsten Monat bezahlen? Ich bin momentan ein bisschen knapp bei Kasse.«

Marc lächelt.

»Wissen Sie was – Cherie ist ja immerhin die Lebensretterin von unserem Herkules. Zahlen Sie einfach, was Sie können, das ist dann schon in Ordnung.«

»Danke, das ist nett. Aber es ist mir sehr unangenehm, dass ich Sie momentan nicht so bezahlen kann, wie es Ihnen eigentlich zusteht.«

»Machen Sie sich darüber keine Gedanken. Wie gesagt – es ist völlig in Ordnung.«

»Trotzdem! Ich wünschte, ich könnte diesen Kurierfahrer drankriegen, der hat den ganzen Unfall ja überhaupt verursacht. Aber der ist natürlich sofort abgehauen.«

»Vielleicht hat er gar nichts davon mitbekommen?«

»Nein, das kann nicht sein. Ich bin noch hinter ihm hergelaufen und habe gerufen. Der hat uns immerhin fast überfahren – und das auf dem Bürgersteig! Er hat einmal kurz über seine Schulter geschaut und dann ordentlich in die Pedale getreten.«

»Das ist natürlich eine echte Schweinerei. Arme Cherie! Aber sie wird bestimmt wieder ganz die Alte.«

Als Cherie wieder aus der Narkose aufwacht, sitze ich neben ihr in der Pflegebox. Sie guckt mich aus matten Augen ängstlich an.

»Wo sind wir?«

»Du bist immer noch in Marcs Praxis. Aber es ist alles gut gelaufen. Bald springst du wieder fröhlich herum.«

»Ich bin so müde und schlapp. Momentan möchte ich eigentlich nur schlafen.«

»Dann lasse ich dich jetzt besser mal in Ruhe. Soll ich später nochmal wiederkommen?«

»Gerne.«

Ich wende mich zum Gehen, Marc hat extra die Zwingertür offen gelassen.

»Herkules?«

»Ja?«

»Vielen Dank! Du hast mir sehr geholfen.«

Ich merke, dass mein Herz wieder zu rasen beginnt. Ich habe ihr sehr geholfen! Sie mag mich! Bestimmt! Wie auf Wolken schwebe ich aus dem Beobachtungsraum wieder zurück in den Empfangsbereich.

Marc und Carolin stehen am Tresen und sind über irgendwelche Papiere gebeugt. Frau Warnke ist noch immer nicht da, deswegen hat Carolin beschlossen, heute ein wenig auszuhelfen. Sehr nett, mein Frauchen! Eine ältere Dame mit ihrem Wellensittich und ein Mädchen mit einem Hamster warten noch, ansonsten ist es einigermaßen ruhig – eben Mittagspause.

Ich setze mich neben den Tresen, als die Tür zur Praxis aufgeht und ein Geruch hereinweht, der mich sofort elektrisiert. O Schreck, die Verrückte! Diesmal ganz sicher! Keine drei Sekunden später steht Sabine neben Marc.

»Hallo, Marc. Du solltest mich eigentlich anrufen. Aber

wenn der Prophet nicht zum Berg kommt, dann eben der Berg zum Propheten.«

Berg? Prophet? Ich sag's ja: Die Alte ist *völlig* verrückt. Nur gut, dass Luisa in sicherer Entfernung in der Schule ist. Marc schaut Sabine an, als ob er eine Erscheinung habe.

»Ich … äh … hallo, Sabine, was machst du denn hier?«

»Hat man dir etwa nichts erzählt?«

»Nein, was denn?«

Sabine schüttelt den Kopf.

»Na, das bestätigt ja alle Befürchtungen, die ich im Hinblick auf deine neue Freundin habe.«

Carolin schnappt nach Luft, aber bevor sie etwas sagen kann, greift Marc Sabine am Handgelenk und zieht sie hinter sich in den Behandlungsraum. Ich husche möglichst unauffällig hinterher. Das verspricht sehr interessant zu werden …

»Sag mal, spinnst du, hier einfach so aufzukreuzen? Ich arbeite, schon vergessen?«

»Wie könnte ich? Vom aufstrebenden Veterinärmediziner mit wissenschaftlicher Zukunft zum Inhaber einer Kleintierpraxis«, erwidert Sabine spöttisch.

»Ja, ja, während du auf dem besten Wege zur Miss Lufthansa bist, schon klar. Also, was willst du?«

Jetzt lächelt Sabine.

»Tut mir leid. Auf alle Fälle nicht mit dir streiten. Ich dachte, wir vergessen das Telefonat von neulich und versuchen es nochmal wie erwachsene Menschen.«

»Von mir aus gerne.«

In diesem Moment öffnet Carolin die Tür und kommt dazu. Was Sabine nicht weiter stört.

»Marc, vielleicht ist in der Vergangenheit nicht alles optimal gelaufen. Ach was, ganz sicher nicht. Und das war auch meine Schuld. Aber als mir Luisa jetzt erzählt hat, dass diese

Carolin bei dir eingezogen ist, da hat es mir einen Stich ins Herz gegeben. Und ehrlich gesagt – diese Frau, das ist doch nicht dein Ernst! Kein Format. Aber ich will nicht selbstgefällig sein. Vielleicht war das alles ein Fehler, die letzten Jahre. Auch meinerseits.«

Carolin bleibt der Mund offen stehen, und auch Marc sieht mehr als verblüfft aus. Er räuspert sich.

»Äh, also, das kommt sehr überraschend. Ich ... äh ...«

»Du musst jetzt nichts sagen. Einfach darüber nachdenken.« Sie haucht ihm einen Kuss auf die Wange und rauscht raus.

Zurückbleiben Carolin und Marc, die sich ansehen und erst einmal beide nichts sagen. Dann hat Carolin offensichtlich ihre Sprache wiedergefunden.

»WAS FÄLLT DIESER FRAU EIN! Das ist ja unglaublich! Und du stehst daneben wie ein Idiot, hörst, wie sie mich beleidigt, und sagst kein Wort.«

»Ja, aber das ging so schnell – ich konnte überhaupt nicht reagieren!«, verteidigt sich Marc.

»Quatsch – soll ich dir etwas sagen? Du WOLLTEST nicht reagieren! Schön den Schwanz eingezogen und dir ein Küsschen geben lassen. Ich fasse es nicht! Du ... du ... WICHT!«

Auch Carolin verlässt geräuschvoll das Zimmer. Wow – so habe ich sie noch nie erlebt. Zurückbleibt ein Marc, der ziemlich betrübt aussieht. Dann schüttelt er den Kopf und guckt mich an.

»Da siehst du es, Herkules: Weiber! Das passiert, wenn du dich mit ihnen einlässt. Also besser Finger weg! Auch von dieser Cherie! Das ist ein guter Rat unter Männern, mein Freund.«

ELF

Also ich erklär's dir nochmal genau: Ich klingele und gehe schnell weg, du behältst die Rose im Maul und bleibst sitzen, bis sie die Tür aufmacht. Und wenn sie dann hoffentlich begeistert ist, komme ich als Überraschung wieder um die Ecke. Verstanden, Kumpel?«

Sagen wir mal so: Ich hab's gehört. Verstanden habe ich es nicht. Wieso soll es Carolin besänftigen, wenn ich mit einer Rose im Maul vor der Tür sitze? Auf mich ist sie doch gar nicht sauer. Aber wenn die Nummer hier zur schnellen Versöhnung der beiden beiträgt, dann meinetwegen. An mir soll's nicht scheitern.

Ich setze mich also hin, Marc hält mir die Rose vor die Nase, und ich schnappe zu. Wenigstens hat er vorher die Dornen abgemacht, sehr umsichtig. Dann drückt er die Klingel zur Werkstatt und verschwindet über die drei Stufen in Richtung Haustür. Kurz darauf öffnet Carolin und starrt mich an. Ist das jetzt die Begeisterung, die sich Marc erhofft hat?

»Was machst du denn hier, Herkules? Und was soll die alberne Nummer mit der Rose?«

Na gut, vielleicht kann sie ihre Freude einfach nicht so zeigen. Sie nimmt mir die Blume ab, dann geht sie an mir vorbei in den Hausflur und beginnt laut zu rufen.

»Marc, was soll das? Wir sind hier doch nicht im Zirkus. Wenn du mir etwas sagen willst, dann versteck dich bitte nicht hinter meinem Dackel.«

Marc kommt die Stufen wieder herunter.

»Hallo, Schatz!«

O je, er klingt kläglich. Jetzt tut er mir wirklich leid. Komm schon, Carolin! Ich habe zwar nicht verstanden, worum euer Streit eigentlich ging, aber kannst du Marc nicht einfach verzeihen? Vielleicht ist er auch gar nicht schuld an woran-auch-immer. Mein Instinkt sagt mir nämlich, dass das ganze Schlamassel auch irgendetwas mit Nina zu tun haben könnte. Und der Tatsache, dass sie sich Sabine gegenüber als Caro ausgegeben hat. Aber das kann ich hier leider nicht zum Besten geben, sonst hätte ich es längst getan.

Wortlos stehen Carolin und Marc sich gegenüber, dann nimmt Marc sie in seine Arme und gibt ihr einen sanften Kuss auf die Lippen.

»Es tut mir echt leid. Ich habe doof reagiert, aber das lag nur daran, dass ich so perplex war – das musst du mir einfach glauben. Bitte!« Marcs Stimme klingt flehentlich.

Carolin windet sich aus seiner Umarmung und macht einen Schritt zurück.

»Weißt du, Marc, das war heute eine sehr unangenehme Situation für mich. Ich möchte wirklich, dass das mit uns funktioniert. Aber das habe ich nicht allein in der Hand, du musst dich genauso einbringen.«

»Aber das mache ich doch!«

»Nein, das finde ich nicht. Wenn ich dich in letzter Zeit gefragt habe, ob bei dir alles in Ordnung ist, weil ich eben das Gefühl hatte, dass etwas nicht stimmt, hast du sofort dichtgemacht. Du bist nicht offen mit mir.«

»Ich weiß jetzt wirklich nicht, wovon du redest.«

»Nein? Dann denk mal drüber nach. So, Herkules, kommst du rein mit mir? Oder bleibst du lieber bei Marc?«

Äh, ich, äh … hallo? Nicht streiten! Was soll denn das?!

Gut, die Sache mit der Rose war anscheinend nicht die Idee des Jahrhunderts, aber es war immerhin eine Idee. Eine ganz nette, wie ich mittlerweile finde. Carolin ist zu streng mit Marc. Wenn jemand einen Fehler einsieht, sollte man nicht noch mit ihm schimpfen.

Ich denke daran, wie ich einmal auf dem weißen, flauschigen Teppich im Salon von Schloss Eschersbach ein dringendes Geschäft verrichtet hatte. In dem Moment, in dem es passiert war, wusste ich schon, dass das ein Fehler war. Und als der alte von Eschersbach dann auf mich zuschoss, um mit mir zu schimpfen, habe ich mich gleich in einer Geste der Unterwerfung vor seine Füße gerollt und meinen Hals angeboten. Trotzdem hat er mich geschnappt und meine empfindliche Nase mitten in die Bescherung gedrückt. Obwohl ich mich gewissermaßen entschuldigt hatte. Das habe ich mir gemerkt. Wenn ich danach etwas ausgefressen hatte, habe ich mich nie wieder freiwillig gemeldet, sondern immer zugesehen, dass ich ganz schnell Land gewinne.

Auch Marc guckt Carolin nun so finster an, als hätte er gerade beschlossen, nie wieder irgendeinen Fehler zuzugeben. Das allerdings kann Carolin nicht sehen, weil sie sich schon umgedreht hat und wieder auf dem Weg in die Werkstatt befindet. Ich überlege kurz, mit Marc zu gehen. Immerhin erholt sich Cherie in der Praxis noch von ihrem Unfall. Andererseits soll sie über Nacht bleiben, wird also später auch noch da sein, und vielleicht kann ich bei Carolin ein bisschen gut Wetter für Marc machen. Schweren Herzens trotte ich deshalb hinter ihr in die Werkstatt.

Drinnen angekommen, legt Carolin die Rose achtlos auf den kleinen Tisch im Flur, auf dem auch das Telefon steht. Dann schnappt sie sich selbiges und geht ins nächste Zimmer, um zu telefonieren. Nicht einmal Wasser für die arme Blume holt sie. Pfui, wie gemein! Ich beschließe, ein Zeichen zu setzen. Carolin soll wissen, dass ich ihr Verhalten nicht gutheiße. Einer muss ja hier zu Marc halten. Stichwort Solidarität unter Männern.

Das Telefontischchen ist so niedrig, dass ich mit den Vorderpfoten leicht daraufspringen kann. Kaum habe ich das getan, komme ich auch mit der Schnauze an den Rosenstiel. Ich fasse zu und habe die Rose im Maul. Dann ziehe ich sie vorsichtig vom Tisch herunter. Noch einmal fest nachfassen – passt! Ich trabe mit der Rose im Maul zu Carolin, setze mich vor sie und gucke sie möglichst vorwurfsvoll an. Leider telefoniert Carolin und bemerkt mich nicht gleich.

»Ja, Herr Lemke, ich habe mir die Instrumente bereits angesehen. Sie sind wirklich sehr schön. Das ist natürlich ein sehr großer Auftrag, der einige Zeit in Anspruch nehmen wird.«

Sie horcht auf die Stimme aus dem Telefon. »Hm, aber Herr Carini arbeitet nicht mehr in Hamburg. Ja. Sie haben Recht, wir waren ein tolles Team. Ihn gewissermaßen *einkaufen* für diesen Auftrag? Ich weiß nicht, aber ich kann ihn natürlich fragen.«

Der Mensch am anderen Ende der Leitung redet jetzt sehr eindringlich auf Carolin ein, ich kann seine Stimme ab und zu hören. Carolin hört ihm aufmerksam zu, dann nickt sie.

»Ja, ja. Das stimmt. Vielleicht hat er Zeit und Lust. Ja, versprochen, ich werde mit ihm sprechen. Danke, Herr Lemke, ich melde mich dann.«

Sie beendet das Gespräch und schaut den Telefonhörer eine Zeitlang versonnen an.

»Daniel Carini, wird das wieder etwas mit uns?«

Sie lächelt, macht einen Schritt nach vorne – und tritt mir auf den Schwanz. Aber richtig! JAUL, aua, geht's noch? Ich bin doch wohl nicht unsichtbar!

»O Gott, Herkules, das tut mir leid! Ich habe dich gar nicht gesehen! Mein Armer – und hattest du etwa noch mal Marcs Rose angeschleppt? Und ich beachte dich gar nicht? O je, komm mal auf meinen Arm.«

Sie hebt mich hoch, geht mit mir zu dem Korbsessel, der neben ihrer Werkbank steht, und setzt sich mit mir. Dann beginnt sie, mich hinter den Ohren zu kraulen. Recht so! Ein bisschen Zärtlichkeit ist jetzt wohl das mindeste, was ich als Wiedergutmachung erwarten kann. Vielleicht auch noch einen Zipfel Fleischwurst.

»Ein verrückter Tag heute, nicht wahr? Ich weiß langsam gar nicht mehr, wo mir der Kopf steht. Erst der Unfall heute früh, mein erster Einsatz als OP-Schwester, der Auftritt von dieser blöden Kuh, der Streit mit Marc – puh, mir reicht's so langsam.« Zärtlich streicht sie mir über den Kopf. Mhm, wenn ich Herr Beck wäre, würde ich jetzt schnurren.

»Aber der letzte Anruf war nett. Herr Lemke, ein sehr guter Kunde. Er handelt mit Instrumenten und hat vielleicht einen Großauftrag. Den schaffe ich allein gar nicht, und er hat sich deshalb gleich nach Daniel erkundigt. Du erinnerst dich doch noch an Daniel, oder?«

WUFF! Natürlich erinnere ich mich an Daniel! Was für eine Frage, Daniel ist schließlich einer der nettesten Menschen überhaupt. Früher hat er zusammen mit Carolin in der Werkstatt gearbeitet, er baut nämlich auch Geigen. Als wir endlich Carolins blöden Freund Thomas los waren, hatte ich lange Zeit gehofft, dass Daniel mein neues Herrchen werden würde. Daraus wurde aber nichts, obwohl Daniel in Carolin verliebt war. Am Ende blieb mit Marc noch genau ein Kandidat übrig, auf den Carolin und ich uns einigen konnten – und trotzdem musste ich gaaanz tief in die Trickkiste greifen, damit aus den beiden etwas wurde.

Purer Stress war das damals! Aber wo war ich stehengeblieben? Richtig. Daniel. Der setzte sich dann kurzerhand mit Aurora ab, einer sehr attraktiven Stargeigerin. Also, dass sie attraktiv war, hat Daniel behauptet. Ich persönlich fand ihre Eigenart, sich im Gesicht mit Farbe anzumalen, höchst suspekt.

Die Aussicht, dass Daniel nun vielleicht zurück in die Werkstatt kommt, finde ich allerdings klasse. Tagsüber mal ein Gespräch unter Männern, noch dazu mit einem so netten Hundefreund wie Daniel, ist doch eine willkommene Abwechslung nach den ganzen menschlichen Problemgesprächen, die ich mir hier in letzter Zeit anhören muss. Ich bin dafür!

»Jedenfalls muss ich Daniel mal anrufen und ihn fragen, ob er Zeit und Lust hätte, sich für ein paar Wochen von Aurora loszueisen und mir zu helfen.«

Als Zeichen meiner Zustimmung wedele ich begeistert mit dem Schwanz, was gar nicht so einfach ist, weil ich noch auf Carolins Schoß sitze.

»Hey!« Carolin kichert. »Das kitzelt, Herkules! Komm, ich setz dich wieder runter.«

Auf dem Boden lande ich direkt neben der Rose, die von dem ganzen Hin und Her schon ein bisschen mitgenommen aussieht. Carolin hebt sie auf und schaut sie nachdenklich an. Dann geht sie zum Waschbecken in ihrem Werkraum, nimmt ein Glas vom Regal darüber, füllt es mit Wasser und stellt die arme Rose hinein. So versorgt, landet diese schließlich auf Carolins Werkbank.

Die nächste Stunde verbringt Carolin damit, Holzstücke zu hobeln. Immer wieder setzt sie den Hobel ab und betrachtet das Holz, setzt wieder an, arbeitet ein wenig, setzt ab, guckt. Sie sieht sehr konzentriert dabei aus, fast habe ich das

Gefühl, dass sie gerade ganz froh ist, sich endlich wieder mit Holz beschäftigen zu können.

Das Klingeln an der Werkstatttür reißt sie schließlich aus der Arbeit. Sie seufzt und geht nach vorne – es ist Nina, die einigermaßen aufgeregt aussieht.

»Grüß dich, Carolin! Du, ich muss dir unbedingt etwas erzählen.«

Na, endlich rückt sie mit der Sprache raus! Es geht doch bestimmt um Sabine.

»Muss das jetzt sein? Ich habe so viel zu tun und habe schon den ganzen Vormittag in Marcs Praxis verplempert.«

»Echt? Seit wann bist du denn Sprechstundenhilfe?«

»Gar nicht. Aber Frau Warnke, seine Assistentin, ist einfach nicht gekommen, und gleich heute früh gab es einen Notfall. Da brauchte Marc dringend etwas Hilfe.«

»Wie nett von dir. Aber es ist trotzdem wichtig. Magst du nicht kurz hochkommen? Falls du noch nichts gegessen hast, gibt's bei mir noch Mozzarella mit Tomate. Was meinst du?«

Carolin lächelt.

»Das klingt natürlich gut. Okay, ich komme gleich rauf. Muss nur noch eine Sache zu Ende machen.«

»Diese Sabine war in Marcs Wohnung? Und ich habe nichts davon mitbekommen? Unglaublich.« Herr Beck ist fassungslos. Wir liegen unter dem Esstisch in Ninas Küche, und ich gebe Beck eine kurze Zusammenfassung der letzten 24 Stunden.

»Genau so war es. Und was noch unglaublicher ist: Sie dachte, Nina sci Carolin. Und Nina hat nichts dazu gesagt, sondern sie einfach in dem Glauben gelassen. Heute Morgen ist Sabine nochmal aufgekreuzt und dachte dann, die echte

Carolin sei Frau Warnke. Deshalb hat sie Marc geküsst, obwohl Carolin daneben stand.«

Beck schüttelt den Kopf.

»Kleiner, jetzt geht die Phantasie mit dir durch. Das bildest du dir eindeutig ein. Ich müsste doch schon völlig senil sein, wenn ich von dem wilden Durcheinander nichts mitbekommen hätte. Das macht wahrscheinlich deine ganze Aufregung um diese Cherie. Da haben dir die Hormone schon völlig den Kopf vernebelt. Nee, nee, mein Lieber, diese wüste Geschichte kauf ich dir nicht ab.«

Hormone? Was meint Herr Beck denn damit? Ob das so was wie dieser Alkohol ist, den sich die Menschen bei jeder Gelegenheit reinkippen und mit dem sie nicht klar denken können? Aber ich habe nichts dergleichen zu mir genommen, eingebildet habe ich mir das ganze Tohuwabohu mit Sicherheit nicht. Außerdem kann ich ganz entspannt bleiben, denn ich gehe mal davon aus, dass die dringende Geschichte, die Nina gleich loswerden will, im Wesentlichen mit meiner übereinstimmt. Und dann wird Beck ganz schön dumm aus der Wäsche gucken. Was schläft der auch an entscheidender Stelle ein? Selbst schuld! Ich krieche unter dem Tisch hervor. Wenn es gleich losgeht, will ich schließlich alles mitbekommen. Beck hingegen bleibt liegen. Er scheint sich seiner Sache sehr sicher zu sein.

Nina stellt zwei Gläser auf den Tisch und gießt sie voll. Alkohol? Hormone? Egal. Hauptsache, sie fängt endlich mal an zu erzählen.

»Also, du wirst nicht glauben, was gestern passiert ist, als ich bei euch gebabysittet habe.«

»Nun mach's mal nicht so spannend. Es ist bestimmt nicht so unglaublich wie die Geschichte, die ich dir dann noch erzählen werde.«

»Das werden wir sehen! Ich habe jedenfalls einen ziemlichen Knaller: Sabine Wagner war gestern Abend da!«

»Was?! Die war gestern schon da?«

Nina guckt irritiert.

»Wieso *schon da*? Wusstest du, dass die in Hamburg ist? Ich dachte, die wohnt in München.«

»Erklär ich dir später. Erzähl erst mal weiter – sie war also gestern Abend da. Und was wollte sie?«

»Mit Marc sprechen. Ehrlich gesagt, dachte sie, ich sei du. Tja, und dann habe ich sie reingelassen und mich mit ihr unterhalten. Wollte mal hören, was sie so zu sagen hat.«

»Du hast WAS?!«

»Ich habe mich mit ihr unterhalten.«

»Und dabei so getan, als seist du ich? Bist du eigentlich völlig verrückt geworden?« Carolin ist aufgesprungen. Herr Beck auch. Na, wer sagt's denn? Wenn ich in der Lage wäre, hämisch zu grinsen – jetzt würde ich es tun.

»Na ja, sie ist mehr oder weniger gleich zur Sache gekommen, ich konnte sie kaum bremsen und das Missverständnis aufklären.«

»Das glaubst du doch wohl selbst nicht! Du wolltest sie aushorchen!«

»Also bitte, warum sollte ich denn so etwas tun, das ist doch völliger Quatsch.«

»Ich kann dir genau sagen, warum: Weil du Marc nicht ausstehen kannst und du gehofft hast, irgendetwas Negatives über ihn zu erfahren.«

Jetzt springt auch Nina auf.

»Wie kannst du nur so etwas von mir denken?«

»Entschuldige, das liegt doch wohl nahe. Jeder normale Mensch hätte Sabine gleich gesagt, dass sie ein anderes Mal wiederkommen soll. Ich bleibe dabei: Seitdem das mit dir und

Marc nicht geklappt hat, ist er für dich ein rotes Tuch. Und wenn Sabine irgendwelche Schauermärchen über ihn erzählt hat, war es dir bestimmt sehr recht. Du warst doch auch von Anfang an dagegen, dass ich mit Marc zusammenziehe. Allein dieser gruselige Beziehungsratgeber, den du mir geschenkt hast – negativer geht's ja kaum.«

Jetzt sagt Nina gar nichts mehr, sondern setzt sich wieder auf ihren Stuhl. Carolin macht das Gleiche, die beiden Frauen starren sich an. Herr Beck und ich sitzen nebeneinander und warten gespannt, was nun passieren wird. Schließlich räuspert sich Nina.

»Es tut mir leid, Carolin. Du hast wahrscheinlich Recht. Unsinn – du hast Recht! Marc ist wirklich ein rotes Tuch für mich, und die Tatsache, dass ihr ein Paar seid und jetzt sogar zusammenwohnt, ist schwer zu verdauen. Aber du bist meine beste Freundin, und ich bemühe mich wirklich, dir dein Glück zu gönnen. Meist klappt das gut, manchmal leider nicht. Tja, und gestern Abend war wohl so ein Fall von *manchmal*. Nimmst du eine Entschuldigung an?«

Carolin nickt.

»Ich kann verstehen, dass die Situation für dich nicht einfach ist. Aber ich hoffe trotzdem, dass du und Marc euch zusammenraufen könnt. Ihr seid mir beide wichtig, es wäre schlimm, wenn ihr euch dauerhaft nicht versteht. Also, als Wiedergutmachung wünsche ich mir, dass du es nochmal im Guten mit ihm versuchst.«

Nina hebt die rechte Hand.

»Versprochen! Aber was wolltest du mir denn erzählen?«

»Sabine war heute Vormittag in der Praxis. Sie hat sich sehr abfällig über mich geäußert, hat Marc angegraben und entschwand mit einem Küsschen für ihn, obwohl ich direkt daneben stand. Jetzt erscheint mir ihr Auftritt allerdings in einem anderen Licht. Genau genommen hat sie sich ja eher abfällig über dich geäußert.« Carolin muss grinsen, und nun fängt auch Nina an zu kichern. Gott sei Dank – alles wieder gut zwischen den Damen!

»Sie sagte, ich – also du – sei eine Frau ohne Format.« Beide prusten laut los.

»Hat sie gedacht, du seist die Sprechstundenhilfe?«

»Offensichtlich. So muss es wohl gewesen sein. Der arme Marc.«

»Wieso?«

»Ich habe ihn anschließend ganz schön zusammengefaltet. Weil ich mich natürlich gefragt habe, was in aller Welt er Sabine über mich erzählt hat. Und weil er auch nicht sofort zu meiner Verteidigung geschritten ist. Na ja, er war natürlich von ihrem Auftritt ebenso überrascht wie ich, aber in meiner Wut hat mich das überhaupt nicht interessiert. Vielleicht war ich doch ein bisschen ungerecht zu ihm.«

»Vielleicht. Vielleicht aber auch nicht.«

Carolin rollt mit den Augen.

»Was soll das denn nun wieder heißen? Du hast doch gerade versprochen, nicht mehr zu sticheln. Und genau genommen geht ein Teil dieses Streits auch auf dein Konto. Wenn du dich nicht als meine Wenigkeit ausgegeben hättest, wäre es zu der Szene heute gar nicht erst gekommen.«

»Ja doch, du hast ja Recht. Allerdings darf ich wohl schon sagen, wenn ich finde, dass der gute Marc sich etwas ungeschickt verhält. Sabine war nämlich deswegen so spontan bei euch, weil sie sich mit Marc gestritten hat und nun in Ruhe mit ihm reden wollte. Und sie haben sich gestritten, weil Marc ihr überhaupt nicht erzählt hat, dass du bei ihm eingezogen bist. Sie hat es erst von Luisa erfahren. Was sie als Mutter natürlich ziemlich genervt hat. Schließlich will man doch wissen, mit wem das eigene Kind zusammenlebt. Das habe selbst ich als bekennende Nicht-Mutter verstanden.«

Gut, ich als bekennender Fast-Dackel verstehe es nach wie vor nicht so ganz, aber Carolin sieht so aus, als wüsste sie genau, wovon Nina spricht. Herr Beck hingegen scheint sich Mühe zu geben, seine Ohren hängen zu lassen – was ihm als Kater natürlich nicht gelingen kann.

»Irgendwann werden mich die Menschen noch in den Wahnsinn treiben. Zu kompliziert, sie sind einfach zu kompliziert. Kein Wunder, dass ich gestern Abend eingeschlafen bin, bevor diese Sabine aufgekreuzt ist. Das war der reine Selbstschutz. Das hält doch kein Tier auf Dauer aus. Nur gut, dass Nina Single und kinderlos ist. Ich hoffe, das bleibt auf absehbare Zeit so. Ich meine, Luisa ist wirklich ganz zauberhaft – aber dieser ganze Stress? Nä!« Er verdrückt sich wieder unter den Tisch.

»Jetzt verstehe ich auch, warum Marc in letzter Zeit so merkwürdig reagiert hat, wenn ich ihn auf Luisa angesprochen habe. Wahrscheinlich hatte er da schon Ärger mit Sabine.«

»Sabine sagte jedenfalls, dass sie schon versucht hätte, mit Marc darüber zu sprechen«, bestätigt Nina.

»Männer!«, seufzt Carolin. »Im *Probleme aussitzen* sind sie ganz große Klasse. Sabine einfach nicht von dem Umzug zu erzählen – auf so eine Idee muss man doch erst mal kommen.«

Hm. Ich finde, die Idee liegt ziemlich nahe. Es hätte ja auch gut gehen können, und dann wären es mit Sicherheit mindestens drei Problemgespräche weniger gewesen. Aber ich bin ja auch ein Mann. Kein Wunder, dass ich so denke.

ZWÖLF

Cherie sieht schon wieder deutlich munterer aus. Die Wunde über ihrem rechten Auge ist zwar noch ziemlich geschwollen, aber das macht nichts. Eine schöne Frau entstellt bekanntlich nichts.

Anscheinend hat sie sich mit Luisa angefreundet, während ich mit Carolin in der Werkstatt war. Jedenfalls sitzen die beiden ganz einträchtig nebeneinander in der Küche, als ich mit Carolin wieder nach Hause komme.

Marc steht am Herd und kocht irgendetwas, das definitiv nicht so riecht wie das leckere Geschnetzelte nach dem Rezept von Oma Burgel. Eher wie etwas, das gänzlich ohne Fleisch zustande gekommen ist. Igitt!

Carolin stellt sich neben ihn und gibt ihm einen Kuss auf die Wange, er dreht sich zu ihr und erwidert den Kuss.

»Hallo, Schatz! Ich dachte, ich koche etwas Leckeres für uns. Spaghetti Puttanesca – wie in unserem Urlaub an der Amalfi-Küste, weißt du noch?«

Ob Carolin das noch weiß, weiß wiederum ich nicht. Ich allerdings weiß es noch genau – denn ich durfte nicht mitkommen und habe vier lange Tage bei Nina gefristet, die bei Dauerregen einfach nicht mit mir spazieren gehen wollte. Immer nur kurz an den Baum vor ihrer damaligen Haustür. Richtig ätzend war das. Also hört mir auf mit der Amalfi-Küste! Carolin lächelt hingegen versonnen und küsst Marc schon wieder.

»Ja, Amalfi. Wie könnte ich das vergessen?«

»Bist noch böse auf mich?«

»Nein. Böse bin ich nicht mehr. Aber ein paar Fragen habe ich schon.«

»So?«

»Ja. Aber lass uns später drüber reden.«

Cherie kommt zu mir gelaufen. »Hoppla! Ärger im Paradies?«, will sie wissen.

»Da fragst du jetzt den Falschen. Ich habe echt keine Ahnung, worüber die beiden sich streiten. Hat aber irgendwas mit seiner Exfrau zu tun.«

Cherie schüttelt bedauernd den Kopf. »Ja, ja, Exfrau, Exmann – ein schwieriges Thema. Ist bei meinem Frauchen auch so. Er hat sie mit einem Haufen Schulden sitzen lassen, und sie ist jetzt die Dumme.«

»Was sind denn Schulden?«

»So genau weiß ich das auch nicht, aber es hat mit Geld zu tun, und es verursacht eine Menge Probleme. Mein Frauchen ist deswegen jedenfalls immer ziemlich traurig. Irgendwie bedeutet es, dass man weniger als gar kein Geld hat und nicht mehr so leben kann, wie man eigentlich möchte.«

»Ach so, verstehe.« Das klingt klüger, als es eigentlich ist. Denn ehrlicherweise verstehe ich nicht so recht, was Cherie meint. Ich dachte immer, Menschen leben auf alle Fälle so, wie sie möchten. Sie können es sich selbst aussuchen. Über sie bestimmt doch niemand. Bei uns Haustieren hat letztendlich immer der Mensch das letzte Wort. Wie kann es da sein, dass ein Mensch nicht so lebt, wie er möchte? Wer hat denn dann das letzte Wort? Rätselhaft, das.

»Wie geht es denn unserer Patientin?«, will Carolin von Marc wissen.

»Ich glaube, sie hat alles gut überstanden. Wenn wir in

einer Klinik wären, müsste sie in der Überwachungsbox bleiben, und irgendein armer Studierender der Veterinärmedizin würde jede Stunde nach ihr gucken. Aber nachdem ich ja nur eine poplige Kleintierpraxis betreibe – wie meine Exfrau so zutreffend feststellte –, wird Cherie einfach die Nacht mit uns verbringen.«

»Herkules wird es dir danken. Ich habe den Eindruck, dass die beiden gewissermaßen zarte Bande geknüpft haben.«

Marc lacht. »Tja, ein echtes Traumpaar. Schade, dass sie ungefähr doppelt so groß ist wie er.«

Täusche ich mich, oder klingt das abwertend? Warum wird hier eigentlich immer alles an der körperlichen Größe festgemacht? Hat er etwa Cherie beruhigt, als es ihr so schlecht ging? Eben! Ich kann es nur wiederholen: Jemand, der so unsensibel ist, sollte nicht Tierarzt sein. Sondern lieber ein Arzt für Menschen. Die können bestimmt besser damit umgehen.

Anscheinend habe ich geknurrt, denn Cherie stupst mich an. »Hey, alles in Ordnung? Du wirkst auf einmal so übellaunig.«

»Ach nein, es ist nichts.« Hoffentlich hat Cherie Marcs Bemerkung nicht gehört. Das wäre mir irgendwie unangenehm.

»So, Essen ist fertig. Bitte Platz zu nehmen!«

Marc stellt eine große Schüssel mit dampfendem Inhalt auf den Esstisch. Carolin und Luisa setzen sich dazu. Marc füllt den beiden ihre Teller auf.

»Iieh, Papa – was ist denn das für grünes Zeugs an den Nudeln?« Soweit ich das von hier unten beurteilen kann, stochert Luisa wohl wenig begeistert mit ihrem Besteck in den Nudeln herum.

»Das Grüne sind Kapern. Probier doch mal, sehr lecker!«

»Nein, das mag ich nicht. Gibt's nicht was Vernünftiges?«

»Hey, wie redest du denn über das Essen, das dein Vater dir liebevoll zubereitet hat?« Marc klingt enttäuscht. Aber kann man es Luisa verdenken? Er ist doch selbst schuld, wenn er seiner Familie hier so ungenießbare Dinge vorsetzt. Und apropos: seiner Familie. Was ist eigentlich mit Cherie und mir? Kriegen wir gar nichts? Oder sollen wir etwa auch diese *Kapern* fressen? Also, über die Versorgungslage im Hause Wagner müssen wir uns nochmal ernsthaft unterhalten. Wenn ich da an Herrn Beck denke, der nun jeden Tag von Nina bekocht wird, bekomme ich glatt noch schlechtere Laune.

»Hast du denn keine Hackfleischsauce, Papa? Mama macht zu Spaghetti *immer* Hackfleischsauce. Die schmeckt viel, viel besser. Also das hier ess ich nicht. Das ist eklig.«

Luisa schiebt den Teller von sich weg. Marc springt von seinem Platz auf und schiebt den Teller wieder zu ihr hin.

»Verdammt noch mal, Luisa! Du probierst das wenigstens. Ich stell mich doch nicht eine Stunde in die Küche, damit du mir von der tollen Hackfleischsauce deiner Mutter erzählst.« Marc brüllt jetzt richtig, Luisa fängt an zu weinen.

»Marc, nun hör doch auf, das Kind anzuschreien. Du kannst doch niemanden durch Rumgebrüll dazu zwingen, etwas zu essen, was er nicht mag«, schaltet sich Carolin in den Streit ein.

»So, kann ich nicht? Wisst ihr was? Mir ist der Appetit jetzt auch vergangen.« Er dreht sich um und geht aus der Küche. Carolin und Luisa bleiben schweigend zurück.

Cherie schaut mich erstaunt an.

»Auweia! Geht es hier immer so zur Sache? Da lob ich mir doch das Alleinleben – bei uns zu Hause ist es sehr friedlich.«

»Tja, in dieser Konstellation probieren wir es auch noch

nicht so lange. Und ich muss sagen: Ich hatte es mir einfacher vorgestellt.«

Carolin steht auf und geht zu Luisas Platz.

»Komm, sei nicht traurig. Dein Vater hatte heute einfach einen sehr anstrengenden Tag. Ich glaube, ihm sind deswegen ein wenig die Nerven durchgegangen. Wenn du möchtest, schmiere ich dir ein Brot.«

Luisa schüttelt den Kopf.

»Nein, danke. Ich versuche jetzt mal die Spaghetti mit dieser komischen Sauce zu essen. Vielleicht geht es Papi dann wieder besser.«

Carolin streicht ihr über den Kopf.

»Na gut, dann lass uns mal aufessen, und dann spielen wir noch etwas zusammen, okay? Bestimmt macht Marc mit, wenn er sich wieder beruhigt hat.«

»Kannst du ihn das fragen?«, will Luisa wissen.

»Natürlich. Das mach ich.«

Tatsächlich hat sich etwas später die Lage wieder beruhigt: Marc, Luisa und Carolin hocken vor dem kleinen Sofatisch und spielen etwas, das sich *Mensch-Ärgere-Dich-Nicht* nennt. Es scheint einigermaßen lustig zu sein, jedenfalls lachen die drei viel, was nach dem Streit beim Abendessen ziemlich wohltuend ist.

Entspannt bin ich trotzdem nicht: Cherie und ich liegen nebeneinander auf dem Teppich, was bei mir in regelmäßigen Abständen für Herzrasen sorgt. Bei Cherie ist leider das Gegenteil der Fall, sie ist mittlerweile eingeschlafen. Ich tröste mich damit, dass sie nach diesem langen Tag wahrscheinlich zu erschöpft ist, um in meiner Nähe noch solche Symptome wie Herzrasen zu entwickeln.

Als Luisa im Bett ist, holt Marc eine Flasche und zwei

Gläser aus der Küche ins Wohnzimmer. Er schenkt ein, dann reicht er Carolin ein Glas.

»So, bitte schön. Wollen wir mal darüber sprechen, was heute eigentlich passiert ist? Mir wäre allerdings sehr an einem friedlichen Ende des Abends gelegen. Kriegen wir das hin?«

Carolin nickt. »Ich glaube schon. Das muss doch möglich sein – unter erwachsenen Menschen.« Beide lachen. Nach meiner Erfahrung schon mal ein gutes Zeichen.

»Es tut mir leid, dass ich eben so ausgerastet bin. Ich habe mich dafür auch bei Luisa entschuldigt – die allerdings zugibt, dass meine Sauce doch nicht so schlecht war.« Er grinst. »Mann, als sie das mit Sabines Hackfleischsauce sagte, sind bei mir echt die Sicherungen durchgebrannt. War aber auch ein amtlicher Scheißtag heute. Erst taucht die Warnke nicht auf, dafür aber Sabine, dann haust du ab, unser Streit vor der Werkstatt, später das verunglückte Abendessen ... na ja.«

»Dass ich dich vor der Werkstatt so angemacht habe, tut mir auch leid. Immerhin steht deine Rose jetzt in einem Glas auf meiner Werkbank.«

Marc rückt näher an Caro heran und küsst sie auf die Wange. »Ich dachte, die hättest du gleich in die Biotonne geschmissen – so böse, wie du mich angestarrt hast.«

»Nein, du hattest einen prominenten Fürsprecher: Herkules hat sie vom Boden aufgeklaubt und mir hinterhergetragen.«

»Danke, Kumpel!«, lobt mich Marc. »Aber ich glaube, Herkules hat momentan auch ein Herz für an der Liebe leidende Männer. Guck mal, wie unser Kleiner an dieser Cherie dranhängt, obwohl er da gar keine Chance hat. Putzig.«

Ha, ha, sehr witzig! Sieh du lieber mal zu, dass du dein

eigenes Privatleben auf die Reihe kriegst, mein Lieber. Damit hast du momentan wohl genug zu tun.

»Eine Sache ist mir aber extrem wichtig: Wenn es Ärger mit Sabine gibt, der auch mich betrifft, dann möchte ich, dass du mir davon erzählst.«

Marc nickt.

»Klar, das verstehe ich. Aber ich wusste wirklich nicht, dass sie in Hamburg ist. Ich war von ihrem Auftritt genauso überrascht wie du. Großes Ehrenwort!«

»Ich weiß. Ich hatte in der Zwischenzeit ein sehr aufschlussreiches Gespräch mit Nina. Stell dir vor – Sabine war gestern Abend schon da. Während wir essen waren.«

»Bitte? Aber warum hat Nina denn nichts davon erzählt?«

»Tja, jetzt krieg bitte keinen Tobsuchtsanfall.«

»Nein, versprochen. Nun erzähl schon.«

»Nina hat Sabine gestern in dem Glauben gelassen, dass sie Carolin sei, weil sie hören wollte, was Sabine so erzählt. Und das wollte sie dann erst mal mir erzählen.«

»Unglaublich – was fällt dieser dummen Kuh ein? Die kauf ich mir, die werde ich gleich mal ...«

Carolin legt beschwichtigend einen Arm um Marcs Schulter und zieht ihn näher an sich heran. »Hallo, kein Tobsuchtsanfall. Schon vergessen?«

»Ja, hast ja Recht. Aber das ist doch wirklich unmöglich, oder etwa nicht?«

»Klar ist es das. Und ich habe Nina deswegen auch schon ordentlich den Kopf gewaschen. Sie war einsichtig und hat sich entschuldigt.«

»Das ist wohl das Mindeste.«

»Eine Sache hat mir allerdings schon zu denken gegeben.«

»Nämlich?«

»Nina sagt, Sabine habe sich bei ihr beklagt, dass du ihr

nicht gesagt hättest, dass ich bei dir einziehe. Sie hätte es von Luisa erfahren.«

Carolin schaut Marc fragend an, der schweigt.

»Wenn das wirklich so war, ist es nicht wirklich verwunderlich, dass Sabine wütend auf dich und nicht besonders gut zu sprechen auf mich ist.«

Marc schweigt immer noch.

»Also hast du es ihr tatsächlich nicht erzählt.« Sie seufzt. »Kannst du nicht mal etwas dazu sagen?«

»Was soll ich noch dazu sagen? Das Tribunal hat mich doch bereits überführt.«

»Hey!« Carolin runzelt die Stirn. »Nicht wieder streiten! Was heißt denn hier *Tribunal*? Ich möchte nur von dir wissen, was du Sabine gesagt hast – oder auch nicht.«

»Ich habe es ihr nicht gesagt, weil ich der Meinung bin, dass es sie nichts angeht. Punkt.«

»Ja, aber …«, will Carolin darauf erwidern, aber Marc fällt ihr sofort ins Wort.

»Und im Übrigen bin ich der Meinung, dass ich dich nicht fragen muss, was ich meiner Exfrau wann sage.«

Eins merkt selbst ein kleiner Dackel: Dieses Thema ist für Marc ein rotes Tuch. Und dafür, dass er sich so sehr ein friedliches Ende des Abends wünscht, ist er wieder ganz schön unfriedlich. Hoffentlich behält wenigstens Carolin die Nerven, sonst kracht es bestimmt gleich wieder.

»Schatz, ich weiß, dass Sabine dich sehr verletzt hat. Und ich kann verstehen, dass du immer noch wütend auf sie bist. Aber es muss möglich sein, dass wir darüber in Ruhe reden. Und dass ich auch eine eigene Meinung dazu vertreten darf. Sonst haben wir in absehbarer Zeit ein echtes Problem.«

Sehr gut, Carolin. Immer ruhig bleiben. Damit bist du ganz auf Opilis Linie: *Bei sehr aufgeregten Hunden hilft nur ein ganz ruhiger Jäger, der den Überblick behält. Sonst verjagt sich das Rudel in kürzester Zeit.* Gut, vielleicht ist die Kommunikation zwischen Jäger und Hund nicht eins zu eins auf die zwischen Frau und Mann übertragbar, aber da es sich in beiden Fällen um Paare handelt, kann man vielleicht gewisse Parallelen ziehen.

»Entschuldige, Caro. Du hast Recht. Aber bei dieser Geschichte sitze ich sofort auf der Palme. Ich bemühe mich aber auch redlich, wieder hinunterzuklettern.« Er lächelt. Etwas gequält, aber er lächelt. Faszinierend. Es funktioniert also tatsächlich. Nicht nur zwischen Jäger und Hund.

»Brav, mein Lieber!«, lobt ihn Carolin. Und auch das ist gewissermaßen nach Lehrbuch. *Den folgsamen Hund immer loben!*, war einer der wichtigsten Grundsätze des alten von Eschersbach. Er hatte zu diesem Thema sogar einmal etwas in der *Wild und Hund* geschrieben, einer Zeitschrift, die in regelmäßigen Abständen zu uns aufs Schloss flatterte. Alle waren deswegen ganz stolz, Emilia hat uns damals sogar vorgelesen, was der Alte da verzapft hatte, und anschließend bekam das Heft in der Schlossbibliothek einen Ehrenplatz. Ja, von Eschersbach war zwar sonst ein harter Knochen, aber in der Hinsicht sehr verlässlich. Wenn man genau machte, was er wollte, konnte man gut mit ihm auskommen. Vielleicht könnte Carolin ja auch mal in der *Wild und Hund* … ?

»Weißt du, Sabine war damals Knall auf Fall verschwunden. Mit Luisa. Ich kam nach Hause, und die Wohnung war so gut wie leer. Es war der furchtbarste Tag in meinem Leben. Sie war einfach zu diesem Jesko gezogen, ohne vorher auch nur ein Wort darüber zu verlieren. Und dass diese Frau nun hier aufkreuzt und meint, mir sagen zu können, wie ich sie im Vorfeld hätte informieren müssen – tut mir leid, da platzt mir der Kragen. Es hat mich sehr viel Kraft gekostet, wieder ein halbwegs normales Verhältnis zu ihr aufzubauen. Und ich habe das nur wegen Luisa überhaupt auf mich genommen. Aber zu mehr bin ich nicht bereit.«

Carolin holt Luft, so als ob sie dazu noch etwas sagen wollte, schweigt dann aber. Eine Weile sitzen sie so da, dann nimmt Marc Carolins Hände.

»Vielleicht streichen wir den heutigen Tag einfach, ja? Er war wirklich eine Katastrophe.«

»Ja, tun wir das.« Sie küssen sich. »Ach so – von wegen Katastrophe: Hat sich eigentlich Frau Warnke mal gemeldet? Die kann doch nicht einfach nicht zur Arbeit kommen.«

»Stimmt. Das habe ich dir noch gar nicht erzählt. Dabei passt es zu meiner heutigen Glückssträhne: Ihr Freund hat heute Nachmittag angerufen. Es gibt zwei Neuigkeiten – gewissermaßen eine gute und eine schlechte. Erstens ist Frau Warnke schwanger. Dazu habe ich natürlich gratuliert. Und zweitens geht es ihr so schlecht, dass sie heute Morgen ins Krankenhaus gekommen ist. Ich fürchte, so schnell sehen wir sie nicht wieder.«

»O nein!«

»Genau. O nein. Das habe ich auch gesagt.«

»Aber was machst du denn jetzt ohne Helferin?«

»Dazu habe ich mir schon Gedanken gemacht und eine gute Lösung gefunden.«

»Und die wäre? Ich gebe meine Werkstatt auf und werde ab sofort deine Assistentin?« Carolin kichert.

»Auch ein verlockender Gedanke. Aber ich hatte noch eine andere Idee: Meine Mutter hilft mir. Sie hat es jahrelang bei meinem Vater gemacht, kennt also die Praxis. Und sie könnte sofort anfangen.«

»Deine Mutter?«

»Ja, gute Idee, oder?«

»Ja, toll.«

Ein Blick auf Carolins Gesicht, und ich weiß, dass sie das genaue Gegenteil denkt. Ein Wunder, dass Marc das nicht merkt. Männer und Frauen. Richtig gut passen sie nicht zusammen.

DREIZEHN

Von außen betrachtet wirkt der heutige Tag völlig unspektakulär. Draußen nieselt es, im Wartezimmer der Praxis sitzt nur ein einziger Herr mit seiner Katze, und Marcs Mutter sortiert am Tresen einen Papierstapel von links nach rechts. Sie kommt nun jeden Tag, um Marc zu helfen, und was auch immer Carolin befürchtet hatte – bisher ist noch nichts Schlimmes passiert. Im Gegenteil, meist kocht Oma Wagner nach Ende der Sprechstunde noch etwas Schönes für die ganze Familie und denkt dabei auch an mich. Wenn ich also mit Carolin aus der Werkstatt komme, freue ich mich schon richtig auf das Abendessen.

Heute allerdings bin ich gleich zu Hause geblieben, denn in Wirklichkeit ist dieser Tag doch spektakulär: Ich werde mit Marc Schloss Eschersbach besuchen! Offenbar soll an einem der nächsten Wochenenden die Ponyüberraschungsparty für Luisa steigen. Jedenfalls wenn alles so klappt, wie Carolin sich das vorstellt. Es wird also höchste Zeit, dass Marc sein Versprechen einlöst und den alten von Eschersbach endlich nach seinen Pferden fragt.

Jetzt nur noch der Typ mit der Katze – dann kann es losgehen. Marc schaut aus dem Behandlungszimmer.

»So, Herr Weiler, dann lassen Sie uns mal nachsehen, was Lucy haben könnte. Kommen Sie bitte?«

Und zwar ein bisschen dalli, möchte ich hinzufügen, wenn ich mir ansehe, mit welchem Schneckentempo dieser Herr

Weiler in Marcs Richtung schleicht. Wir haben schließlich noch etwas Besseres vor!

Ich lege mich vor die Tür des Behandlungszimmers. Nicht, dass sich hier noch irgendein Notfall reinmogelt. Nach der Katze ist Schluss, basta!

»Na, Herkules, brauchst du auch einen Arzt?« Marcs Mutter hockt sich neben mich und krault mich unter dem Kinn. »Oder willst du noch ein kleines Fresschen, bevor ihr losfahrt?«

»Mutter, hör bitte auf, den Hund zu mästen. Der braucht weder drei Mahlzeiten am Tag noch zwei Kilo mehr auf den Rippen. Und dann bring mir doch bitte mal die Patientenakte von Lucy Weiler, hier liegt leider die falsche.« Marc steckt den Kopf durch die Tür des Behandlungszimmers.

»Ja, mache ich sofort. Aber drei Kilo würden Herkules auf keinen Fall schaden. Und dir übrigens auch nicht, mein Schatz. Deine neue Freundin hält euch ja offensichtlich etwas kurz. Wenn ich die letzten Abende nicht gekocht hätte ...« Sie lässt offen, was dann gewesen wäre.

Was sie damit sagen will, verstehe ich nicht. Es klingt aber nicht so, als ob es unbedingt nett gemeint war. Kurz gehalten? Bezieht sich das etwa auf meine Beine? Aber für die kann Carolin ja gar nichts. Und sie sind wegen meines Terrier-Vaters auch eher ein Stück länger als bei Dackeln üblich. Außerdem ist Marc ziemlich groß. Das kann es also auch nicht sein. Aber was meint sie dann?

»Mutter, Carolin ist eine ausgezeichnete Köchin. Aber sie ist gleichzeitig eine berufstätige Frau, sie hat also gar nicht die Zeit, mich ständig zu verpflegen. Das muss sie auch nicht. Ich bin schließlich schon groß und kann mir im Zweifel selbst ein Brot schmieren.«

Frau Wagner schnappt hörbar nach Luft. »Na ja, mein

Junge. Man muss wissen, wie man seine Prioritäten setzt. Nicht jede Frau stellt immer den Beruf an erste Stelle.«

Jetzt ist es an Marc, tief einzuatmen. Fast scheint es, als wolle er noch etwas sagen. Dann aber nimmt er nur die Akte, die ihm seine Mutter entgegenhält, und geht wieder ins Behandlungszimmer zurück.

Kurze Zeit später ist Lucys Problem anscheinend gelöst und Marc mit seiner Sprechstunde fertig.

»So, Herkules, dann wollen wir mal in deine alte Heimat starten. Hoffentlich klappt diese Ponygeschichte gleich. Ich könnte einen Erfolg bei Carolin momentan gut gebrauchen. Irgendwie läuft es gerade nicht ganz rund bei uns, mein Freund.«

Es läuft nicht rund? Bei Marc und Carolin? Was denn? Also, laufen tut doch sowieso nie jemand von den beiden. Marc springt in sein Auto, sobald er die Praxis verlässt. Und Carolin fährt eigentlich immer Fahrrad. Wenigstens geht sie noch mit mir spazieren, in letzter Zeit absolviert sie dabei aber auch nur das absolute Pflichtprogramm. Also, dass es mit dem Laufen ein Problem gibt, ist eine Diagnose, die ich schon vor Monaten hätte stellen können.

Wir verlassen das Haus, Marc verfrachtet mich – natürlich! – kurzerhand auf den Beifahrersitz seines Autos und fährt los. Es ist ziemlich viel Verkehr auf den Straßen. Als wir wieder einmal anhalten müssen, fasst Marc mit seiner rechten Hand kurz unter meinen Bauch.

»Also, mein Lieber, es tut mir leid, dir das so sagen zu müssen: Aber du hast eine ganz schöne Wampe bekommen. Meine Mutter kocht jetzt seit zwei Wochen für uns, und du hast schon mindestens ein Kilo zugenommen. Wenn das in dem Tempo weitergeht, können wir dich bald rollen. Ich glaube, ich muss mal dein Fressen rationieren. Übergewicht ist gar nicht gesund, schon gar nicht für Hunde mit so einem langen Rücken.«

Ich starre Marc fassungslos an. Was fällt dem ein? Ich bin doch nicht *dick*! Und falls ich tatsächlich ein klein wenig zugelegt haben sollte, dann eindeutig nur, weil ich in letzter Zeit zu wenig Auslauf habe. Marc nimmt die Hand zurück und legt sie wieder ans Steuer.

»Aber andererseits: Warum soll es dir besser gehen als mir? Mich mästet sie ja auch. Ist eben meine Mutter. Ich hoffe nur, sie fällt Caro noch nicht auf die Nerven. Vielleicht war meine Idee mit der Krankheitsvertretung doch nicht so gut.«

Dazu kann ich wenig sagen. Also, sagen kann ich natürlich sowieso nichts. Aber selbst wenn ich könnte – ich finde es schön, dass Frau Wagner nun da ist. Auch wenn ich ein klitzekleines bisschen zugenommen haben sollte. Und Luisa ist glücklich, ihre Oma so oft zu sehen. Denn die kümmert sich nicht nur um die Praxis, sondern auch um Luisas Hausaufgaben. Vor dem Abendessen zeigt Luisa ihr jetzt immer ihre Schulhefte, und Oma Wagner sagt ihr, ob sie das richtig oder falsch gemacht hat. So lernen Menschenkinder lesen und schreiben. Ob ich das auch könnte? Wäre bestimmt spannend. Ich würde mir ein Buch schnappen und diese Zeichen anstarren, und dann würden auch in meinem Kopf Bilder entstehen. Bei einem Buch über die Jagd bestimmt welche von Füchsen und Kaninchen.

Das Auto wird langsamer, ich schaue aus dem Fenster. Wir haben die Stadt verlassen und fahren an einem Wäldchen vorbei. Marc biegt von der großen Straße ab, jetzt geht es direkt durch den Wald. Von hier oben aus dem Auto heraus ist es sehr schwer zu erkennen – aber ich glaube, dies ist bereits die Auffahrt zum Schloss! Aufgeregt hüpfe ich auf dem Sitz auf und ab.

»Da freust du dich, nicht? Aber bleib noch sitzen, wir halten ja gleich an.«

In diesem Moment taucht auch schon das Schloss auf. Es ist im Wesentlichen ein riesiges weißes Haus mit einem großen Portal in der Mitte und zwei hohen Türmen an der Stirnseite. Davor ein Schlossplatz mit einem Springbrunnen und dahinter ein riesiger Park. Marc parkt sein Auto auf dem Schlossplatz und lässt mich heraus. Ich atme tief ein und genieße den Geruch, der immer noch so viel von Heimat für mich hat. Klar, ich wohne jetzt schon mehr als mein halbes Leben bei Carolin, aber den Ort, an dem man seine Kindheit verbracht hat, vergisst man wohl nie.

Und er vergisst einen auch nicht: In diesem Moment kommt meine Schwester Charlotte auf mich zugeschossen. Sie wedelt wie wild mit dem Schwanz und kann nur mühsam vor meinen Pfoten bremsen.

»Carl-Leopold! Das ist ja toll! Du bist es wirklich!« Sie schlabbert mir über die Schnauze, dann setzt sie sich. »Immer, wenn der Tierarzt kommt, renne ich sofort zu seinem Auto in der Hoffnung, dich mal wiederzusehen. Schade, dass du so selten mitkommst.«

»Tja, ich bin ja meistens bei meinem Frauchen in der Werkstatt. Aber heute hat Marc selbst daran gedacht, dass er mich mitnehmen könnte. Er will irgendetwas über eure Pferde und Ponys wissen.«

Charlotte schaut erstaunt. »Nanu? Ich glaube, die sind alle gesund. Ansonsten sind die ja sooo langweilig. Furchtbar dumme Tiere. Gänzlich uninteressant. Was will er denn mit denen?«

»Ich habe es auch nicht ganz verstanden. Aber Marc hat eine Tochter, Luisa, und die mag Ponys. Damit hat es irgendwas zu tun. Und mit ihren Freundinnen.«

»Aha. Menschenkinder und Ponys. Der Alte wird begeistert sein. Ich glaube, wenn es nach ihm ginge, wären die Gäule schon längst abgeschafft. Aber die junge Gräfin ist auch so ein Pferdenarr – und deswegen bleiben die Viecher. Sag mal, was ganz anderes«, Charlotte mustert mich, »hast du irgendwie zugenommen? Du siehst so ... so ... kräftig aus.«

Jetzt fängt die auch noch damit an!

»Vielleicht ein ganz kleines bisschen. Aber ich glaube eher nicht.« Ich *hoffe* eher nicht! Was wird sonst Cherie denken, wenn wir uns das nächste Mal begegnen? Golden Retriever sind extrem sportliche Zeitgenossen, ich kann mir nicht vorstellen, dass ein kleiner, dicker Dackel bei ihr besonders gut ankommt. Ich versuche, mein Bäuchlein einzuziehen und Charlotte besonders selbstbewusst anzustrahlen.

»Du hast nicht zugenommen? Okay, dann bilde ich es mir wohl ein. Ist ja auch kein Wunder – der Alte drillt hier alle Hunde auf schlanke Linie, ein Stück Herz zu viel, und es gibt Ärger. Selbst hinter mir ist er her, obwohl ich doch Emilia gehöre und sowieso nicht zur Zucht tauge.«

Emilia ist die Köchin auf Schloss Eschersbach. Als der alte Schlossherr auf die glorreiche Idee verfiel, uns beide Mischlingskinder ins nächste Tierheim zu verfrachten, beschloss Emilia, wenigstens eines von uns aufzunehmen. Warum ihre Wahl gerade auf Charlotte fiel, weiß ich nicht. Vielleicht Solidarität unter Frauen?

Mittlerweile steht auch der alte von Eschersbach neben uns und unterhält sich mit Marc. Ich kann mir nicht helfen, und auch, wenn ich längst ein erwachsener Dackel bin: Vor dem Alten habe ich immer noch Angst. Neben Marc sieht er nicht einmal besonders imposant aus, für einen Menschen eher schmal und gebrechlich, aber sobald ich seine schnarrende Stimme höre, werde ich ganz unruhig. Brrr, besser ich stromere ein wenig mit Charlotte herum.

»Weißt du«, schlage ich ihr deshalb vor, »ich würde furchtbar gerne Mama und Opili begrüßen.«

»Tja, Opili, äh – das weißt du ja noch gar nicht, aber …«

»Mama ist auch erst mal wichtiger!«, unterbreche ich sie.

»Klar, kein Problem. Komm mit. Mama dürfte momentan zwar nicht die beste Laune haben, aber vielleicht heiterst du sie ja auf.« Charlotte trabt los, ich hinterher.

»Wieso ist Mama schlecht gelaunt? Was ist denn los?«

»Sie wird gerade getrimmt. Soll bestimmt wieder auf irgendeine Hundeschau. Sie hasst es, aber der Alte kann es einfach nicht lassen.«

»Hm.« Stimmt. Meine Mutter ist ein gefeierter Dackelchampion. Sie war sogar schon Bundessiegerin, ein riesiger Pokal in der Glasvitrine im Salon zeugt von diesem Triumph. Für von Eschersbach ist dies neben dem Jagen sein liebstes Hobby. Macht auch Sinn, denn schließlich züchtet er Dackel, und da kommt ihm jeder Titel recht – Prämiumnachwuchs ist teuer. Umso entsetzter muss er gewesen sein, als er feststellte, dass Mama ihr Herz ein einziges Mal nicht an einen Herrn mit den besten Dackelpapieren, sondern an den Terrier des benachbarten Jagdpächters verschenkt hatte.

Wo die Liebe eben hinfällt. Aber so ist Mama: eine Frau mit eigenem Kopf. Und sosehr sie es hasst, selbst für eine Hundeschau zurechtgemacht zu werden, so egal werden ihr auch die züchterischen Ambitionen von von Eschersbach gewesen sein. Jedenfalls im Fall unseres Vaters. Sie hat es mir nie erzählt, aber ich glaube, der Terrier war ihre große Liebe. Wann immer sein Name fiel – und der fiel oft, wenn von Eschersbach wieder einmal dazu ansetzte, über die Schlechtigkeit der Welt im Allgemeinen und die Ungezogenheit von

Dackeln im Besonderen zu wettern –, lag in ihren Augen etwas Sanftes.

Liebe – wie die sich wohl anfühlt? Ist es dieses Herzrasen, das ich spüre, wenn ich an Cherie denke? Das Ohrensausen, das ich bekomme, wenn ich sie rieche? Ist das Liebe? Das Gefühl, dass ich am liebsten jeden Tag mit ihr verbringen würde? Ich kann es gar nicht genauer beschreiben, aber es steckt wirklich tief in mir, macht mich ganz fahrig – aber erfüllt mich gleichzeitig mit so viel Glück und Energie, dass ich mich nie, nie wieder anders fühlen möchte.

»Hey, schläfst du?« Charlotte ist stehen geblieben und knufft mich unsanft in die Seite.

»Äh, nein, warum?«

»Na, ich habe dich nun schon zweimal nach deiner neuen Familie gefragt, aber du antwortest nicht.«

»Entschuldige, ich war in Gedanken. Was wolltest du wissen?«

»Wie isses denn jetzt so mit dem Tierarzt? Als du das letzte Mal da warst, kannte dein Frauchen ihn ja noch nicht so lange.«

»Oh, es ist schön. Wir sind jetzt eine richtige Familie. Vater, Mutter, Kind, Hund.«

»Kind? Wo kommt das denn so schnell her? Die Frau des jungen Stallmeisters hat vor einiger Zeit ein Baby bekommen, das hat aber ganz schön lange gedauert, bis es fertig war. Also, bestimmt den ganzen Winter lang und das Frühjahr noch dazu.«

»Das Tierarzt-Kind war schon fertig, bevor Marc mein Frauchen Carolin kennengelernt hat.«

»Ach?« Charlotte bleibt schon wieder stehen und mustert mich.

»Ja. Marc ist nämlich ein gebrauchter Mann«, füge ich mit

wichtiger Miene hinzu. »Das heißt, er hatte schon mal eine Frau, und von der stammt das Kind. Luisa, sehr nett.«

»Und was ist jetzt mit der alten Frau? Wohnt die auch bei euch, oder was habt ihr mit der gemacht?«

»Nein, die wohnt natürlich nicht bei uns. Menschenpaare bestehen doch immer nur aus zwei Leuten. Glaube ich jedenfalls. Dass ein Mann mit zwei Frauen zusammenlebt oder eine Frau mit zwei Männern, habe ich noch nicht gehört. Die alte Frau wohnt irgendwo anders. Aber neulich war sie da und hat ganz schön Ärger gemacht. Ich dachte schon, sie will Luisa klauen. Wollte sie dann aber doch nicht.«

»Vielleicht will sie eher den Tierarzt klauen?« Charlotte stellt da eine interessante neue Theorie auf. »Wenn er ihr mal gehört hat, will sie ihn doch womöglich zurückhaben.«

Könnte das sein? Es würde zumindest erklären, warum Carolin so sauer über den ganzen Vorfall war. Aber wie klaut man einen Mann? Marc ist mindestens einen Kopf größer als diese Sabine – ich glaube nicht, dass sie kräftig genug wäre, Marc aus unserer Wohnung zu schleifen. Luisa hätte sie raustragen können, aber Marc? Keine Chance.

Wir kommen am Schlossportal an, und Charlotte hüpft sehr beschwingt die Stufen zum Eingang hinauf. Die schweren Türen zum Innenhof stehen auf, was tagsüber immer so ist. Ich merke, dass sich in meiner Nase ein leichtes Kribbeln ausbreitet, denn mit dem Geruch kommt auch die Erinnerung: an eine unbeschwerte Kindheit voller Abenteuerlust, an Abende, die Opili mit Geschichten über Kaninchen und Wildschweine füllte – und an meine Mutter. So schnell ich kann, laufe ich hinter Charlotte her, quer über den Innenhof, durch die nächste Tür, Stufen hinauf und hinunter.

Kurz darauf landen wir im kleinen Salon, der eigentlich nichts weiter als ein schmuckloser Aufenthaltsraum neben der Küche ist. Hier steht das große Hundekörbchen, in dem Charlotte und ich die ersten Wochen mit unserer Mutter verbracht haben. Eigentlich ist es eher eine große Kiste, die mit dicken Wolldecken ausgelegt ist. Ich erinnere mich noch sehr gut an den ersten Ausflug. Aufgeregt und auf ziemlich wackeligen Beinen, erkundeten Lotti und ich den gesamten Salon. Er kam mir damals riesig vor, und nach einiger Zeit war ich so erschöpft, dass ich kaum noch laufen konnte. Schließlich hob mich Mama sanft am Nacken auf und trug mich wieder in die Kiste. Wenn ich bedenke, wie klein mir der Salon heute vorkommt, kann ich kaum glauben, dass der Rückweg von der Tür zur Kiste damals zu anstrengend für mich war.

Jetzt allerdings ist die Kiste leer, von meiner Mutter keine Spur. Ich drehe mich zu Charlotte.

»Wo ist sie denn?«

Charlottes Schwanzspitze zuckt. »Tja, dann ist sie wohl wirklich noch beim Trimmen. Wollen wir hier warten oder nach ihr sehen?«

»Wer weiß, wie lange Marc noch mit von Eschersbach spricht. Lass uns lieber zu ihr flitzen, sonst verpasse ich sie am Ende noch.«

In diesem Moment öffnet sich die Tür zur Küche.

»Carl-Leopold! Nein, ist das schön, dass du uns mal wieder besuchst!« Emilia! Ihre Stimme würde ich jederzeit unter tausenden erkennen. Sie ist für eine Frau sehr dunkel und klingt fast so, als würde Emilia singen, auch wenn sie nur spricht. Sofort renne ich zu ihr und springe an ihr hoch.

»Ja, mein Braver, du freust dich auch, nicht? Warte mal, ich hole etwas Leckeres für dich.« Es ist eindeutig von Vorteil, mit der Köchin befreundet zu sein!

Als Emilia wieder auftaucht, hat sie ein kleines Schälchen in den Händen, das sie mir direkt vor die Nase stellt. Lecker!

Pansen und Herz! Sofort schlinge ich los. Ich liebe meine Schwester zwar sehr, aber dies ist eindeutig *mein* Willkommensgeschenk. Zwei Sekunden später steht Charlotte neben mir und schmollt.

»Hey, kein Wunder, dass du zugenommen hast! Hättest mir ruhig etwas abgeben können.«

Ich ignoriere diesen Einwand und schlinge hastig das letzte Stück Herz hinunter. Abnehmen kann ich immer noch, und vielleicht kommen auch irgendwann mal schlechte Zeiten. Dann bin ich gewappnet.

»Hast du denn deine Mutter schon gesehen, Carlchen?« Emilia hebt mich hoch und streicht mir über den Kopf. »Ach nein, die ist ja noch mit dem Hundefrisör zugange. Am Wochenende ist die Hundeschau, da muss sie doch besonders schön sein. Aber warte mal, ich bringe dich hin. Die sind im Anbau hinter den Pferdeställen.« Spricht's und klemmt mich unter den Arm. Charlotte beeilt sich hinterherzukommen, und so stehen wir schon bald darauf vor der Tür zu dem gekachelten Raum am Stall, in dem auch immer die tierärztlichen Untersuchungen auf dem Schloss stattfinden. Emilia setzt mich wieder auf den Boden und öffnet die Tür.

Brrr, auch wenn ich Marc nun sehr gut kenne und mag – der Gedanke an die Untersuchungen und Impfungen, die ich durch ihn in diesem Raum erdulden musste, lässt mich sehr zögern, hineinzugehen. Obwohl das natürlich Quatsch ist. Aber offensichtlich haben Dackel ein gutes Gedächtnis.

»Komm schon, Carl-Leopold, auf was wartest du?«

Okay, soll schließlich niemand sagen können, ich sei ein Feigling. Ich drücke mich also an der Tür vorbei – und stehe sofort vor dem Tisch, den Tierarzt und Hundefrisör anscheinend gleichermaßen benutzen. Und auf dem Tisch: Mama! Ich belle aufgeregt, sie dreht den Kopf zur Seite.

»Mensch, Daphne, stillhalten! Sonst schneide ich dir noch ins Ohr!« Der Hundefrisör, der eine Hundefrisörin ist, schimpft. Aber meiner Mutter ist das völlig egal. Sie hüpft einfach zu mir herunter.

»Junger Mann, wir kennen uns doch!«

Begeistert schlecke ich ihr die Schnauze ab. Meine Mutter ist einfach eine ganz tolle Frau!

»Hey, nicht so stürmisch! Deine Mutter ist mittlerweile schon eine ältere Dame, Carl-Leopold. Und was machst du überhaupt hier?«

»Er ist wieder mit dem Tierarzt da, Mama.«

»Ach so? Ja, den Arzt habe ich eben schon gesehen. Hat auch mit dem Alten hier reingeschaut. Dann sind sie wohl zu den Pferden gegangen. Hach, es ist wirklich schön, dich zu sehen, mein Junge.« Mama erwidert mein Schlecken.

Die Hundefrisörin scheint nun genug von unserer spontanen Familienzusammenführung zu haben. Sie beugt sich herunter, schnappt sich meine Mutter und setzt sie wieder auf den Tisch.

»So. Stillgehalten jetzt, Daphne. Sonst kann ich aus dir keinen Champion machen.«

Ergeben setzt sich Mutter auf ihr Hinterteil.

»Du siehst es, Carl-Leopold. Mir bleibt hier nichts erspart. Vielleicht sehen wir uns später nochmal.«

»Alles klar. Dann gehen wir erst einmal Opili suchen.«

Mama fährt so schnell herum, dass die Frisörin den Trimmkamm fallen lässt.

»Hat dir Charlotte etwa noch nichts erzählt?«

Ich schüttele den Kopf. »Nein, was denn?«

Mama senkt die Schnauze. »Opili ist im letzten Winter gestorben.«

VIERZEHN

Herkules, das ist der Lauf der Dinge. Hunde sterben, Menschen sterben. Ja, sogar Katzen treten irgendwann ab.«

Falls Herr Beck versucht, mich mit diesen halbgaren Überlegungen zur Vergänglichkeit alles Irdischen zu trösten: So klappt das nicht! Wir liegen unter Ninas Tisch im Wohnzimmer, hier hat mich Caro geparkt, weil sie auf einen Termin musste. Auch so ein Ding. Mir geht es schlecht, und sie schiebt mich einfach ab. Heute ist ein furchtbarer Tag. Draußen regnet es schon wieder in Strömen, und hier drinnen ist mir zum Heulen zumute.

»Aber warum hat mir das niemand erzählt?«

Herr Beck starrt mich an. »Ja, um Gottes willen, wer hätte dir das denn erzählen sollen?«

»Na, Marc zum Beispiel. Der wusste es bestimmt. Er ist schließlich Tierarzt auf dem Schloss!«

»Herkules, ich sage es dir wirklich nur ungern, aber: Du bist nur ein Hund. Kein Mensch käme jemals auf die Idee, dass diese Information für dich wichtig sein könnte.«

»Bitte? Es war immerhin mein Opili!«

»Richtig. Aber für Marc war Opili garantiert nur ein alter Dackel. Und damit hat er aus Menschensicht auch nicht ganz Unrecht.«

Ich lege meinen Kopf auf die Schnauze und schweige. Bin ich vielleicht beleidigt? Nein. Ich bin traurig. Und gekränkt. Ich lebe offensichtlich mit Leuten zusammen, die sich nicht im Geringsten um mein Gefühlsleben scheren. Eine erschreckende Erkenntnis. Wieso bloß mache ich mir dann umgekehrt so viele Gedanken um sie? Um ihre Krisen, Sorgen und Nöte? Das lasse ich demnächst doch einfach. Jeder ist sich selbst der Nächste. Schon wahr. Und nicht nur der nächste Mensch. In Zukunft gilt das auch für Dackel.

Herr Beck holt tief Luft. »Sieh es doch mal so: Dein Opili war wahrscheinlich schon ganz schön alt. Möglicherweise auch krank, das geht ja oft Hand in Hand. Und vielleicht hatte er am Ende auch gar keine Lust mehr auf sein Hundeleben. Könnte doch sein.«

Ich schüttele entschieden den Kopf.

»Man merkt, dass du Opili nicht kennst. Er war total fit. Ein Klassehund. Immer gut drauf und voller Ideen. *Lustlos*? Das Wort gab es für ihn gar nicht.«

»Mein lieber Herkules, abgesehen davon, dass *niemand* immer gut drauf ist, und sei er noch so jung, muss ich dir leider sagen, dass das Älterwerden nicht immer das reine Vergnügen ist. Ich merke es doch an mir selbst. Was war ich früher für ein tollkühner Kater. Und heute? Liege ich gerne mal den ganzen Tag bei Nina auf dem Fensterbrett und lausche andächtig, wenn sie wieder ein paar arme Verwirrte vor dem Wahnsinn rettet. Herkules, glaube mir, das ist nix, wenn man alt wird. Du wirst es schon noch sehen.«

Jetzt bin ich ernsthaft besorgt. Will mir Herr Beck damit etwa sagen, dass er keine Lust mehr hat, mit mir durch die Welt zu streifen? Opili ist die eine Sache – aber wenn Beck nun auch schwächeln sollte … Der ist doch noch gar nicht so alt, oder? Was würde ich bloß ohne ihn machen?

»Geht es dir nicht gut?«, will ich von Herrn Beck wissen.

»Doch, es geht mir gut. Aber ich bin nicht mehr der Jüngste. Ich renne nicht mehr jeder dummen Maus hinterher.

Das ist mir viel zu anstrengend geworden. Und ich brauche mehr Ruhe als früher, mehr Erholung. Gestern war es zum Beispiel so laut in der Wohnung über uns, dass ich tagsüber nicht richtig schlafen konnte. Das merke ich heute. Ich bin ziemlich schlapp.«

»Also geht es dir schlecht?«

»Nein. Wie ich schon sagte: Ich bin nur schlapp.«

Da kommt mir eine Idee. »Aber du würdest mir Bescheid sagen, wenn es dir mal nicht so gut geht, oder?«

Beck guckt erstaunt. »Warum?«

»Na ja, ich dachte, wo ich doch gewissermaßen an der Quelle sitze …«

»An welcher Quelle? Vertickst du illegale Dopingmittel für Katzen?«

»Was?« Wovon redet der Kater?

»Ach, nur ein Scherz. Nein, ich frage mich nur, wie du mir helfen könntest, falls es mir mal schlecht gehen sollte.«

»Du sagst mir Bescheid, und ich informiere Marc. Und der hilft dir dann. Also, bevor die unsensible Nina etwas merkt, nehmen wir die Sache doch lieber selbst in die Hand.«

»He! Nina ist nicht unsensibel! Sie ist eine tolle Frau.«

»Das sind ja ganz neue Töne! Ich dachte immer, du …« Weiter komme ich nicht, denn in diesem Moment übertönt ein ohrenbetäubendes Hämmern alle weiteren Geräusche. Beck rollt sich auf den Rücken und stöhnt.

»O nein! Jetzt geht das schon wieder los. Ich werde noch verrückt.«

»Was ist denn das? Über euch wohnt doch niemand mehr«, wundere ich mich.

»Die Wohnung bleibt aber nicht leer, Herkules. Da ziehen natürlich neue Menschen ein. Und die haben offenbar vor, dort keinen Stein auf dem anderen zu lassen. Schrecklich!«

Das findet offenbar auch Nina, die in diesem Moment mit den Worten *Jetzt reicht es mir!* an der offenen Wohnzimmertür vorbeischießt und zur Wohnungstür rennt. Irgendetwas sagt mir, dass wir gleich Zeugen einer handfesten menschlichen Auseinandersetzung werden. Ich krieche unter dem Tisch hervor.

»Mann, wo willst du denn hin, Kumpel?« Herr Beck kann sich offenbar nicht aufraffen, seinem Frauchen zu folgen.

»Na, vielleicht braucht Nina Hilfe? Wenn du Recht hast und die Menschen über euch wirklich keinen Stein auf dem anderen lassen, dann sind sie möglicherweise gewaltbereit. Da ist es immer gut, einen Jagdhund an seiner Seite zu haben. Mit schlappen Katern ist das allerdings so eine Sache. Du bleibst mal besser unter dem Tisch liegen, um dich kann ich mich in so einer Krisensituation nicht auch noch kümmern.«

Herr Beck macht ein Geräusch, das wie *PPFFF* klingt, und taucht kurz darauf neben mir auf. Gemeinsam laufen wir in den Hausflur. Nina steht schon oben vor der Tür und klingelt Sturm. Als wir nach den letzten Treppenstufen um die Ecke biegen, kommen wir gerade im richtigen Moment: Die Türe öffnet sich, dahinter steht ein junger Mann mit wild in alle Richtungen abstehenden hellen Haaren. Ehe er es sich noch versieht, schreit ihn Nina auch schon an.

»Was fällt Ihnen eigentlich ein, hier stundenlang das ganze Haus zu tyrannisieren? Ich habe Patienten – soll ich jetzt meine Praxis wegen Ihnen dichtmachen?«

Der junge Mann tritt einen Schritt zurück und mustert Nina interessiert von oben bis unten. Dann lächelt er. »Nun mal halblang, Frau Nachbarin. Wir haben kurz nach 15 Uhr. Wenn ich die Hausordnung richtig interpretiere, ist das eine ausgezeichnete Zeit für Renovierungsarbeiten. Und die sind in der Wohnung leider dringend nötig. Also – wenn nicht jetzt, wann dann?«

»Von mir aus gar nicht! Wieso können Sie nicht still und leise die Wände streichen, so wie alle anderen Menschen auch? Warum haben Sie die Wohnung überhaupt angemietet, wenn Sie nun anscheinend jede einzelne Wand rausreißen oder versetzen?«

Nina funkelt den Mann böse an, der grinst ziemlich breit.

»Wissen Sie, ich bin Ästhet. Da kann ich mich mit simplem Wändestreichen leider nicht zufriedengeben. Das werden Sie sicher verstehen – Sie scheinen doch auch Wert auf Äußeres zu legen. Hübsches Kleid übrigens.«

Der Typ grinst – sofern das überhaupt möglich ist – noch breiter, Nina schnaubt förmlich.

»Sie ... Sie ... unverschämter Kerl! Ich werde mich bei der Hausverwaltung über Sie beschweren! Sie hören noch von mir!« Dann macht Nina auf dem Absatz kehrt und stürmt nach unten. Beck und ich bleiben verdutzt sitzen. Der Mann schaut uns an.

»Oh, seid ihr Teil der Abordnung? Eins muss man ihr lassen, euer Frauchen hat Temperament.« Er nickt. Etwa anerkennend? Dann schließt er die Tür. Beck und ich schauen uns einigermaßen ratlos an.

»Also, mein Lieber – wo war denn jetzt dein Einsatz als schützender Jagdhund? Davon habe ich nicht viel gesehen.«

»Dafür ging das alles viel zu schnell. Wenn er sie angefasst hätte, dann hätte ich natürlich eingegriffen. Aber stattdessen hat er ihr doch ein nettes Kompliment gemacht. Ich verstehe gar nicht, warum Nina sich so darüber aufgeregt hat.«

»Welches nette Kompliment? Habe ich da etwas verpasst? Bin ich nicht nur alt, sondern auch taub?« Herr Beck legt den Kopf schief.

»Na, das mit dem Kleid. Er sagte doch, dass Ninas Kleid hübsch sei.«

»Mann, Herkules – das war doch kein Kompliment! Damit wollte er sie ärgern! Und das hat ja auch einwandfrei funktioniert.«

»Bitte? Wie kann ein Mann denn eine Frau damit ärgern, dass er ihr sagt, dass ihr Kleid hübsch ist? Darüber freuen sich Frauen doch. Das macht gar keinen Sinn.«

»Macht es doch. Denn damit sagt er ihr, dass er sie nicht ernst nimmt.«

»Quatsch. Damit sagt er ihr, dass sie ein hübsches Kleid trägt.« Ob Herr Beck Recht hat mit dem Älterwerden? Er ist ganz offensichtlich schon völlig verwirrt. *Tüdelig*, wie der alte von Eschersbach sagen würde.

»Hach, Herkules, du bist echt kein Frauenkenner. Hoffentlich gehst du bei deiner Cherie etwas geschickter vor, sonst wird das nie was. Also: *Normalerweise* ist das mit dem Kleid ein Kompliment. Da hast du schon Recht. Aber in diesem Fall war die Lage eine andere: Sie hat sich über ihn geärgert und ihn scharf kritisiert. Das hast du noch mitbekommen, oder?«

Ich nicke. Es war schließlich nicht zu überhören.

»So. Jetzt lenkt er nicht etwa ein, sondern sagt ihr, dass sie Unsinn redet. Und das ihr Kleid hübsch ist.«

»Hä?«

»Na, das bedeutet, dass er sie nicht ernst nimmt. Er sagt damit eigentlich: *Du hast keine Ahnung, Schnecke, beschränk dich mal aufs Hübschsein*. Für eine schlaue Frau wie Nina eine tödliche Beleidigung.«

Mir schwirren die Dackelohren. »*Das* sagt er ihr damit?«

»Jepp. Das ist der sogenannte Subtext.«

»Aha.« Ich hoffe ganz stark, dass es so etwas wie Subtext in der Kommunikation zwischen Hündin und Rüde nicht gibt. Sonst bin ich geliefert. Aber so was von.

Schweigend trotten wir nebeneinander die Stufen zu Ninas Wohnung wieder hinunter. Sie hat die Tür einen Spalt offen stehen lassen, also können wir problemlos hineinhuschen. Immer noch schweigend legen wir uns wieder unter den Wohnzimmertisch. Hoffentlich kommt Carolin bald wieder, hier drinnen ist die schlechte Stimmung gerade mit Pfoten zu greifen. Immerhin ist es nun ruhiger, vielleicht hat sich der neue Nachbar Ninas Worte doch zu Herzen genommen, auch wenn er unverschämterweise ihr Kleid schön fand.

Kurze Zeit später klingelt es an Ninas Wohnungstür. Endlich, mein Flehen wurde erhört! Das ist bestimmt Carolin, die von ihrem Treffen kommt und mich abholt. Ich sause schnell zur Tür, nichts wie raus hier.

Aber als Nina, die hinter mir hergekommen ist, die Tür öffnet, steht dort: niemand. Stattdessen liegt ein kleines Päckchen mit einem gelben Zettel darauf auf der Fußmatte. Nina bückt sich und hebt es hoch. Sie liest den Zettel, reißt dann das Päckchen auf, um nachzuschauen, was es enthält. Ich bin natürlich auch neugierig, was ihr da wohl vor die Tür gelegt worden ist, kann es aber von hier unten nicht genau erkennen. Es scheinen kleine Kügelchen in einer durchsichtigen Box zu sein. Seltsam, so etwas habe ich noch nie gesehen. Nina dreht die Box hin und her, murmelt *eine Unverschämtheit* und schließt die Tür wieder.

Ich trabe zurück zu Beck, der immer noch unter dem Wohnzimmertisch liegt.

»Was war denn los?«, erkundigt er sich.

»Irgendjemand hat etwas auf Ninas Fußmatte gelegt. Aber falls es ein Geschenk sein sollte, hat es ihr nicht gefallen.«

Es klingelt nochmal an der Tür, und ich sause zurück in den Flur.

»Also jetzt habe ich die Schnauze aber wirklich voll! Was fällt dem Typen eigentlich ein?« Nina stürzt aus ihrem Büro in Richtung Tür und reißt sie auf. »Sie können sich Ihre Ohrstöpsel gleich sonst wohin … oh, hallo, Carolin! Komm doch rein.«

Tatsächlich. Vor der Tür steht endlich Carolin und schaut sehr erstaunt.

»Grüß dich, Nina. Ist alles in Ordnung bei dir? Ich wollte nur Herkules abholen.«

»Klar, natürlich. Ich dachte nur, du seist mein neuer Obermieter.«

»Und den begrüßt du derart herzlich? Die Geschichte musst du mir mal genauer erzählen.«

»Sehr gerne. Und noch lieber bei einem Kaffee. Ich kann mich heute sowieso nicht mehr konzentrieren und muss mal raus. Also – wenn du nichts dagegen hast, würde ich mit dir mal eben das nächste Café ansteuern.«

»Ja, warum nicht? Lass uns doch ins Violetta gehen, dann kann sich Herkules auf dem Hinweg im Park noch ein bisschen seine krummen Beinchen vertreten.«

Krumme Beinchen? Da frage ich mich: Wenn Komplimente im Subtext manchmal böse gemeint sind, sind Boshaftigkeiten dann in Wirklichkeit ein Liebesbeweis?

Das Herumsitzen im Café gehört eindeutig zur Lieblingsbeschäftigung von Frauen. Jedenfalls von den beiden Frauen, die ich kenne: Carolin und Nina. Interessanterweise bestellen sie sich aber meist nicht das gleichnamige Getränk. Sondern meist viel lieber einen sogenannten *Prosecco*. Der kommt zwar in einem etwas anderen Glas daher als der *Rotwein*, den Marc so gerne mit Carolin trinkt, aber er riecht ähnlich und hat auch eine ähnliche Wirkung auf Menschen. Erst reden sie ein bisschen schneller als sonst und lachen häufiger, dann reden sie *viel* langsamer und dafür lauter. Offenbar schlagen diese beiden Getränke auf die Ohren. Leider nicht auf meine, die sind ganz ausgezeichnet, und für meinen Geschmack wäre es sowieso schön, wenn Menschen insgesamt ein bisschen leiser veranlagt wären.

Lautstärke ist auch das Thema, das Nina nun gerade mit Carolin vertieft. Natürlich bei einem Glas Prosecco. Den brauche sie jetzt für ihre Nerven, hat Nina angemerkt und gleich mal zwei davon bei der Bedienung geordert. War also wieder nichts mit dem Kaffee. Ich habe es mir vor Carolins Füßen bequem gemacht und höre zu, wie Nina von der unerfreulichen Begegnung mit dem neuen Nachbarn berichtet.

»Ich meine – den ganzen Tag hämmert der da in der Bude rum. Das ist doch nicht normal! Ich hatte heute Vormittag zwei Patienten, die hätte ich fast wieder nach Hause geschickt, weil es wirklich ein ohrenbetäubender Lärm war. Gestern auch schon! Und das ohne jede Vorankündigung durch die Hausverwaltung, so dass ich mich hätte darauf einstellen können. Nichts von alledem. Eine Frechheit! Als es dann heute Nachmittag wieder losging, bin ich hoch und habe mal zart nachgefragt, wie lange das denn noch so gehen soll.«

Unter *zart nachgefragt* stelle ich mir aber etwas anderes vor. Nach meinem Eindruck war Nina schon ganz schön auf Zinne. Vielleicht wäre das Gespräch auch insgesamt besser verlaufen, wenn Nina den Mann nicht gleich so angefahren hätte. Oder ist der Subtext – was für ein tolles neues Wort! – von Anschreien *he, ich finde dich nett*?

»Und was hat er dazu gesagt?«

»Im Wesentlichen, dass ich mich mal nicht so anstellen soll

und er sich schließlich an die Ruhezeiten der Hausordnung hält. Und dass er ja irgendwann renovieren müsse.«

»Hm, klingt aber ehrlich gesagt, als sei es nicht ganz von der Hand zu weisen«, gibt Carolin zu bedenken.

»Das war nun wieder klar, dass man dich mit dieser Hausordnungsnummer sofort kriegt. Du bist eben viel zu defensiv. Ich meine – hallo? Ich verdiene in der Wohnung mein Geld. Ich *brauche* Ruhe. Der soll sich gefälligst ein paar vernünftige Handwerker nehmen – dann ist die Renovierung ruckzuck fertig, und ich gehe solange ins Hotel. Auf seine Rechnung.«

»Äh, ja. Und was war das mit den Ohrstöpseln?«

»Ohrstöpsel?« Nina guckt verständnislos.

»Du sagtest, ich solle mir meine Ohrstöpsel sonst wohin … Ich meine, als du mir die Tür geöffnet hast.«

»Stimmt. Ich war nach meiner Beschwerde gerade wieder in der Wohnung angekommen, als es an der Tür geklingelt hat. Na, dachte ich mir, da ist wohl jemand zur Vernunft gekommen und will sich entschuldigen. Stand aber niemand vor der Tür. Stattdessen lag ein Päckchen mit einem Post-it davor. Hier.« Sie kramt in ihrer Handtasche und drückt Caro die kleine Box mit dem gelben Zettel in die Hand. Die fängt an zu lächeln und liest laut vor: *»Mit den besten Grüßen an Ihre empfindlichen Ohren, Alexander Klein*. Wie süß. Ohropax.«

»Süß?! Also ich bitte dich! Das ist nicht süß, das ist unverschämt. Der Typ will mich provozieren. Und dann so ein Bengel – bestimmt zehn Jahre jünger als ich! Süß? Von wegen!«

Caro schüttelt den Kopf.

»Echt, Nina, jetzt komm mal wieder runter. Oder trink schnell noch ein Glas Sekt. So schlimm ist das nun wirklich nicht. Die Renovierung wird ja nicht ewig dauern, und möglicherweise gewinnst du einen netten neuen Nachbarn. Aber nicht, wenn du ihn gleich so verschreckst. Mit dem hast du doch auch ansonsten gar nichts zu tun. Ich meine – sieh mich mal an. Ich treffe nun jeden Abend auf meine Quasi-Schwiegermutter und mache dazu noch ein freundliches Gesicht.«

»Tja, fragt sich nur, wie lange noch. Außerdem bist du auch kein Maßstab. Du bist eh zu gut für diese Welt.«

»Ich will eben mit ihr auskommen. Selbst wenn sie mich ab und zu nervt. Ist schließlich Marcs Mutter.«

»Sag ich doch: zu gut für diese Welt.«

»Wenn du meinst. Aber damit kannst du mich gar nicht aus der Ruhe bringen. Dafür bin ich heute viel zu gut gelaunt.«

Carolins Lächeln wird tatsächlich noch strahlender und überzieht nun ihr gesamtes Gesicht. Mehr Lächeln geht nicht. Das sieht einfach toll aus, ich liebe es, wenn sie so strahlt. Das können einfach nur ganz wenige Menschen: so von den Augen bis zum Mund durchgehend lächeln. Und meine Carolin gehört dazu.

»Dann lass mich mal an deiner Freude teilhaben«, fordert Nina sie auf, »vielleicht bessert sich meine Laune dann wieder.«

»Das kann sogar sein«, gibt Carolin ihr Recht. »Es hat nämlich mit jemandem zu tun, den du auch kennst und magst.«

»Schieß los – ich bin gespannt.«

»Mein Treffen eben. Rate mal, mit wem das war.«

Nina schüttelt den Kopf. »O nö! Nicht solche Spielchen! Nun sag schon!«

»Hast Recht. Kommste sowieso nicht drauf. Ich habe mich eben mit Daniel getroffen.«

Jetzt reißt Nina wirklich die Augen auf. »Echt? Mit Daniel? Seit wann ist der denn wieder in Hamburg? Das ist ja toll!«

»Aurora gibt morgen ein Konzert in der Laeiszhalle, und Daniel begleitet sie.«

»Also ist er immer noch mit dieser Schnepfe zusammen.«

Caro zieht die Augenbrauen hoch. »Aurora ist ganz nett.«

»Unsinn. Ist sie nicht. Du – ich wiederhole mich – bist einfach zu gut für …«

»Also«, unterbricht Caro sie, »willst du nun weiter rumstänkern oder lieber die Geschichte zu Ende hören?«

Nina rollt mit den Augen, sagt aber nichts mehr.

»Ich wusste von Auroras Konzert und habe Daniel angerufen und ihn gefragt, ob er mitkommt. Ich wollte nämlich etwas mit ihm besprechen.«

»Aha. Du hast erkannt, dass du nicht mit Marc zusammenpasst, und willst es doch noch mal mit Daniel versuchen, der selbstverständlich noch immer heimlich in dich verliebt ist? Sehr clever.« Nina kichert. Findet sie das wirklich lustig, oder ist das der Prosecco?

»Ach, Mann, Nina. Bleib doch mal ernst. Ich habe einen Großkunden, der mit einem noch viel größeren Auftrag winkt. Den kann ich aber nicht allein schaffen. Der Kunde wiederum kennt Daniel noch aus alten Zeiten, und ich habe ihm versprochen, mit Daniel zu besprechen, ob er Lust zu einer zeitlich begrenzten Kooperation mit mir hat. Hier in Hamburg. Also habe ich ihn gefragt, ob er sich vorstellen könnte, die nächsten zwei, drei Monate nach Hamburg zu kommen.«

»Und, konnte er?«

Sagte ich eben, mehr Lächeln geht nicht? Es geht doch. Carolin beweist es gerade, und im Violetta wird es mit einem Schlag heller, so sehr strahlt sie nun.

»Ja. Er hat gesagt, dass er sich über mein Angebot freut und es sehr gerne annimmt.«

»Na, da schau her.« Mehr sagt Nina nicht. Aber jetzt lächelt sie auch.

FÜNFZEHN

Hm. Sieht von außen aus wie ein ganz normaler Schuhkarton. Was da wohl drin ist? Neugierig robbe ich mich möglichst nah an Luisa heran, ich will schließlich dabei sein, wenn das Geheimnis gelüftet wird. Carolin und Marc haben Luisa den hübsch verpackten Karton eben feierlich überreicht und von einer Überraschung gesprochen. Daraufhin hat sich Luisa sofort damit auf den Teppich im Wohnzimmer gesetzt und das Geschenkpapier aufgerissen.

Jetzt nimmt sie den Deckel ab, und ich sehe – ja, was sehe ich da eigentlich? Ein Häuschen, gebastelt aus Papier, davor lauter kleine Pferdefiguren. Das Häuschen erinnert mich an irgendetwas. Um es mir mal genauer anzusehen, stecke ich meine Nase in den Karton.

»Herkules, vorsichtig!« Luisa zieht mich sanft am Nacken. »Sonst machst du noch mein Geschenk kaputt!«

Ich ziehe den Kopf wieder zurück, ich habe auch so schon genug gesehen. Das Häuschen sieht aus wie Schloss Eschersbach! Das ist ja ein Ding!

Marc kniet sich neben Luisa. »So, mein Schatz, hier siehst du die lang angekündigte gute Idee, die Carolin hatte.«

Luisa guckt etwas verständnislos. Das ist kaum verwunderlich, denn auch ich habe noch nicht begriffen, was es mit diesem Mini-Schloss im Karton auf sich hat. Ganz zu schweigen von den davor platzierten kleinen Pferdchen.

»Spielzeugpferde?« Luisa klingt enttäuscht.

»Keine Sorge, die sind nicht das Geschenk. Der ganze Karton ist eigentlich nur ein Gutschein. Für ein Pony-Schloss-Wochenende mit deinen Freundinnen. Freitags könnt ihr hinfahren, und dann lebt ihr drei Tage auf einem echten Schloss und könnt so viel reiten, wie ihr wollt«, erklärt Carolin. »Dein Papa wollte sich nur besondere Mühe geben und hat deswegen Schloss Eschersbach und die dazugehörigen Pferde gebastelt.«

Jetzt begreift Luisa, springt auf und fällt Carolin um den Hals. »Danke, Caro! Und danke, Papa! Das ist wirklich eine Superidee! Klasse!«

Auch Oma Wagner ist mittlerweile ins Wohnzimmer gekommen. »Tja, mein Schatz, schön, dass es dir gefällt. Dein Vater war jetzt auch fast zwei Tage durchgehend mit der ganzen Geschichte beschäftigt. Allein dieses Gebastel hat die halbe Sprechstunde gedauert. Dann noch die Visite zum Schloss, um den alten Grafen zu überreden. Na ja. Der Opa hätte so was nie gemacht, dem habe ich immer alles abgenommen.« Sie schaut in Carolins Richtung und lächelt. Ich bin mir nicht sicher, ob das nett gemeint ist.

Falls es das aber nicht war, ignoriert Carolin diese Spitze. »Ja, Marc, du hast wirklich handwerkliches Geschick. Du könntest glatt bei mir anfangen. Vielleicht ist an dir ein Geigenbauer verloren gegangen.«

Marc grinst, und Frau Wagner verabschiedet sich mit einem deutlichen *Dann werde ich mal die Küche aufräumen, das macht sich ja auch nicht von alleine* in Richtung derselben.

»Komm her, Spatzl«, Marc steht auf, geht zu Carolin und nimmt sie in den Arm, »wenn mir niemand mehr seinen Zwerghamster anvertrauen will, werde ich bei dir vorsprechen.« Er gibt ihr einen Kuss. »Insofern passt es mir eigentlich gar nicht, dass du jetzt wieder mit Daniel zusammenarbeiten willst. Vielleicht wäre ich ein besserer Partner für dich.«

»Na gut, ich werde Daniel klipp und klar sagen, dass es sich nur um ein paar Wochen handelt, weil sich dann eine aufstrebende Nachwuchskraft angekündigt hat.« Sie lächelt.

»Gut. Mach das. Dann weiß er gleich, wo es langgeht. Habe mir sowieso schon ein wenig Sorgen gemacht, dass der hier plötzlich wieder auftaucht.«

Warum macht sich Marc Sorgen? Wenn ich das richtig verstanden habe, kommt Daniel doch, um zu helfen.

»Zu Recht, mein Lieber, man muss die Konkurrenz immer im Auge behalten.«

Ach, Marc will Geigenbauer werden und Daniel dann Tierarzt? Versteh ich nicht.

»Also komme ich heute Abend besser mit?«

»Das hättest du wohl gerne. Nee, nee, wir trinken auf alte Zeiten, du würdest dich nur langweilen. Und ich habe so lange nichts mehr mit Daniel unternommen, ich freue mich schon auf ein Glas Wein mit ihm. Will mal hören, wie es ihm privat geht. Heute Nachmittag haben wir nur übers Geschäft gesprochen, morgen geht er ins Konzert, und übermorgen ist er schon wieder weg, also das passt schon.«

Marc seufzt. »Okay, ich lasse dich ziehen. Aber keine Dummheiten machen!«

Carolin rollt mit den Augen. »Werde mich gehorsamst um 22 Uhr zurückmelden.«

»Spätestens! Sonst schicke ich die Feldjäger los!«

Feldjäger klingt spannend. Ich habe eine stille Passion für die Jagd. Alle meine Vorfahren waren große Jäger, und aus mir wäre bestimmt auch einer geworden. Wenn man mich nur ließe. Aber leider werde ich mehr und mehr zum Schoßhündchen und spiele mit kleinen Mädchen, anstatt endlich einen ordentlichen Fuchsbau zu sprengen. Mein einziger Ausflug in einen Kaninchenbau ist schon sehr, sehr lange her und endete in einem völligen Desaster: Ich blieb stecken und musste von Willi gerettet werden, der beim Ausgraben meiner Wenigkeit etwas erlitt, was Marc später Herzinfarkt nannte. Seitdem habe ich mich an Kaninchen nicht mehr rangetraut, obwohl es doch immer mein Traum war, einmal mit Opili auf die Jagd zu gehen. Ach, Opili, nun werden wir niemals gemeinsam durch Wiesen streifen und Fährte aufnehmen. Bei diesem Gedanken kann ich nicht anders. Ich fange an zu heulen.

»Schatz«, Carolin dreht sich zu Marc, »ich glaube, Herkules will nochmal raus. Ich muss mich jetzt aber schnell für mein Date mit Daniel fertig machen.«

Marc verzieht das Gesicht und meckert: »Na klasse – ich kriege den Hund aufs Auge gedrückt, damit du dich für deinen Galan noch schön machen kannst.«

Das klingt zwar unfreundlich, aber da Marc jetzt schon wieder lacht, denke ich mal, dass es sich bei der Beschwerde um die gefürchtete menschliche Ironie gehandelt hat: Eine Sache sagen, die andere Sache meinen. Verrückt, oder?

»Papa, ich komm mit!« Luisa stellt den Karton auf den Wohnzimmertisch und läuft zu uns. Eigentlich ist das hier ein Missverständnis, denn ich muss gar nicht, aber bei so netter Begleitung gehe ich natürlich gerne noch ein bisschen Gassi. Marc schnappt sich meine Leine von der Garderobe und öffnet die Wohnungstür.

»Guten Abend, Frau Serwe! Alles in Ordnung bei Ihnen und Cherie?«

Ich traue meinen Augen kaum – wir kommen aus der Haustür, und das Erste, was ich sehe, ist tatsächlich Cherie. Und sie ist ganz offensichtlich nicht meiner blühenden Phantasie entsprungen, denn sonst würde Marc wohl kaum ihr Frauchen begrüßen.

»Ja, alles bestens, danke! Wir drehen nur gerade unsere tägliche Abendrunde, und da wollte ich Ihnen schnell etwas vorbeibringen.« Claudia Serwe hält Marc eine Art umgekehrte Schüssel unter die Nase. Ich kann zwar nicht sehen, was sich darin befindet – aber es riecht großartig! Spontan fange ich an zu sabbern und kann nicht umhin, Männchen zu machen. Cherie setzt sich und mustert mich.

»Hallo, Herkules, wie ich sehe, liebst du Sahnekuchen. Bist also ein ganz Süßer, was?« Wenn sie könnte, würde sie kichern, da bin ich mir ganz sicher. Wieso nur muss ich gerade in Gegenwart dieser Traumfrau immer unangenehm auffallen?

»Grüß dich, Cherie – äh, ja, es roch gerade so gut, da wollte ich mal nachschauen, was das wohl sein könnte.«

»Kein Problem. Und mein Frauchen ist wirklich eine phantastische Bäckerin. Leider kriege ich fast nie etwas davon ab – Zucker soll ja so ungesund für Hunde sein. Aber wenn ich mal etwas stibitzt habe, war es immer sensationell.«

»Geht's dir denn wieder gut?«, versuche ich schnell das Thema zu wechseln. Nicht, dass Cherie auch noch merkt, dass ich zugelegt habe.

»Tja, manchmal habe ich noch etwas Kopfschmerzen, und die Naht an meiner Braue juckt auch ab und zu. Aber eigentlich bin ich wieder ganz fit. Allerdings träume ich öfter von dem Unfall. Es hat mich doch ganz schön mitgenommen.«

Ich nicke. »Ja, das glaube ich. Habt ihr denn den Typen geschnappt, der schuld an der ganzen Sache ist?«

Cherie schüttelt den Kopf. »Nein, leider nicht. Und das macht mich auch ziemlich traurig. Denn zum einen würde ich den Kerl richtig gerne mal in den Allerwertesten beißen für die Schmerzen, die er mir angetan hat. Und zum anderen weiß ich, dass mein Frauchen sich schlecht fühlt, weil sie die Tierarztrechnung nicht richtig bezahlen konnte. Deswegen hat sie auch die tolle Torte für dein Herrchen gebacken. Schwarzwälder Kirsch. So heißt die. Die macht Claudia nur zu ganz besonderen Anlässen oder für ganz besondere Menschen.«

»Auf alle Fälle riecht sie sehr, sehr lecker! Aber wahrscheinlich bekomme ich davon sowieso nichts ab. Mal eine ganz andere Frage – geht ihr öfter hier spazieren?« Das wäre natürlich toll, dann könnte ich doch in Zukunft jedes Mal nach dem Abendessen ein bisschen Tamtam machen und wenigstens Luisa zu einer Runde überreden. Und vielleicht, wer weiß, wenn mich Cherie erst mal besser kennt, vergisst sie auch, dass ich nicht mal halb so groß bin wie sie.

»Ja, manchmal kommen wir tatsächlich hier lang. Nicht gerade jeden Abend, aber ab und zu. Tagsüber gehen wir fast immer auf die Hundewiese an der Alster, abends machen wir dann oft eine Runde durch das Viertel. Warum?«

»Och, nur so.«

Bevor mich Cherie noch eingehender zu meinen Motiven befragen kann, will ihr Frauchen weitergehen und Marc die Torte nach drinnen bringen. Cherie verabschiedet sich mit einem mütterlichen *Mach's gut, Kleiner!*. Wahrscheinlich ist das nicht gerade ein Zeichen dafür, dass sie mich für wild und gefährlich hält und gerne mal nachts mit mir allein durch den Park stromern würde. Egal, ich werde meine Chance schon bekommen.

»Das war ja eine kurze Runde!«, wundert sich Marcs Mutter, als wir wieder in der Wohnung sind.

»Wir waren auch gar nicht im Park, denn vor dem

Hauseingang haben wir eine Patientin von mir getroffen. Ihr Frauchen hatte diese Torte für mich gebacken. Ich habe das Tier vor drei Wochen operiert, nachdem es vom Auto angefahren wurde.«

Frau Wagner wirft einen Blick auf die Torte. »Hm, Schwarzwälder Kirschtorte. Die sieht aber gut aus! Siehst du, das ist das Schöne an einer Praxis – die Dankbarkeit von Mensch und Tier.«

»Ja, Mutter, das ist wirklich schön. Möchtest du vielleicht ein Stück? Gewissermaßen als Nachtisch?«

»Gerne. Komm, ich decke kurz für uns in der Küche.«

»Gut, ich bringe Luisa ins Bett. Dann komme ich.«

Falls dieser Kuchen tatsächlich so lecker ist, wie er riecht, lohnt es sich bestimmt, wenn ich mich in diesem Fall an die Fersen von Oma hefte. Sie denkt doch eigentlich immer daran, dass auch Dackel Genussfreunde sind.

Ich scharwenzel also um ihre Beine und bemühe mich um einen möglichst unwiderstehlichen Dackelblick. Leider schaut sie nicht nach unten, kann also davon nicht beeindruckt sein. Vielleicht ein bisschen Jaulen? Kann bestimmt nicht schaden.

»Herkules, ich weiß genau, was du willst. Ein Stück von der Torte. Die sieht auch wirklich großartig aus, aber Marc hat neulich schon mit mir geschimpft. Ich muss also ein bisschen strenger mit dir sein. Es gibt nichts.«

Och nö. Wie doof ist das denn? Außerdem ist Marc gar nicht für meine Erziehung zuständig. Der hat genug mit Luisa zu tun. Soll er bei der streng sein. Caro hätte bestimmt nichts dagegen. Ich jaule noch ein bisschen lauter.

»Hach, na gut! Aber dann musst du dich beeilen, damit uns Marc nicht erwischt. Hier.«

Sie stellt mir ein kleines Tellerchen mit Torte direkt vor

die Nase, ich schlabbere sofort los. HERRLICH! Und so was kann Cheries Frauchen backen? Können die mich nicht adoptieren? Sofort?

Die Küchentür geht auf.

»Mutter! Du hast doch nicht etwa Herkules ein Stück abgegeben, oder?«

»Ach Junge, er hat so lieb geguckt. Es war auch nur ein ganz, ganz kleines.«

»Das glaube ich jetzt nicht! Da ist bestimmt Alkohol drin. Mutter, du hast jahrelang in einer Tierarztpraxis gearbeitet, du weißt doch, wie schädlich das für Hunde ist!« Marc klingt sehr, *sehr* vorwurfsvoll. Ich bekomme ein schlechtes Gewissen. War ja im Grunde genommen meine Idee. Also lasse ich von dem Schälchen ab, schleiche zu ihm hinüber und lege mich ergeben vor seine Füße. Große Demutsgeste.

»Okay, Herkules, du kannst die Show einstellen.« Er seufzt. »Ich gebe zu, es ist schwer, ihm zu widerstehen, Mutter. Aber bitte füttere ihn nicht mehr, wenn er bettelt. Wir haben hier sonst binnen kürzester Zeit einen fetten, kurzatmigen Dackel.«

Das sind wirklich keine verlockenden Aussichten. So will mich Cherie bestimmt nicht. Ich lasse also den Rest Torte auf dem Teller liegen und trolle mich unter den Esstisch.

»Ich habe auch noch einen Kaffee gekocht. Möchtest du?« Oma Wagner holt Tassen aus dem Schrank und trägt sie zum Tisch.

»Gerne. Danke.«

»Weißt du, ich habe den Erfolg deines Vaters auch immer als meinen eigenen betrachtet. Das war mir Bestätigung genug. Es war eben *unsere* Praxis. Ich habe mich schon ein wenig gewundert in den letzten Wochen. Deine neue Freundin scheint sich überhaupt nicht für deinen Beruf zu interessieren.«

»Mutter, ich weiß wirklich nicht, wie du darauf kommst.«

Ich kann es natürlich von meiner Position unter dem Tisch aus nicht sehen, aber ich wette, Marc runzelt gerade die Stirn. Seine Stimme klingt jedenfalls genau so.

»Na, also ich bitte dich. Die normalste Sache der Welt wäre doch, wenn sie dir nun assistieren würde. Gut, sie ist nicht vom Fach, aber zumindest, bis Frau Warnke wieder da ist, könnte sie doch ein bisschen aushelfen. Ich meine, ich freue mich ja, dass du mich gefragt hast. Aber gewundert habe ich mich trotzdem.«

»Ich habe es bereits gesagt, und ich wiederhole es gerne nochmal: Carolin ist berufstätig. Sie hat eine eigene Werkstatt, die sie seit mehreren Jahren sehr erfolgreich führt. Da kann sie nicht einfach mal ein paar Wochen wegbleiben, weil bei mir die Sprechstundenhilfe ausgefallen ist.«

»Sabine hat schließlich auch ihren Beruf für dich aufgegeben.«

»Halt mal – den hat sie nicht für mich aufgegeben, sondern für unser gemeinsames Kind. Und aufgegeben hat sie ihn auch nicht, sondern nur reduziert. Was als angestellte Stewardess deutlich einfacher ist als als selbständige Handwerkerin.«

»Tja, und deswegen musst du jetzt stundenweise die Praxis schließen, um eine Feier für dein Kind zu organisieren. Das hätte ich damals nie von deinem Vater verlangt. Da war mir die Familie immer wichtiger.«

Marc seufzt so laut, dass es sogar unter der dicken Tischplatte zu hören ist. »Luisa ist aber nicht Carolins Tochter.«

»Ja, vielleicht ist das das Problem. Vielleicht hättet ihr euch damals nicht so schnell trennen sollen.«

Plötzlich gibt es einen lauten Knall, vor Schreck fange ich an zu bellen und schieße unter dem Tisch hervor. Was ist passiert? Hat Marc irgendetwas auf den Tisch gehauen? Vielleicht mit der Hand? Die liegt jedenfalls noch zur Faust geballt auf der Tischplatte und zittert leicht.

»Verdammt noch mal, Mutter, hör endlich auf damit! Du weißt genau, wie das damals war. Wir haben uns nicht getrennt – Sabine ist abgehauen. Und zwar bei Nacht und Nebel, wie man so schön sagt. Ich kam nach Hause, und sie war weg. Mitsamt Luisa. Und dass du findest, dass ich mit dieser Frau …«

Oma Wagner legt beschwichtigend die Hand auf Marcs Unterarm. »Schatz, ich weiß doch, wie weh dir das getan hat. Aber das ist nun drei Jahre her, und manchmal muss man auch verzeihen können. Denk an deine Tochter.«

»Ich denke an meine Tochter. Die braucht vor allem einen glücklichen Vater. Und ich bin glücklich, wenn ich mit Carolin zusammen bin. Denn ich liebe diese Frau. Im Übrigen verstehen sich Caro und Luisa blendend. Caro hat sofort gemerkt, dass sich Luisa an ihrer neuen Schule nicht so wohl fühlt, und ist dann auf die Idee mit den Ponys gekommen. Dass ich mich um die Umsetzung kümmere, weil ich derjenige von uns bin, der den alten Grafen kennt, finde ich selbstverständlich. So, und damit ist das Thema für mich beendet. Ich möchte nicht weiter mit dir darüber reden.«

Schweigend trinken die beiden ihren Kaffee und essen etwas von der Torte. In meinem Kopf rattern die Gedanken, und ich merke, dass ich Ohrensausen bekomme. Alte und neue Frauen, eigene und fremde Kinder, Omas und gebrauchte Männer – das Leben der Menschen ist wirklich undurchsichtig. Ich beschließe, mich einfach in mein Körbchen zu legen und zu schlafen. Morgen sieht die Welt vielleicht wieder etwas übersichtlicher aus.

SECHZEHN

Leine, Fressnapf, Hundefutter, Kuscheldecke – meinst du, du brauchst auch seinen Impfpass?« Carolin wühlt noch einmal in der großen Tasche, die sie soeben bei Nina im Flur abgestellt hat. Die verdreht die Augen.

»Carolin, ihr seid drei Tage weg. Eigentlich nur zweieinhalb. Was soll ich da mit seinem Impfpass? Das Kerlchen bekommt regelmäßig sein Happi, tagsüber kann er mit Herrn Beck in den Garten, und ansonsten schläft er hoffentlich viel. Nein, ich brauche keinen Impfpass. Falls etwas Schlimmes passiert, rufe ich euch in eurem romantischen Winkel an, und ihr kommt wieder nach Hamburg. So einfach ist das.«

»Na gut. Dann mache ich mich jetzt auf den Weg. Komm, Herkules, gib Caro ein Küsschen.«

Ich trabe rüber zu Carolin, die nimmt mich auf den Arm und drückt mich nochmal ganz fest. Sie riecht fast ein bisschen traurig. Ob sie wirklich bald zurück ist?

Herr Beck liegt in der Ecke schräg gegenüber der Wohnungstür und amüsiert sich augenscheinlich köstlich. Er rollt sich von links nach rechts und verdreht sich dabei ziemlich den Hals, um die Abschiedsszenerie besser beobachten zu können. Als Caro weg ist, kommt er zu mir und gibt mir einen Stoß mit seiner Tatze.

»Na, da war Mutti aber traurig, oder? Mann, das muss dir als Fast-Jagdhund doch echt peinlich sein!«

»He! Was soll das heißen? Erstens: Fast-Jagdhund? Ich bin

vielleicht nicht aktiv in Dienst gestellt, aber ich bin zweifelsohne ein Jagdhund. Terrier und Dackel. Mehr Jagdhund geht nicht. Und zweitens: Wieso soll mir das peinlich sein, wenn mein Frauchen beim Abschied traurig ist?«

Herr Beck streicht sich über den Schnurrbart. »Weil du ein Tier bist und sie ein Mensch ist. Zu viel Rumgekuschel finde ich da unangemessen. Ach, ihr Hunde lernt es eben nicht. Ich glaube, Carolin braucht einfach mal ein eigenes Kind. Dann wäre sie auch wieder klar im Kopf.«

Na super. Das kann ja ein tolles Wochenende werden. Drei Tage mit Kratzbürste Nina und Oberlehrer Beck. Bravo. Nicht, dass ich Carolin ihr *romantisches* Wochenende – was auch immer damit gemeint sein mag – mit Marc nicht gönne, aber hätten sie mich nicht mitnehmen können? Ich hätte doch gar nicht gestört. Aber nein – kaum war klar, dass Luisa das Wochenende bei ihrer Mutter verbringt, schon wurde auch nach einer Abschiebemöglichkeit für mich gesucht. Und bei Nina prompt gefunden.

»So, Herkules. Dann will ich dir mal den Abschiedsschmerz erträglicher machen und etwas Leckeres für dich kochen. Die ollen Hundekuchen brauchen wir doch gar nicht, ich habe mir etwas Besseres überlegt. Komm mal mit in die Küche.«

Na ja, manchmal ist so eine gewisse räumliche Trennung vom Frauchen vielleicht auch gar nicht schlecht. Man weiß sich hinterher bestimmt wieder viel mehr zu schätzen. Und die ganze Zeit nur mit Marc und Caro, ohne andere Tiere – das wäre auch langweilig geworden. Hach, es riecht schon ganz köstlich!

»Kumpel, da steigt die Laune, oder?«

Ich ignoriere Beck, denn ich habe beschlossen, ihm heute mal in keinem einzigen Punkt Recht zu geben. Er ist mir einfach zu oberschlau. Stattdessen sehe ich gebannt zu, wie

Nina leckere Herzstückchen mit Sauce auf einer Portion Reis verteilt, die sie zuvor in meinen Napf gefüllt hat. Lecker!

»Sag mal, kann es übrigens sein, dass du zugenommen hast?«, erkundigt sich Beck.

Ich sage nichts dazu. Ich lasse mich nicht provozieren. Ich nicht. Er läuft einmal um mich herum und betrachtet mich genau.

»Doch. Mindestens ein Kilo, oder?«

Ich lasse mich nicht provozieren. Ich nicht.

»Tja, was rede ich da. Du weißt wahrscheinlich gar nicht, was ein Kilo ist. Also, es ist ungefähr so viel wie ein halbes Kaninchen.«

Ich tauche meine Schnauze tief in den Napf und versuche, nicht hinzuhören.

»Diese Cherie ist ziemlich schlank, oder? Sind Retriever ja meistens.«

Okay. Gott weiß, ich habe es versucht. »Beck. Du nervst. Und zwar gewaltig. Ich bemühe mich wirklich, deine ständigen Belehrungen nicht persönlich zu nehmen. Aber das fällt mir immer schwerer. Wenn ich deiner Meinung nach alles verkehrt mache, zu sehr an meinem Frauchen und an meinem Opili hänge, mich in die falschen Frauen verliebe und sowieso ein bedauernswerter Schoßhund bin, dann frage ich mich ernsthaft, warum du mein Freund bist. Oder ob du überhaupt mein Freund bist. Oder ob du nur jemanden brauchst, bei dem du schlaumeiern kannst, um dich selbst besser zu fühlen.«

»Oh.« Mehr sagt Beck nicht, stattdessen schaut er mich völlig erstaunt an.

»Ja: oh!«, entgegne ich einigermaßen giftig. Wir schweigen uns eine Weile an.

»So siehst du mich?«

Ich nicke.

Beck schaut zu Boden. Dann schüttelt er sich kurz. »Es tut mir leid. Ich bin wohl mittlerweile etwas zynisch geworden.«

»Mag sein. Ich weiß nicht, was das heißt. Aber du kannst es mir natürlich gerne erklären. Ist ja sowieso deine Lieblingsbeschäftigung.«

»Herkules, ich habe gesagt, dass es mir leidtut. Und ich meine das ernst. Natürlich will ich dein Freund sein, und ich hoffe, ich bin es auch. Zynismus ist nämlich gar nicht gut. Es bedeutet, dass man Sachen, die anderen wichtig sind, lächerlich macht. Und zwar meistens, weil man diese Sachen früher selbst mal für wichtig gehalten hat, aber dann das Gefühl hatte, dass es sie vielleicht gar nicht gibt. Nimm beispielsweise deinen unerschütterlichen Glauben an die Freundschaft zwischen Mensch und Tier. Als ich noch ein junger Kater war, habe ich auch fest daran geglaubt. Aber vielleicht habe ich einfach ein paar Mal zu oft den Besitzer gewechselt und zu unerfreuliche Dinge mit Menschen erlebt, um davon noch überzeugt zu sein. Bei Frau Wiese war es zwar ganz okay, aber sie war natürlich nicht meine Freundin. Eher meine Zimmerwirtin. Offen gestanden, ist Nina der erste Mensch seit langer Zeit, der mir richtig viel bedeutet. Wahrscheinlich war ich immer ein bisschen neidisch auf dein gutes Verhältnis zu Carolin. Verzeih mir, mein Freund!«

Ach, ich habe einfach ein weiches Herz. Wenn mir Beck so eine traurige Geschichte erzählt und mich dabei auch noch so treu anschaut, ist es dahin mit meinem Vorsatz, endlich mal hart zu bleiben. Mist.

»Ausnahmsweise. Aber du musst dich bessern!«

»Großes Ehrenwort! Ich werde mich anstrengen, versprochen!«

Um unsere nun per Schwur erneuerte Freundschaft ein

bisschen zu feiern, beschließen wir, uns im Garten zu sonnen. Die letzten Tage war das Wetter für solche Aktionen zu schlecht, aber heute regnet es endlich mal nicht, und der Himmel ist strahlend blau. Nina deutet unser Maunzen und Jaulen gleich richtig und lässt uns raus.

Herrlich, sich so im Gras zu fläzen. Ich fühle mich trotz meines vollen Bäuchleins ganz leicht und unbeschwert. Herr Beck, der nun offenbar bemüht ist, den neuen Superfreund zu geben, legt sich neben mich und signalisiert Interesse an meinem Gefühlsleben.

»Sag mal, Freund Herkules, wie steht es denn nun um dein kleines Dackelherz? Immer noch verliebt in diese Cherie?«

»Ja, leider.«

»Und? Schon irgendwelche Fortschritte gemacht?«

Ich schüttele den Kopf, was im Liegen gar nicht so einfach ist, ohne gleich herumzukugeln.

»Nein. Leider nicht. Also: Sie kennt mich, und seit sie in Marcs Praxis war, findet sie mich wohl auch nett. Aber ich werde das Gefühl nicht los, dass ich für sie nur ein guter Kumpel bin.«

»Immerhin. Das ist doch schon mal etwas.«

»Ja. Aber es ist irgendwie nicht das, was ich gerne für sie wäre. Ein *Kumpel*. Natürlich bin ich gerne ihr Freund. Aber ich würde einiges dafür geben, wenn sie mich nur einmal so anschauen würde, wie sie damals an der Alster diesen Alonzo angeschaut hat. So ... so ... bewundernd! Ja, das ist es – sie hat ihn bewundert, sie fand ihn toll. Als Rüde, nicht als Kumpel.«

»Hm. Da hast du in der Tat ein Problem. Und wie willst du das lösen?«

Ich schaue auf meine Pfoten, als gäbe es dort etwas Interessantes zu entdecken. Vielleicht gar die Lösung meines Problems. Aber natürlich sehe ich da nur Gras und zwei bis drei wagemutige Ameisen, die sich an meinen Krallen zu schaffen machen.

»Keine Ahnung, was ich da machen könnte. Hast du vielleicht eine Idee?«

»Einen alten Kater nach den Chancen bei einer jungen Hündin zu fragen ist mit Sicherheit nicht besonders erfolgversprechend. Aber ich werde mir Mühe geben, mir anhand meiner generellen Erkenntnisse über die Liebe etwas Sinnvolles einfallen zu lassen.«

»Ach, Herr Beck, das klingt gut. Denn ich habe nicht einmal generelle Erkenntnisse über die Liebe. Mich trifft es zum ersten Mal. Und manchmal fühlt sich das ganz toll an und manchmal leider ganz furchtbar.«

»Na gut, eine Sache steht damit schon mal fest: Du bist wirklich verliebt.«

Das Wummern aus der Decke über uns ist mittlerweile so laut, dass es sogar den Fernseher überdröhnt. Es ist mal schneller, mal langsamer, aber leider nie leise. Zwischendurch klingt es auch so, als würden Menschen rauf- und runterspringen, wobei ich mir das kaum vorstellen kann, denn eigentlich machen Menschen so was nicht. Wenn ich mal vor Begeisterung rauf- und runterspringe, ernte ich jedenfalls meist tadelnde Blicke von ihnen.

Nina scheint aber wild entschlossen, den Lärm zu ignorieren. Sie geht zum Fernseher und stellt ihn noch ein bisschen lauter. Für Herrn Beck und mich ist das allerdings keine Alternative, denn nun sind wir wie eingeklemmt zwischen dem Lärm des Fernsehers und dem von oben. Ein kurzer Blickkontakt, und wir sind uns einig: Das geht so nicht!

Wir verziehen uns also in den Flur. Hier ist es aber leider auch nicht wesentlich ruhiger, denn offenbar bekommt der

Herr Obermieter heute sehr viel Besuch. Auf der Treppe herrscht jedenfalls reger Verkehr, Menschen traben zu seiner Wohnung, und viele von ihnen müssen sehr seltsames Schuhwerk anhaben, denn die Schritte klingen gar nicht wie Schritte, sondern wie ein schnelles Klackern.

Da! Schon wieder! Klack klack, klack klack! Die Klingel schrillt, dann lautes Hallo an der Tür, Musik schwappt in den Hausflur. Nervig. Ob es in Ninas Schlafzimmer ruhiger ist? Und ob Beck und ich da ausnahmsweise reindürfen? Beck schaut mich leidend an.

»Warum sind Menschen bloß so furchtbar laut? Jedes vernünftige Tier kann auch im Stillen seinen Spaß haben. Aber nein, wenn die Zweibeiner eine Party feiern, dann geht das nicht ohne Höllenlärm.«

Aha. Eine Party. Interessant. Ich habe zwar schon davon gehört. Luisa wollte doch eine Pyjamaparty machen, und Marc und Carolin reden in letzter Zeit häufiger davon, dass nun mal eine Einweihungsparty anstünde. Was genau das ist, weiß ich allerdings nicht.

»Was machen Menschen denn bei einer Party?«, will ich von Beck wissen.

»Du hörst es doch selbst. Sie machen Krach.«

»Aber sie werden sicherlich noch irgendetwas anderes machen, oder? Die treffen sich doch nicht nur, um gemeinsam laut zu sein.«

»Na ja, sie hören laute Musik, sie tanzen, sie reden, natürlich trinken sie Alkohol. Manchmal küssen sie sich, auch wenn sie sich vor der Party noch gar nicht kannten. Also, mit Zunge meine ich. Nicht nur das Begrüßungsküsschen. So Zeug eben.«

Hm. *So Zeug eben*. Mit Zunge küssen, obwohl man sich nicht kennt. Als mir Beck vor langer Zeit erklärte, dass die

Menschen ihre Zunge ab und zu auch für etwas anderes brauchen, als Worte zu formen, war ich sehr überrascht. Ich meine, mir als Hund muss man nicht sagen, wie schön es ist, jemanden abzuschlecken. Das weiß ich. Aber dass Menschen im Grunde ihres Herzens genauso denken, hätte ich nicht gedacht. Bis eben Beck mir das erläuterte.

Allerdings war ich bisher davon ausgegangen, dass Menschen nur solche anderen Menschen abschlecken, die sie wirklich gut kennen. Stattdessen auch Fremde? Das ist nach meiner Kenntnis vom menschlichen Paarungsverhalten nun in der Tat ungewöhnlich. Aus diesem ganzen Kennenlernzeug vor der Paarung wird doch sonst eine Riesensache gemacht. Wie lange das allein gedauert hat, bis Marc endlich Carolin das erste Mal geküsst hat – also, mit einer einzigen *Party* war es da nicht getan. Nein, der Arme musste sich wochenlang Mühe geben. Alles in allem klingt das so, als sollte man sich die Party oben mal ansehen.

Meine Chance dazu ergibt sich schneller als erwartet. Denn noch bevor ich meinen letzten Gedanken zum Thema Lärm, Küssen und Party richtig zu Ende gedacht habe, kommt Nina aus dem Wohnzimmer. Sehr entschlossen stapft sie zur Wohnungstür – mir ist sofort klar, wo sie hin will: nach oben, sich beschweren. Ich hefte mich also an ihre Fersen, Beck tut es mir gleich. Und Nina ist offenbar so wütend, dass sie gar nicht bemerkt, dass ihr eine kleine Eskorte die Treppe hoch folgt.

Oben angekommen, klingelt sie kurz. Als nicht sofort geöffnet wird, klopft sie sehr entschlossen mit der Faust gegen die Tür. Das gleiche Spiel wie neulich: Die Tür öffnet sich, dahinter der junge Mann mit den hellen Haaren. Die sind heute allerdings nicht so verwuschelt wie beim letzten Mal, sondern ordentlich gekämmt, und auch sonst sieht der Nachbar heute irgendwie gepflegter aus. Sauberes Hemd, keine farbverschmierte Hose. Nicht schlecht!

»Frau Nachbarin! Welche Freude! Sie folgen meiner Einladung und bringen noch zwei weitere kleine Gäste mit?«

Nina, die offensichtlich gerade zum Angriff übergehen wollte, schaut verwirrt. »Kleine Gäste?«

»Na, der Hund und die Katze. Oder gehören die nicht zu Ihnen? Dann hat sich wohl schon auf der Straße rumgesprochen, dass hier gerade das Fest des Jahres steigt.« Er lächelt. Nein. Er grinst.

»Herr … Herr …«

»Alexander«, ergänzt der Hellhaarige.

»Ja. Alexander. Ihre Einladung habe ich tatsächlich aus dem Briefkasten gefischt, aber ich bin keinesfalls hier, um ihr zu folgen. Im Gegensatz zu Ihnen habe ich eine anstrengende Arbeitswoche hinter mir und muss mich dringend erholen.«

Alexander grinst noch breiter. »Ja, Sie haben Recht. Ich als Student habe natürlich die ganze Woche im Bett gelegen – wenn ich Sie nicht gerade mit meiner Renovierung terrorisiert habe – und Kräfte für meine Party gesammelt. Aber da sehen Sie mal, was für ein ekstatisches Fest Sie verpassen würden, wenn Sie jetzt nicht reinkommen. Bitte!«

Falls das eine erneute Einladung war, geht Nina nicht darauf ein.

»Ich bin wirklich kein Kind von Traurigkeit, aber Ihre Musik ist so laut, dass ich unten nicht einmal meinen eigenen Fernseher verstehe. Bitte drehen Sie den Ton runter.«

»Damit eine schöne Frau wie Sie den Samstagabend vor dem Fernseher verbringt? Nein, das werde ich auf keinen Fall tun. Eher drehe ich den Ton noch lauter.«

»Wenn Sie das machen, rufe ich die Polizei. Mir reicht's!«

Nina will sich umdrehen, da packt Alexander sie mit beiden Händen an den Schultern und zieht sie zu sich über die Schwelle in die Wohnung. Beck und ich hüpfen schleunigst hinterher, dann drückt Alexander die Tür wieder zu. Nina ist so überrumpelt, dass sie sich nicht wehrt.

»Hey, Simon, bring mir bitte mal zwei Gläser Sekt! Und zwar flott!«

Ich kann nicht sehen, wem Alexander das zugerufen hat, aber das Kommando funktioniert. Zwei Sekunden später drückt Alexander Nina ein Glas in die Hand.

»Auf gute Nachbarschaft. Schön, dass du da bist.«

Ogottogott! So behandelt niemand unsere Nina ungestraft. Der soll sich mal besser warm anziehen. In Erwartung des sicheren Donnerwetters drücke ich mich an die Wand des Flurs und mache mich ganz klein.

Doch es geschieht das Unglaubliche: Kratzbürste Nina kippt diesem Alexander das Glas nicht etwa über den Kopf, sondern leert es in einem Zug. Dann macht sie einen Schritt nach vorne – und küsst ihn!

Ich bin fassungslos. Wir sind noch keine zwei Minuten auf der Party, und schon küsst Nina einen Mann, den sie kaum kennt. Mittlerweile küsst der auch Nina. Also, will sagen, sie küssen sich. Und zwar sehr innig. Meine Güte, die Menschenkenntnis von Herrn Beck ist einfach vollkommen. Teufelskerl!

Jetzt lässt Nina Alexander wieder los und mustert ihn gründlich. »Ich heiße übrigens Nina.«

Der Typ grinst. Nein, diesmal lächelt er. »Ich weiß.«

SIEBZEHN

»Du hast was? Du hast deinen Nachbarn aufgerissen? Den Lauten von neulich? Auf seiner Einweihungsparty?« Carolin guckt genau so, wie ich gestern auf der Party geguckt hätte, wenn ich ein Mensch wäre. Nina kichert. »Warst du betrunken, oder was?«

»Nein, sogar ziemlich nüchtern. Apropos – wollen wir nicht von Kaffee auf Prosecco umsteigen? Mir ist gerade so danach.«

Caro nickt ergeben, und Nina winkt der Kellnerin. Die beiden sitzen wieder an ihrem Lieblingstisch im Violetta. Eigentlich wollte Caro mich nur ganz schnell einsammeln, aber nachdem Nina sie mit einem verschwörerischen *ich muss dir unbedingt noch etwas erzählen* geködert hatte, war ihr Widerstand sofort gebrochen.

»Also, du bist hoch, um dich zu beschweren, und dann?«

»Dann fiel mir auf, dass der Bursche ziemlich gut aussieht und ungefähr fünftausend Jahre vergangen sind, seit ich das letzte Mal Sex hatte.«

Fünftausend Jahre? Ist das lang? Klingt irgendwie so und wäre ja auch kein Wunder. Denn wie ich schon feststellte, hat das normale Paarungsverhalten von Menschen für meinen Geschmack einen geradezu unglaublich langen Vorlauf, siehe Marc und Carolin. Da kann man wahrscheinlich schon mal fünftausend Jahre warten, bis sich was tut. Insofern hat sich Nina hier eindeutig als Frau der Tat gezeigt und sich offenbar das nächste verfügbare Männchen geschnappt. Gefällt mir! Carolin dagegen scheint weniger angetan.

»Und dann bist du gleich mit ihm in die Kiste?«

»Na, was heißt hier *gleich*? Wir haben uns auf der Party natürlich erst miteinander unterhalten.«

Das allerdings ist die etwas geschönte Variante. Tatsächlich haben Nina und Alexander nach meiner Wahrnehmung die restliche Party knutschend verbracht – und zwar von dem Augenblick, in dem Nina in die Wohnung kam, bis zu dem Moment, in dem die letzten Gäste die Party verließen.

»Ach?«

»Na ja, und als die Party vorbei war, haben wir eben noch ein bisschen weitergefeiert. Im ganz kleinen Kreis.« Sie kichert wieder.

»Also wirklich, Nina!«

»Sag mal, seit wann bist du denn so prüde?«

»Bin ich gar nicht. Aber das ist immerhin dein Nachbar, dem wirst du doch jetzt ständig begegnen.«

»Na und?«

»Ja, ist es was Ernstes?«

»Quatsch. Der Typ ist mindestens sechs, sieben Jahre jünger als ich.«

»Und das ist ein Ausschlusskriterium?«

»Genau. Ich steh nicht auf jüngere Männer. Die sind mir zu unreif.«

»Aber für Sex geht es gerade noch, oder wie?«

»Da muss Jugend ja kein Nachteil sein.«

Nina grinst, Caro starrt sie an.

»Nina, du bist unmöglich. Was ist denn, wenn er sich jetzt in dich verliebt hat?«

»Mann, Caro, komm mal wieder zu dir. Dein Familienidyll hat dir ja schon komplett das Hirn vernebelt. Hallo! Erde an

Neumann! Im wirklichen Leben verlieben sich Männer nicht gleich, weil Frau einmal mit ihnen im Bett war.«

»Weißt du was, Nina? Du wirst langsam zynisch.«

Zynisch! Da ist das Wort wieder. Jetzt habe ich's kapiert. Nina macht etwas lächerlich, was sie sich in Wahrheit wünscht, weil sie Angst hat, dass es das nicht gibt. Also ist die Sache klar: Nina wünscht sich Liebe. Das muss ich unbedingt Herrn Beck erzählen – falls er es nicht schon weiß.

»Sag mal, Mutter, kannst du hier eine Stunde ohne mich die Stellung halten?«

Marc lehnt am Tresen, während Oma Wagner dahinter am Computer sitzt und sehr geschäftig auf der Tastatur herumtippt. Ich habe mich neben ihre Füße gerollt und will hier ein Nickerchen halten. Nach dem Wochenende bei Nina bin ich ein wenig schlapp. Zum einen bin ich schon lange nicht mehr so ausdauernd mit Beck durch den Garten getobt, zum anderen hat die Party mit allem, was noch dazu kam, ganz schön lange gedauert. Mir fehlt also eindeutig eine Mütze Schlaf. Und weil Caro heute nur Termine außerhalb der Werkstatt hat, gibt es doch nichts Besseres, als neben Oma zu entspannen und darauf zu bauen, dass sie mich alle halbe Stunde mit einem Stück Fleischwurst, einem Schokokeks oder etwas ähnlich Leckerem versorgt. Die Sache mit Nina und der Liebe kann ich Herrn Beck auch noch morgen erzählen. Die ist zwar wichtig, aber nicht eilig. So schnell lässt sich wahrscheinlich ohnehin keine Liebe für Nina finden.

»Muss das sein? Es ist immerhin Montag, und nach der Mittagspause wird das Wartezimmer sich sehr schnell füllen.«

»Ja, ich weiß – es ist aber wichtig.«

Oma Wagner seufzt. »Und was ist, wenn ein Notfall reinkommt?«

»Ich nehme mein Handy mit. Bitte, Mutter, du würdest mir wirklich sehr helfen.«

»Aber was hast du denn so Wichtiges vor?«

Marc zögert einen Moment, dann rückt er raus mit der Sprache. »Ich habe mich zum Mittagessen mit Sabine verabredet. Wir müssen ein paar Dinge besprechen.«

Jetzt geht ein Strahlen über Frau Wagners Gesicht. »Ach, Sabine ist in Hamburg?«

»Ja, sie ist gestern zusammen mit Luisa nach Hamburg geflogen.«

»Na, wenn das so ist, dann fahr mal los. Ich komm hier schon klar. Die Leute können ja auch ruhig mal einen Moment warten, so tragisch ist das auch wieder nicht.«

»Danke. Das ist lieb von dir.«

Er wendet sich zum Gehen, dreht sich dann nochmal zu seiner Mutter um.

»Ach, eine Bitte habe ich noch.«

»Ja?«

»Carolin regt sich bei dem Thema Sabine immer so schnell auf. Es wäre mir lieb, wenn das unter uns bliebe.«

Seine Mutter lächelt und nickt. »Natürlich, Marc. Du kannst dich auf mich verlassen. Von mir erfährt sie nichts.«

Hm. Irgendwie klingt das komisch. So, als wäre es gar nicht gut für Carolin. Und was nicht gut für Carolin ist, kann mir eigentlich auch nicht gefallen. Was genau will Marc denn mit Sabine besprechen? Eines ist klar: Ich muss da irgendwie mit.

Bevor Marc aus der Tür verschwindet, laufe ich hinter ihm her und winsele vernehmlich. Ob er mich jetzt mitnimmt? Seinem Blick nach zu urteilen wohl eher nicht. Da kommt mir Oma Wagner zu Hilfe.

»Also, die Praxis hüten oder mit Herkules Gassi gehen

– ich kann nur eins von beiden. Nicht, dass hier noch ein Malheur passiert. Das habe ich nicht so gerne in den Praxisräumen. Schlimm genug, wenn sich die Patienten nicht benehmen können.«

Marc geht wieder zurück und nimmt meine Leine von der Garderobe.

»Ja, ist schon gut. Ich nehme ihn mit. Das Kerlchen stört ja nicht weiter.«

Draußen angekommen, schlägt Marc gleich den Weg zum Park ein. Will er sich dort mit Sabine treffen? Das wäre einigermaßen beruhigend. Zumindest scheint er dann nichts mit ihr machen zu wollen, was seiner Liebe zu Carolin in die Quere käme. Wenn es unter freiem Himmel stattfindet, kann es ganz so bedrohlich nicht sein. Für echte Zweisamkeit zieht es Menschen doch meistens in Gebäude. Jedenfalls soweit ich das bisher beobachtet habe.

Wir landen dann aber doch nicht im Park, sondern: schon wieder im Violetta! Langsam werde ich hier Stammgast. Ob man irgendwann für eine Hundetränke mit meinem Namen sorgt? Als wir das Café betreten, sitzt Sabine schon an einem Tisch in der Ecke. Sie sieht uns, springt auf, läuft zu Marc und fällt ihm um den Hals. Ich knurre ein bisschen. So wollen wir hier doch gar nicht erst anfangen!

»Huch, was hat denn der Kleine?«, erkundigt sie sich nach dieser herzlichen Begrüßung bei Marc. Der schiebt sie ein Stück zur Seite.

»Hallo, Sabine. Tja, Herkules gehört Caro. Vielleicht wundert er sich genauso über deine stürmische Begrüßung wie ich.«

Sabine zieht die Augenbrauen hoch. »Ich wollte nur nett sein. Aber bitte – wir können uns in Zukunft auch einfach die Hand geben. Wenn du es lieber förmlich magst …«

Dazu sagt Marc nichts, stattdessen geht er zu Sabines Tisch und setzt sich. Auch Sabine setzt sich wieder hin.

»Nett hier«, stellt sie fest.

»Ja, ich bin öfter mal hier, ist ziemlich genau die Mitte zwischen der Praxis und Caros Werkstatt.«

Sabine verzieht den Mund. Diese Info scheint ihr nicht zu gefallen, sie sagt jedoch nichts dazu.

»So. Du wolltest dich mit mir treffen. Also, was gibt's?« Marc klingt nicht besonders freundlich, das beruhigt mich enorm. Die Wahrscheinlichkeit, dass er seine alte Frau irgendwie wieder zu seiner neuen machen will, kommt mir sehr gering vor.

»Na ja, unsere letzte Begegnung in deiner Praxis verlief doch ein bisschen unglücklich. Da dachte ich, ich nutze meinen nächsten Hamburg-Aufenthalt mal für ein Gespräch mit dir. Es ist mir nämlich durchaus an einem guten Verhältnis zu dir gelegen. Auch, wenn du mir das immer nicht glaubst.«

»Die Begegnung verlief deswegen unglücklich, weil du meine Freundin beleidigt hast – passenderweise, als sie direkt daneben stand.«

»Dafür konnte ich nun wirklich nichts. Ich dachte doch, dass diese andere Frau, die abends bei euch auf dem Sofa saß, Caroline sei.«

»Carolin. Meine Freundin heißt Carolin.«

»Ja. Wie auch immer. Jedenfalls war das keine böse Absicht von mir. Und umgekehrt hast du mittlerweile vielleicht auch ein bisschen mehr Verständnis dafür, dass ich gerne vorher gewusst hätte, wenn deine neue Flamme bei dir einzieht.«

Marc schiebt das Kinn nach vorne. »Carolin ist nicht meine *neue Flamme*. Wir sind seit über einem Jahr zusammen, sie war schon mit Luisa und mir im Urlaub, und das weißt du ganz genau. Es ist nun wirklich nicht so, als hätte ich dem

Kind in einer Nacht-und-Nebel-Aktion meine neue Lebensgefährtin aufgedrängt.«

»Mein Gott, das habe ich doch gar nicht gesagt. Trotzdem: Es ist unser gemeinsames Kind. Da möchte ich über so einschneidende Dinge vorher informiert werden.«

Dazu sagt Marc erst einmal nichts, dann nickt er langsam. »Ja, du hast Recht. Das war ein Fehler von mir, und es tut mir leid.«

Sabine greift über den Tisch und nimmt seine Hand. »Danke. Es tut gut, dass du das sagst. Weißt du, ich möchte mich nicht die nächsten zehn Jahre mit dir streiten. Und ich weiß auch, dass ich dich damals tief verletzt habe. Ich wünschte, ich könnte es ungeschehen machen.«

Ihre Stimme bekommt einen ganz warmen, samtigen Klang – und bei mir gehen sämtliche Alarmglocken an. *Das* ist *definitiv* nicht der Ton, den ich von der alten Frau im normalen Gespräch mit ihrem gebrauchten Mann erwarten würde. Marc geht es anscheinend ähnlich. Jedenfalls will er seine Hand zurückziehen, aber Sabine hält sie fest.

»Marc, auch ich möchte mich entschuldigen. Es tut mir leid. Es war ein großer Fehler von mir. Weißt du, ich habe neulich ein Buch gelesen. *Die zweite Chance* oder so ähnlich hieß das. Handelte davon, wie man als getrenntes Paar wieder aufeinander zugeht. Da musste ich die ganze Zeit an uns denken. Die ganze Zeit.«

Marc mustert sie eindringlich.

»Sag mal, Sabine, ist alles in Ordnung bei dir?«

Er hat die letzten Worte gerade ausgesprochen, da bricht Sabine in Tränen aus. Und *ausbrechen* ist hier definitiv das richtige Wort, denn es rollt nicht ein vereinzeltes Tränchen über ihre Wange, sondern ein regelrechter Sturzbach. Es schüttelt Sabine geradezu, und zwar so stark, als würde ein unsichtbarer Mensch hinter ihr stehen und sie hin und her werfen. Marc springt von seinem Stuhl auf, stellt sich neben Sabine und legt seinen Arm um ihre Schulter.

»Mensch, Sabine, was ist denn los mit dir?«

Anstatt zu antworten, steht Sabine auf, schlingt ihre Arme um Marc und legt ihren Kopf auf seine Brust. Unter Tränen stammelt sie etwas, was sehr schwer zu verstehen ist, aber einzelne Wortfetzen klingen wie *Jesko … schon lange nicht mehr glücklich … großer Fehler*. Sie weint immer weiter, bis sich auf Marcs Hemd schon ein nasser Fleck bildet. Er streicht ihr über den Kopf und murmelt *na, na*.

Auweia – sollte ich hier eingreifen? Immerhin hält Marc eine fremde Frau im Arm. Also, nicht richtig fremd, aber eben nicht Carolin. Und die ganze Szenerie sieht sehr vertraut aus. Ich bin unschlüssig. Was mache ich bloß? Andererseits will Marc Sabine wohl nur trösten. Eigentlich sehr nett von ihm und entspricht bestimmt auch seiner Veranlagung. Schließlich ist er Arzt, und Ärzte sollen sich kümmern. Das ist wahrscheinlich bei Menschen wie bei Hunden, so jedenfalls hat es mir Opili mal erklärt. Hütehunde zum Beispiel haben die Veranlagung zu hüten, und wenn keine Schafe zu sehen sind, kümmern sie sich stattdessen um ihre Menschen und passen auf, dass da keiner unerlaubt das Rudel verlässt. Opili erzählte, dass der Border Collie unseres alten Nachbarn beim Spazierengehen immer die Kinder in die Fersen gezwickt hat, wenn die woanders hinliefen. Das war nicht böse gemeint, nur Veranlagung. *Und wir, Carl-Leopold, wir sind Jagdhunde. Wir wollen eben jagen*. Ach, Opili! Was mache ich jetzt nur? Mein Jagdtrieb bringt mich hier jedenfalls nicht weiter.

Dafür aber mein gesunder Dackelverstand. Denn wahrscheinlich kennt auch Sabine Marcs Veranlagung und nutzt diese schamlos aus. Wenn ich mit dem Verdacht richtigliege, dann ist sie nicht so unglücklich, wie sie tut, und es ist völlig in Ordnung, wenn ich mit einem Störmanöver dieses Schauspiel beende. Wie war das mit dem Border Collie? In die Fersen zwicken? Richtig, damit hält man die Schafe zusammen und den bösen Wolf fern. Um Letzteren kümmere ich mich nun.

Ich laufe um Marc und Sabine, die immer noch neben dem Tisch stehen, herum und werfe einen Blick auf Sabines Beine. Na gut, sie hat keine Hosen an, sondern einen kurzen Rock. Muss ich eben ein bisschen vorsichtig sein. Und – Attacke!

»Autsch!« Sabine fährt sofort herum. »Sag mal, bist du verrückt geworden, du blöder Köter?! Das sind sauteure Strümpfe von Wolford! Die haben ein Vermögen gekostet! Wenn da jetzt eine Laufmasche drin ist …«

Na, wer sagt's denn? Das klingt doch schon nicht mehr ganz so verzweifelt. Marc ist überrascht.

»Was ist denn passiert?«

»Deine doofe Töle hat mich gebissen!«

»Das tut mir leid! Herkules, also wirklich! Komm sofort zu mir, du ungezogener Hund!«

»Was bringst du den auch mit? Wir wollten doch in Ruhe reden. Blödes Biest, dir gehört ein Maulkorb verpasst!« Sabine funkelt mich böse an, ich gucke möglichst unschuldig zurück.

»Vielleicht wollte er mich beschützen, oder er ist ein bisschen eifersüchtig«, unternimmt Marc den Versuch einer Erklärung. Ich gucke noch unschuldiger.

»Hunde, die einen einfach anfallen, gehören doch weggesperrt!«

»Also, so schlimm ist das nun auch wieder nicht – wenn er richtig zugebissen hätte, dann würdest du hier nicht mehr so ruhig stehen. Wahrscheinlich hat er dich nur gezwickt. Das gehört sich natürlich auch nicht – aber, wie gesagt, vielleicht wollte er mich schützen. Er kennt dich nicht, und die Situation ist für ihn schwer zu durchschauen. Für mich übrigens auch.«

Sie setzen sich wieder, Sabine wirft einen Blick auf ihre Waden und versucht dann zu lächeln.

»Na ja, ist ja nochmal gut gegangen. Keine Laufmasche.«

Schade. Ich muss noch an meiner Technik feilen. Ansonsten bin ich mit dem Ergebnis meiner Aktion sehr zufrieden: Die Stimmung ist von *dramatisch* auf *sachlich* gefallen.

»Also, wo waren wir stehen geblieben? Genau, ich wollte wissen, ob bei dir alles in Ordnung ist«, versucht Marc an das Gespräch vor dem Heulkrampf anzuknüpfen.

»Natürlich ist alles in Ordnung. Ich muss nur in letzter Zeit häufig an uns denken, und das macht mich dann traurig. Es waren ja auch schöne Zeiten.«

Marc sagt dazu nichts.

»Und wenn wir uns dann streiten, dann fühle ich mich hinterher sehr schlecht. Deswegen wollte ich das endlich mal zwischen uns ausräumen. Ich wollte mich entschuldigen für den Schmerz, den ich dir bereitet habe, und wollte nochmal über die Sache mit dem Einzug deiner *Lebensgefährtin* mit dir sprechen.« Das Wort Lebensgefährtin betont Sabine ganz seltsam, so, als wolle sie damit etwas Bestimmtes sagen.

Jetzt räuspert sich Marc. »Gut. Wie ich schon sagte: Ich gebe dir Recht, dass es ein Fehler war, dir nicht vorher davon zu erzählen. Das tut mir leid, und dafür habe ich mich entschuldigt.«

Sabine beugt sich ein Stück nach vorne und schaut Marc ganz eindringlich an. »Und? Nimmst du meine Entschuldigung auch an?«

Marc lehnt sich zurück und bringt damit wieder mehr Raum zwischen Sabine und sich. »Ich weiß es noch nicht. Ich werde darüber nachdenken.«

ACHTZEHN

Es ist schön, wieder hier zu sein.« Daniel stellt seinen Rucksack und die große Tasche in den Flur und geht bedächtig durch die einzelnen Räume der Werkstatt. In dem Zimmer mit den beiden großen Werkbänken bleibt er stehen. Carolin folgt ihm und schiebt auf ihrer Werkbank einen Stapel Papier zusammen, der so hoch und schief ist, dass er schon fast vom Tisch zu fallen droht.

»Viel habe ich nicht verändert, seitdem du nicht mehr da bist. Okay, es ist nicht mehr ganz so ordentlich, da hattest du doch eine sehr disziplinierende Wirkung auf mich.«

»Ich hoffe doch sehr, du vermisst nicht nur meinen unschlagbaren Sinn für Ordnung.« Beide fangen an zu lachen – dann nimmt Daniel Caro in den Arm und drückt sie ganz fest. »Wirklich, Caro, ich habe mich sehr gefreut, als du mich wegen des Jobs angerufen hast.« Er lässt sie wieder los.

»Ja, als die Anfrage von Herrn Lemke kam, dachte ich mir sofort, dass die Restaurierung einer historischen Instrumentensammlung bestimmt spannend genug wäre, um dich nach Hamburg zu locken.«

Daniel guckt sie versonnen an. »Ich wäre auch für die Begutachtung einer chinesischen Kiefernholzfiedel nach Hamburg gekommen, wenn du mich darum gebeten hättest.«

Dazu sagt Carolin nun nichts, sondern schaut zu Boden. Offenbar macht Daniel sie verlegen. Wie spannend! Ich freue mich allerdings auch sehr, dass Daniel wieder da ist. Auch wenn er bisher nur Augen für Carolin hatte. Ich beschließe, mal ein bisschen auf mich aufmerksam zu machen, indem ich mit einem Satz auf Daniels Füße hüpfe.

»Hoppla! Mann, Herkules, stimmt – dich habe ich noch gar nicht richtig begrüßt!«

Was heißt hier *nicht richtig*? Gar nicht, mein lieber Daniel, gar nicht! Aber das macht ja nichts, du kannst es jetzt nachholen, ich bin da nicht nachtragend. Und das macht Daniel, der alte Hundeversteher, jetzt auch. Er beugt sich zu mir herunter und hebt mich hoch.

»Nun lass dich mal richtig knuddeln, du Süßer!« Er krault mich hinter den Ohren, ich drehe den Kopf und schlecke ihm blitzschnell übers Gesicht. Daniel lacht.

»Mann, das ist ja eine Freude unter den Dackeln. Herkules, ich habe dich vermisst. Vielleicht sollte ich mir auch so ein kleines Kerlchen wie dich anschaffen, aber ich befürchte, dann bekomme ich Probleme mit Aurora. Sie ist nämlich nicht das, was man gemeinhin als Hundefreundin bezeichnen könnte.«

Nein, so habe ich sie auch nicht in Erinnerung. Und leider beantwortet das auch gleich meine dringendste Frage, nämlich, ob Daniel tatsächlich noch mit dieser Schreckschraube zusammen ist. Ist er offensichtlich. Auweia. Dabei hätte ich ihm doch sehr eine nettere Frau gegönnt. Gut, die netteste ist nun vergeben, aber ein paar andere laufen bestimmt noch frei herum.

Daniel setzt mich wieder ab, dann geht er nochmal zu seiner Tasche im Flur und kramt einen Zettel heraus.

»So, Herr Lemke hat mich in einem Apartmenthaus ganz in der Nähe untergebracht. Lauter kleine Wohnungen, im Internet sah es sehr nett aus. Da werde ich die nächsten sechs Wochen wohnen. Mal sehen, wo genau das ist.« Er studiert den Zettel. »Ach, eigentlich genau neben dem Park, wie praktisch!«

»Soll ich dir ein Taxi rufen?«

»Gerne. Ich will nur schnell auspacken und mich vielleicht ein Stündchen aufs Ohr legen. Ich bin ein bisschen müde.«

Tatsächlich sieht Daniel geschafft aus: Seine blonden Locken stehen kreuz und quer vom Kopf ab, und seine großen, dunklen Augen haben noch dunklere Ringe darunter.

»Klar, mach das. Ich gebe dir einen Werkstattschlüssel, dann kannst du einfach wiederkommen, wenn du so weit bist.«

»Danke, Carolin. Es ist ein schönes Gefühl, wieder einen Schlüssel zu haben.«

Als Daniel gegangen ist, macht sich Carolin an ihrer eigenen Werkbank zu schaffen. Sie nimmt eine der fast fertigen Geigen und hält sie ins Licht, dreht sie hin und her und schnappt sich ein Stück Schleifpapier. In diesem Moment klingelt es an der Tür. Caro legt die Geige wieder zur Seite.

»Was denkst du, wer das ist, Herkules? Nina vielleicht? Könnte sein, oder? Erwarten tue ich jedenfalls niemanden.«

Richtig geraten: Es ist wirklich Nina, die vor der Tür steht. Ohne groß Hallo zu sagen, stürmt sie gleich in die Werkstatt.

»Na, wo ist Daniel? Ich wollte ihn doch gleich mal begrüßen.«

»Den hast du knapp verpasst. Er ist eben in sein Hotel gefahren. War ein bisschen geschafft.«

»Ach schade.« Nina klingt enttäuscht.

»Aber ich denke mal, dass er später wiederkommt. Soll ich ihm einen Zettel hinlegen, dass er sich bei dir melden soll? Deine Sehnsucht scheint ja groß zu sein.«

»Was heißt hier *Sehnsucht*? Ich habe ihn einfach ganz lange nicht mehr gesehen und mich deshalb schon auf ihn gefreut. Ich dachte, wir könnten vielleicht einen Kaffee zusammen trinken.«

»Tja, ich fände einen Kaffee auch nicht schlecht. Oder bekomme ich den bei dir nur, wenn ich Daniel mitbringe?«

Nina schüttelt den Kopf und macht dabei ein Geräusch, das wie *TSSS* klingt. »Ich habe mir übrigens eine neue Kaffeemaschine gekauft und kann dir gleich einen sehr leckeren Latte Macchiato anbieten.«

»Klingt super! Dann mal los!«

Bevor wir Ninas Wohnung entern können, gilt es allerdings noch ein Hindernis zu überwinden: Auf ihrer Fußmatte liegt ein ziemlich großer Blumenstrauß, der herrlich frisch duftet. Mir ist natürlich sofort klar, wer den da hingelegt hat: der Nachbar? Das ist doch der gleiche Trick wie mit dem anderen Päckchen, der Box mit diesen *Ohropax*. Lustige Gewohnheiten hat der Herr. Fast wie eine Katze. Bei Herrn Beck habe ich das zwar noch nie beobachtet, aber die Katzen im Schloss legten tatsächlich auch gerne Sachen auf die Fußmatte vom Seiteneingang zur Küche. Meist waren das tote Mäuse, manchmal auch ein kleines Vögelchen, das sie erjagt hatten. Emilia war darüber nicht besonders begeistert, hat aber nie geschimpft, weil es *die Katzen nur gut gemeint hätten*.

Nina guckt zwar nicht so angewidert, wie es Emilia bei den Mäusen tat, besonders begeistert scheint sie aber auch nicht zu sein. Sie seufzt und hebt die Blumen auf.

Caro guckt neugierig. »Aha. Ein heimlicher Verehrer?«

Nina schüttelt den Kopf. »Heimlich trifft es nicht ganz.«

»Dein Nachbar, oder?«

»Ja«, antwortet Nina knapp.

Carolin lacht. »Siehste, ich hab's dir ja gleich gesagt.«

»Warte mal kurz, bin gleich wieder da.« Nina dreht sich um und geht die Treppe nach oben. Caro und ich bleiben derweil unten stehen. Wir können hören, dass Nina bei Alexander klingelt, er öffnet die Tür.

»Hallo, Alex. Hör mal, das ist ja nett gemeint mit den Blumen – aber wie ich dir schon sagte: Ich will mich nicht weiter mit dir treffen. Also bemüh dich bitte nicht mehr. Und die …« Es raschelt laut, vermutlich das Papier, in das die Blumenstiele eingeschlagen sind, »… die möchte ich auch nicht behalten. Vielleicht kannst du sie deiner Mutter schenken.«

Alex scheint gar nichts zu sagen, Ninas Schuhe klappern auf dem Weg nach unten, oben wird die Tür wieder geschlossen.

»Wow, Nina, das war schon sehr direkt!«

Nina erwidert nichts, stattdessen schließt sie Caro und mir die Tür auf und schiebt uns in ihre Wohnung. Als sie die Tür hinter uns zugemacht hat, atmet sie tief durch.

»Mann, Alexander ist echt niedlich, aber er kommt mir vor wie ein Kind. Die letzten zwei Tage hat er mich jedes Mal, wenn er mich gesehen hat, um ein Date gebeten. Den Zahn musste ich ihm gerade mal endgültig ziehen.«

»Ja, das dürfte dir gelungen sein. Schade um die Blumen. Die waren wirklich schön. Der Mann hat offensichtlich Geschmack.«

Mittlerweile hat sich auch Herr Beck aus seinem Körbchen erhoben und steht neben uns. Er sieht noch ein wenig verschlafen aus. »Sag mal, Freund, wovon reden die beiden Damen?«

»Die Kurzversion? Der Typ von der Party hatte Blumen für Nina vor eure Tür gelegt. Die hat sie ihm aber gerade wieder in die Hand gedrückt.«

»Aha.« Herr Beck scheint ungerührt. So, als hätte er in diesem Fall auch nichts anderes erwartet.

»Findest du das gar nicht komisch? Ich meine, auf der Party sah es doch so aus, als hätte sie ihn sehr, sehr gerne.«

»Findest du? Ich hatte eher den Eindruck, Nina war nur auf der Suche nach Spaß.«

Hä? Wie meint der Kater denn das jetzt? Wieso Spaß? Ich dachte, beim Küssen geht's den Menschen um Liebe. Und beim Sex sowieso. Genauso hat mir Beck das mal erklärt – dass Sex und Liebe bei den Menschen irgendwie zusammengehören. Ich fand das Konzept zwar nicht sofort einleuchtend, aber nicht alles beim Menschen lässt sich logisch erklären. Muss es ja auch nicht. Jedenfalls hatte Carolin ja auch deswegen mit ihrem gruseligen Freund Thomas Schluss gemacht: weil Beck und ich ihr beweisen konnten, dass er Sex mit einer anderen Frau hatte. Das nennt man Betrug, und es verträgt sich nur sehr schlecht mit der menschlichen Liebe.

»Aber du selbst hast mir doch erklärt, dass diese ganze Sache mit Küssen und so weiter bei den Menschen mit Liebe zu tun hat. Und dann müsste sich Nina doch über Blumen von Alexander freuen. Was meinst du denn jetzt mit *nur Spaß*?«

Herr Beck sieht mich an, als sei ich heute besonders schwer von Begriff, und atmet schwer. Das ist eigentlich eine Frechheit, denn immerhin war er es, der mich erst auf die Idee gebracht hat, dass es den Menschen bei der Paarung um die Liebe geht.

»Also, es ist wie folgt«, beginnt Beck zu erklären und spricht dabei so langsam, als habe er es mit einem Schwachsinnigen zu tun, »oft ist das Küssen wirklich ein Zeichen von Liebe. ABER – es muss nicht immer so sein. Menschen küssen sich auch, weil es Spaß macht. Und insbesondere, wenn sie sich eigentlich nicht kennen, geht es oft nur um den Spaß.

Man kann ja eigentlich niemanden lieben, den man nicht kennt. Mit Sex ist es dann genauso.«

Nun gut. Klingt logisch. Allerdings habe ich Herrn Beck ja auch noch nicht von meiner sensationellen Erkenntnis berichtet, die das alles in einem völlig anderen Licht erscheinen lässt.

»Aber Nina wünscht sich Liebe.«

Herr Beck zögert einen Moment, dann prustet er los. »Wie kommst du denn auf diese Idee?«

»Weil sie zynisch ist.«

»Bitte? Was soll das denn für ein Grund sein?«

»Also, es war ungefähr so: Nina hat Carolin gesagt, dass sie sich Alexander geschnappt hat, weil sie seit fünftausend Jahren keinen Sex mehr hatte. Carolin wollte dann wissen, ob es was Ernstes ist, und Nina hat ihr erklärt, dass Alexander für Sex genau richtig, aber für Liebe zu jung ist. Oder so ähnlich. Und dann sagte Carolin: *Nina, du bist zynisch*.«

»Schön und gut, aber wieso denkst du deswegen, dass Nina sich Liebe wünscht?«

»Na, du hast es doch selbst gesagt: Zynismus ist, wenn man etwas lächerlich macht, weil man es gerne hätte, aber gleichzeitig Angst hat, dass es das nicht gibt.«

»Tut mir leid, Kumpel. Ich kann dir gerade überhaupt nicht folgen.«

Mann, das ist heute aber auch schwierig mit Beck. Also, wenn hier jemand schwer von Begriff ist, dann dieser Kater.

»Es ist doch sonnenklar: Nina macht die Sache mit Alexander lächerlich, weil sie sich genau das wünscht. Liebe eben. Sie hat nur Angst, dass es eh nichts wird.«

Herr Beck schüttelt den Kopf. »Eine sehr steile These, Herr Kollege. Und im Übrigen hat Nina Liebe.«

»Echt? Hat sie einen Freund, von dem ich noch gar nichts weiß?«

»Nein. Sie hat mich. Und ich weiß, ich habe immer das Gegenteil über das Verhältnis von Mensch und Tier behauptet – aber ich muss mich revidieren. Diesmal ist es wirklich Liebe.«

Dazu sage ich nichts mehr. Es ist sowieso zwecklos. Aber ich bleibe dabei: Nina wünscht sich Liebe. Und zwar nicht die eines alternden Katers. Da bin ich mir ganz sicher. Vielleicht kann ich mich momentan auch deswegen so gut in Nina hineinversetzen, weil es mir ganz ähnlich geht. Auch ich wünsche mir Liebe. Leider hatte ich immer noch keine Idee, wie ich Cherie beeindrucken und ihr Herz damit für mich gewinnen könnte. Beck vielleicht? Immerhin wollte er darüber nachdenken.

»Sag mal, Beck, hast du dir vielleicht noch mal Gedanken über mein Problem gemacht?«

»Welches Problem?«

»Na – mit Cherie!«

»Cherie?«

Großartig. Herr Beck kann sich anscheinend nicht mal mehr daran erinnern, dass ich ihm vor kurzem mein Herz ausgeschüttet habe.

»Du weißt schon – die Retrieverhündin.«

»Ach ja, die. Nee, darüber habe ich noch gar nicht weiter nachgedacht.«

Ich seufze innerlich und lege den Kopf auf meine Vorderläufe. Beck scheint momentan völlig von seiner neuentdeckten Liebe zum Menschen in Beschlag genommen zu sein. Auf sein strategisches Geschick kann ich also nicht unbedingt bauen. Dann muss ich es selbst hinbekommen. Fragt sich nur, wie ich das anstellen soll. Ich habe offen gestanden nicht den blassesten Schimmer.

Caro und Nina haben sich mittlerweile in die Küche verzogen und testen den neuen Kaffeeautomaten. Der macht einen gewaltigen Lärm, dampft und zischt. Da soll Kaffee rauskommen? Die Maschine in der Küche von Marc und Caro versieht diese Aufgabe eigentlich immer still und leise, von einem gelegentlichen Blubbern vielleicht mal abgesehen.

Aber tatsächlich füllen sich die beiden Gläser, die Nina in den Automaten gestellt hat, mit Flüssigkeit. Riecht von hier unten allerdings eher wie Milch. In diesem Moment schießt noch mehr Flüssigkeit in die Gläser, diesmal eindeutig Kaffee. Nina wartet ab, bis die Maschine zu Ende gespuckt hat, dann reicht sie Caro ein Glas.

»E prego, un latte macchiato.«

»Grazie tante.«

Beide beginnen zu schlürfen, schnell hat Caro einen Schnurrbart aus Milch. Sieht sehr lustig aus.

»Hm, der ist aber lecker. So eine Espressomaschine ist schon toll. Da hast du ja ordentlich in deine Küche investiert.«

»Na ja, eigentlich ist sie für mein Büro an der Uni. Das Semester fängt nächste Woche wieder an, und so wie ich das sehe, werde ich eine ziemlich aufwändige Arbeitsgruppe leiten und viel Zeit dort verbringen. Da musste ich mir mal ein Highlight gönnen.«

»Klingt interessant. Worum geht's da?«

»Im wesentlichen um interdisziplinäre Suchtforschung. Machen wir mit den Medizinern zusammen.«

»Aha. Na, dann noch mal auf die Forschung!«

»Ja. Prost.«

Die beiden stoßen mit ihren Gläsern an.

Caro trinkt noch einen Schluck, guckt dann auf ihre Uhr. »Oh, schon gleich halb drei. Ich mache für heute Schluss. Ich habe Luisa versprochen, sie früher aus dem Hort abzuholen, damit wir noch die Einladungen für ihre Ponyparty auf Schloss Eschersbach basteln können.«

Nina zieht die Augenbrauen hoch. »Ponyparty auf Schloss Eschersbach? Klingt reichlich überkandidelt für ein neunjähriges Mädchen.«

»Unter normalen Umständen würde ich dir Recht geben, aber hier ist es ein Notfall. Ich habe dir doch erzählt, dass Luisa Schwierigkeiten hat, in ihrer neuen Klasse Freundinnen zu finden. Sie wollte vor ein paar Wochen eine Pyjamaparty feiern, aber keine von diesen kleinen Ziegen hat zugesagt. Luisa war ganz deprimiert. Da dachte ich, wir ködern die Damen mal mit einem richtigen Highlight. Hat Marc dann eingefädelt, er betreut ja die Dackelzucht vom Schlossherrn.«

»Aha. Und du meinst, die kleinen Biester sind käuflich?«

»Garantiert. Wer sich selbst den Namen *Tussi-Club* gibt, kann zu so einer glamourösen Veranstaltung mit Sicherheit nicht Nein sagen.«

NEUNZEHN

Papa, ich bin so aufgeregt! TOTAL aufgeregt, echt!«

Luisa ist heute Morgen schon mit dem ersten Vogelzwitschern aufgestanden, vielleicht sogar ein bisschen früher. Seitdem flitzt sie durch die Wohnung, sucht Sachen aus den verschiedensten Schränken, packt sie in den kleinen Koffer mit dem Bärchenbild, nur um sie ein paar Minuten später wieder herauszuräumen und gegen andere Dinge auszutauschen. Dabei hüpft sie auf und ab wie ein kleines Kätzchen auf der Jagd nach einem Wollknäuel.

Marc hingegen sieht um diese frühe Stunde irgendwie … zerknittert aus. Momentan lehnt er am Türrahmen von Luisas Kinderzimmer und gähnt verstohlen.

»Ich finde, du solltest noch ein bisschen schlafen, damit du später auch richtig fit bist.«

Wieder ein Gähnen. Aber Luisa schüttelt energisch den Kopf. »Aber Papa! Ich kann doch jetzt nicht wieder ins Bett gehen! Ich muss meine Sachen packen.«

»Luisa, es ist erst halb sechs Uhr. Wir haben noch jede Menge Zeit. Leg dich bitte nochmal hin, wir packen deinen Koffer nach der Schule. Ich helfe dir auch, versprochen.«

»Nein, ich kann nicht mehr schlafen. Ich freue mich so, dass tatsächlich alle Mädchen zugesagt haben. Alle vier – der gesamte Tussi-Club! Papa, das ist suuuuper!«

Marc nickt.

»Ja, mein Schatz, das freut mich auch riesig. Aber ich gehe

jetzt wieder ins Bett. Und vor sieben kriegt mich da auch niemand wieder raus. Also meinetwegen pack weiter, aber sei bitte einigermaßen leise dabei.« Er schlurft in Richtung Schlafzimmer.

Luisa schaut ihm kurz hinterher, dann dreht sie sich zu mir. »Mann, Herkules, warum wollen Erwachsene bloß immer so lang schlafen? Im Bett zu liegen ist doch voll langweilig!«

Ich wedele mit dem Schwanz. Genau meine Meinung! Mir ist auch nicht klar, was daran so toll sein soll. Die Menschen sollten lieber tagsüber ein bisschen schlafen, dann würden sie morgens auch zu einer vernünftigen Zeit aus den Federn kommen.

Luisa betrachtet den momentanen Inhalt ihres Bärchenkoffers kritisch. »Weißt du, ich muss mir jetzt echt überlegen, was ich mitnehme. Viele Sachen von mir sind nämlich leider voll Baby. Das merken die anderen doch gleich, wenn ich nicht aufpasse, weißt du?«

Ich lege mich neben den Koffer und versuche zu verstehen, was genau Luisa meint. *Voll Baby*. Hm. Was könnte das wohl bedeuten? Luisa ist doch längst kein Baby mehr. Und die Sachen, die sie so kritisch beäugt, wären für ein Menschenbaby auch viel zu groß.

»Das hier zum Beispiel«, sie hält mir ein T-Shirt unter die Nase, »Rosa! Und das auch … und hier: schon wieder Rosa. Dabei ist Rosa gar nicht in. Das ist eine Farbe für kleine Mädchen.«

Aha. Nun bin ich sowieso kein Farbspezialist, weil ich die Unterschiede, die Menschen da angeblich sehen, kaum ausmachen kann. Insofern war ich schon erstaunt, als ich lernte, dass Menschen bestimmte Farben für Männer, andere wiederum für Frauen vorgesehen haben. Dass es aber auch

Farben für bestimmte Körpergrößen gibt, überrascht mich noch mehr. Welchen Sinn hat das? Luisa legt mehrere Kleidungstücke nebeneinander und guckt nachdenklich.

»Mama kauft sowieso immer Babyklamotten für mich. Und die lässigen Sachen, die Carolin für mich gekauft hat, kann ich bei ihr gar nicht anziehen. Dann ist sie gleich traurig. Also lasse ich das lieber. Aber deshalb denkt sie natürlich, ich finde die Babysachen noch toll, und dann bekomme ich noch mehr davon. Die anderen Mädels haben viel coolere Klamotten.«

Ich merke schon – gelegentlich ist es sehr praktisch, ein Fell zu haben. Ob das nun *cool* ist oder nicht: Es ist meins, und daran lässt sich auch nichts ändern. Überhaupt scheint eines der großen menschlichen Probleme zu sein, dass es für Menschen so viele Möglichkeiten gibt. Rock oder Hose? Suppe oder Braten? Marc oder Daniel? Kein Wunder, dass sie da manchmal ein bisschen durcheinanderkommen.

Aber wenigstens Luisa scheint sich nun entschlossen zu haben, was sie auf das Schloss mitnehmen will. Jedenfalls packt sie sehr entschieden mehrere Hosen und Hemden in ihren kleinen Koffer und schließt ihn.

»So, fertig! Glaube ich jedenfalls.« Luisa greift nach mir und setzt mich auf ihren Schoß, dann beginnt sie, mich unter dem Maul zu streicheln. Sehr angenehm! »Es ist schon komisch: Ich freue mich riesig – aber ich habe auch ein bisschen Angst. Was, wenn die wieder total blöd zu mir sind? Manchmal habe ich Angst, dass ich in Hamburg nie Freunde finden werde. Ich bin auf alle Fälle sehr froh, dass du mitkommen darfst. Das war eine gute Idee von Carolin. Mit dir zusammen bin ich immer viel mutiger, weißt du?«

Bei so einem Lob fängt mein Schwanz doch fast von alleine an zu wedeln! Luisa kichert.

»Hihi, deine Haare kitzeln an meinen Beinen!«

Richtig. Luisa trägt ja nur ihr Nachthemd. Und jetzt gähnt sie herzhaft.

»Vielleicht hat Papa Recht, und es ist wirklich ziemlich früh. Ich lege mich noch ein bisschen hin. Willst du mit in mein Bett kommen?«

Na, das muss man mich nun garantiert nicht zweimal fragen. Begeistert folge ich Luisa in ihr Kinderzimmer und hüpfe zu ihr ins Bett. Dort lege ich mich zu ihren Füßen und schlafe sofort ein.

»So, dann zeige ich euch jetzt mal, wo ihr schlafen werdet.« Corinna von Eschersbach, die Frau des jungen Grafen, führt uns durch einen Teil des Schlosses, den selbst ich noch nie gesehen habe. Er liegt im Westflügel, also dem Teil, in dem der junge Graf mit seiner Familie wohnt. Von innen sieht es hier eigentlich aus wie in einem normalen Haus, nur größer. Die Decken sind sehr hoch, und wenn ich das nicht schon aus dem anderen Teil des Schlosses gewöhnt wäre, würde es mir vielleicht ein bisschen Angst machen. Den fünf Mädchen scheint es jedenfalls gerade so zu gehen – sie laufen mit weit aufgerissenen Augen und Mündern hinter der Gräfin her und haben sogar aufgehört, miteinander zu tuscheln. Carolin, die auch dabei ist, dreht sich zu den Kindern um.

»Also, das ist schon etwas Tolles, so ein echtes Schloss, oder? Ich muss sagen, dass ich euch ein bisschen beneide. Das nächste Mal komme ich mit, Frau von Eschersbach!«

Die beiden Frauen lachen. Dann öffnet Corinna von Eschersbach eine Tür zu einem großen Raum, der offensichtlich als Schlafsaal dienen soll. Jedenfalls stehen hier mehrere Betten nebeneinander, jeweils getrennt durch ein kleines Schränkchen. Zwei der Betten sehen sogar aus wie ein kleiner Turm – mit einem Bett oben und einem unten. Sehr interessantes Konstrukt.

»Jede von euch kann sich nun ein Bett aussuchen und im Schrank daneben ihre Sachen verstauen. Die Stockbetten teilen sich den etwas größeren Schrank daneben. Ihr werdet euch einig, oder?«

Die Mädchen nicken und beginnen sofort, ihre Sachen auf den Betten zu verteilen. Corinna nickt Carolin zu.

»Hätten Sie noch Lust auf einen Kaffee?«

»Gerne.«

Kurz darauf sitzen wir in einer Küche – allerdings nicht in Emilias Reich, der großen Schlossküche im Erdgeschoss, sondern in einer viel kleineren, die mich stark an die Küche in Marcs Wohnung erinnert. Corinna von Eschersbach gießt Carolin einen großen Becher mit Kaffee und Milch ein.

»Ich hoffe, dass die Mädchen am Sonntag auch wirklich zufrieden sind. Es ist schließlich das erste Mal, dass ich so etwas mache – obwohl ich schon länger Lust dazu hatte. Mein Schwiegervater hat sich bisher immer gegen die Idee gewehrt, aber mit Fürsprache von Herrn Dr. Wagner hat es diesmal geklappt. Also, drücken Sie uns die Daumen, dass es schön für die Kinder wird.«

»Ach, bestimmt wird es das, da habe ich gar keine Zweifel! Ponys, ein echtes Schloss – was soll da schiefgehen?«

»Sie haben Recht. Ich habe mir auch schon ein paar schöne Dinge überlegt, die wir an diesem Wochenende unternehmen werden. Um den Reitunterricht mache ich mir sowieso keine Sorgen, schließlich bin ich ausgebildete Reitlehrerin.«

»Na also – das wird bestimmt toll. Aber noch eine ganz andere Frage: Ist es in Ordnung, wenn Herkules bei Luisa schläft? Ich fand es sehr nett, dass sie ihn überhaupt mitnehmen darf. Aber wenn das mit dem Schlafen ein Problem ist, habe ich dafür Verständnis. Wissen Sie, Luisa hatte es in den letzten Monaten nicht leicht. Sie ist gerade erst von München nach Hamburg gezogen, und ich habe das Gefühl, dass sie sich mit Herkules zusammen etwas sicherer fühlt.«

»Natürlich, das verstehe ich. Und solange Herkules stubenrein ist und hier nicht die Vorhänge anknabbert, darf er gerne bei den Mädchen bleiben.« Sie nimmt einen Schluck aus ihrem Becher und mustert Carolin neugierig. »Luisa ist nicht Ihre gemeinsame Tochter, oder?«

Caro schüttelt den Kopf. »Nein. Luisa ist Marcs Kind aus erster Ehe. Aber wir wohnen seit ein paar Wochen zusammen, und ich mag das Mädchen sehr gerne.«

»Das merkt man. Und es scheint auf Gegenseitigkeit zu beruhen.«

»Ja. Jedenfalls hoffe ich das. Trotzdem ist es für Luisa natürlich nicht einfach. Im Grunde ihres Herzens wünscht sie sich bestimmt, dass ihre Eltern wieder ein Paar wären.«

Corinna von Eschersbach nickt. »Tja, Patchwork ist oftmals schwierig. Ich weiß, wovon ich rede. Meine Mutter hat nach der Trennung von meinem Vater auch noch einmal geheiratet. Die erste Zeit war es nicht leicht. Aber ich kann Sie beruhigen – heute verstehen wir uns alle gut, und ich habe auch sehr schöne Erinnerungen an meine Kindheit. Und übrigens«, sie beugt sich zu mir herunter und streicht mir über den Kopf, »ist dafür unter anderem ein Artgenosse von Herkules verantwortlich. Apropos Herkules – heißt der nicht Carl-Leopold? Oder haben Sie ihn umgetauft?«

»Oh, das ist eine längere Geschichte. Aber ich erzähle sie immer wieder gern!«

»Bist du schon einmal geritten?« Lena, die anscheinend die Anführerin des Tussi-Clubs ist, hat bereits Reithose und Reitstiefel an und steht vor Luisa, die sich noch umziehen muss.

»Ja. Bei meiner Mama in München gab es einen Reitstall, der hatte ganz tolle Pferde. Ich hatte sogar ein Pflegepony, das ich jeden Tag reiten durfte. Es hieß Sally.«

Lena zieht eine Augenbraue hoch. Nach allem, was ich über menschliche Mimik weiß, nicht unbedingt ein Ausdruck von Freundschaft und Wertschätzung.

»So. *Sally*. Dann bin ich mal gespannt, wie gut du reiten kannst. *Ich* reite schon seit drei Jahren. Und Carla, Emmi und Greta schon fast genauso lange. Deswegen konnte ich dich natürlich auch nicht zu meinem Pony-Geburtstag einladen. Ich wusste ja nicht, dass du reiten kannst.«

Hättest sie ja fragen können, du kleine Wichtigtuerin. Ob sich Luisa freut, wenn ich Lena mal ein bisschen zwicke? Vielleicht in den Po? Dann kann sie nämlich garantiert nicht mehr reiten. Wie gerne würde ich genau das jetzt tun. Aber ein Blick auf Luisa hält mich davon ab. Denn sie sieht nicht so aus, als sei sie sauer auf Lena. Eher so, als wolle sie ihr irgendwie gefallen. Traurig, aber wahr: Die Hierarchie in diesem Mädchenrudel scheint klar zu sein, und wenn Luisa da mitmachen will, muss sie erst einmal kleine Brötchen backen.

»Seid ihr fertig umgezogen und startklar für eure erste Reitstunde?« Corinna kommt herein, auch sie hat schon Reitsachen an und riecht nach Pferd. Puh, wenn Luisa nun wirklich zur Vollblutreiterin wird, muss sich meine Nase wohl auf einiges einstellen. Andererseits – wäre ich zum Jagdhund ausgebildet worden, dann würde ich bei diesem Geruch bestimmt an eine Fuchsjagd denken und in wilde Begeisterung ausbrechen.

Kurz darauf finde ich mich im Pferdestall wieder, wo die

Mädchen ihre Ponys putzen und satteln. Als Welpe war ich hier nie, also ist es auch für mich ganz interessant. Luisa hat ein kleines weißes Pony von Corinna bekommen, es heißt Lucky, und soweit ich das beurteilen kann, sieht es sehr sanftmütig aus.

»Hey, Kollege«, versuche ich, Lucky in ein Gespräch zu verwickeln, »ich hoffe, du passt gut auf Luisa auf. Sie ist wirklich ein sehr nettes Mädchen.«

Aber Lucky starrt mich bloß mit seinen großen Ponyaugen an und kaut weiter auf dem Heuhalm, der noch aus seinem Maul hängt. Na gut, dann eben kein Smalltalk. Wie meine Schwester schon so treffend anmerkte: Für die Jagd sind Pferde toll, ansonsten langweilig.

»Mal kurz herhören!« Corinna von Eschersbach steht in der Stallgasse und klatscht in die Hände. »Ich möchte euch zwei Jungs vorstellen, die euch in den nächsten beiden Tagen ein bisschen helfen werden. Das hier sind Lasse und Max.«

Neben ihr tauchen zwei Jungs auf, die etwas größer als Luisa und ihre Freundinnen sind. Der eine ist kräftig, hat ganz helle Haare und lauter Punkte auf der Nase, der andere hat dunkle Locken und ist sehr dünn. Beide grinsen zu den Mädchen herüber, die wiederum die Jungs neugierig über die Rücken der Ponys mustern.

»Lasse und Max kennen den Stall und die Pferde ganz genau und sind selbst tolle Reiter«, fährt Corinna fort, »also, wann immer ihr eine Frage zu den Ponys habt oder einen Tipp braucht, seid ihr bei den beiden bestens aufgehoben.«

Lasse kommt einen Schritt nach vorne. »Ja, Mädels, wir helfen euch gerne. Sagt einfach Bescheid.«

»Ich wüsste nicht, was ich von euch über Pferde lernen könnte«, kommt es in diesem Moment in einem sehr hochnäsigen Ton aus der Box, in dem ein etwas größeres schwarzes

Pony steht. Lena, natürlich! »Ich reite schon seit drei Jahren, mein Papa sagt, dass ich eine *exzellente* Reiterin bin. Vor den Sommerferien gab es in meinem Reitstall ein Turnier, und in meiner Altersgruppe habe selbstverständlich ich gewonnen.«

Lasse und seinem Kumpel bleibt der Mund offen stehen, und auch Corinna von Eschersbach guckt sehr erstaunt. Lena ist das egal, unbeeindruckt erzählt sie weiter von ihren Erfolgen in der Welt der Pferde und Ponys.

»Das Adventsreiten habe ich übrigens auch gewonnen, und demnächst bekomme ich sowieso ein eigenes Pony, damit ich regelmäßig auf Turnieren reiten kann. Also, vielleicht fragt *ihr* eher *mich*, wenn ihr etwas wissen wollt.«

Max flüstert Lasse etwas ins Ohr, was wie *blöde Pute* klingt, und ich muss ihm Recht geben. Aber so ist es vielleicht immer mit Rudelführern – Hauptsache, eine große Klappe und gleich mal klarmachen, wer Chef ist. Sollte ich mir da etwas abgucken? Andererseits – welches Rudel könnte ich führen? Dass sich Marc und Caro demnächst von mir, dem kleinen Dackelmix, erzählen lassen, wo die Reise hingeht, ist doch mehr als unwahrscheinlich. Ich kann also ruhig ein netter Kerl bleiben.

Nach Reitstunde und Abendessen verziehen sich die fünf Mädchen auf ihr Zimmer. Corinna hat erlaubt, dass ich auch dort schlafen darf, also klebe ich förmlich an Luisa. Schließlich hat sie gesagt, dass ich sie mutiger mache – und Mut kann sie meiner Meinung nach in dieser Gruppe wirklich gut gebrauchen. Schon wieder führt Lena das große Wort, die anderen lauschen andächtig, hin und wieder gibt ein Mädchen ein Stichwort, auf das Lena dann eine neue Geschichte erzählen kann. Nur Luisa bleibt die ganze Zeit über stumm, und ich kann mir kaum vorstellen, dass es für sie tatsächlich schön ist, das Wochenende mit dem Tussi-Club zu verbringen.

Als es draußen schon fast dunkel ist, kommt Corinna noch einmal ins Zimmer. »Es ist jetzt kurz nach neun, und morgen wartet wieder ein aufregender Tag auf euch. Ich habe mir heute genau angesehen, wie ihr reitet, und muss sagen, ihr macht eure Sache alle sehr gut. Wenn das Wetter also morgen so gut ist wie heute, will ich mit euch ausreiten. Deswegen macht bitte gleich das Licht aus und schlaft. Gute Nacht!«

»Gute Nacht!«, schallt es im Chor zurück, dann macht Luisa die große Deckenlampe aus, so dass es mit einem Mal ziemlich schummrig im Zimmer wird. Luisa legt sich in ihr Bett, ich hüpfe hinterher und lege mich wieder ans Fußende. Herrlich – von mir aus bräuchte ich zu Hause gar kein Körbchen, sondern würde dauerhaft ins Kinderzimmer ziehen.

Luisa schläft ziemlich schnell ein, die anderen Mädchen flüstern noch ein bisschen miteinander, dann wird es auch bei ihnen still. Ich denke noch einen Moment über den Nachmittag im Stall nach. Ob Luisa mich irgendwann mal auf eine Fuchsjagd mitnehmen könnte? Ausritt klingt doch schon mal vielversprechend, also ein bisschen wie Jagd ohne Jagd. Da möchte ich auf alle Fälle mitkommen. Vielleicht freunde ich mich dann auch noch mit dem Kollegen Lucky an. Mit dem Gedanken an wundervolle Gespräche zwischen Hund und Pferd schlafe ich ein.

Ein knirschendes Geräusch weckt mich wieder. Schlaftrunken rappele ich mich hoch und versuche zu orten, aus welcher Ecke des Zimmers das Knirschen kommen könnte. Das ist in einem dunklen, unbekannten Raum gar nicht so einfach, aber schließlich bin ich mir sicher: Das Geräusch kommt von der Seite, an der die Fenster sind. Es wird lauter, jetzt ist es ein richtiges Hämmern, gefolgt von einem Heulen.

Greta wird wach und setzt sich in ihrem Bett auf, dann auch Lena und Luisa.

»Was ist das?«, flüstert Greta in die Dunkelheit.

»Weiß nicht«, flüstert Luisa zurück.

»Ich glaube, es kommt vom Fenster«, stellt Lena fest. »Greta, geh doch mal gucken.«

»Nee, ich trau mich nicht. Das klingt so gruselig!«

In diesem Moment wird das Heulen lauter, und dann taucht hinter der Fensterscheibe etwas auf, was auch einen tapferen Dackel wie mich verschreckt: ein Totenkopf! Genauer gesagt, ein Totenkopf mit einer dunklen Kapuze um den Schädel und einer riesigen, dreizackigen Gabel in der Hand. Der Totenkopf heult jetzt ganz laut, zudem schlägt er die Gabel gegen das Fenster. Von dem Lärm sind nun auch die anderen Mädchen wach geworden und sitzen verängstigt in ihren Betten.

Keine Frage – ein Monster will die Scheiben einschlagen! Es ist gekommen, um uns zu holen! Wie aus einem Mund kreischen alle fünf Mädchen vor Angst los, und ich kläffe, was das Zeug hält.

ZWANZIG

»Also, es hat versucht, mit einem Dreizack das Fenster einzuschlagen? Und es hat getobt und geheult?« Am nächsten Morgen sitzt Corinna von Eschersbach mit den Mädchen am Frühstückstisch und lässt sich noch einmal genau schildern, was in der Nacht zuvor passiert ist. Wobei nach dem Geschrei der Kinder eigentlich gar nichts mehr passiert ist, denn als Corinna und ihr Mann Gero daraufhin ins Zimmer geschossen kamen, gab es von dem Monster weit und breit keine Spur mehr.

Ich persönlich bin nach dieser Nacht völlig gerädert. Die Mädchen sind geschlossen in das Wohnzimmer von Corinna und Gero umgezogen und haben dort ein Matratzenlager aufgebaut. Von mir gewissenhaft bewacht, sind die Kinder auch irgendwann eingeschlafen, aber ich habe natürlich kein Auge zugetan. Immer wieder bin ich zur Tür geschlichen und habe geschnüffelt, ob sich dort etwas Verdächtiges tun könnte. Und als ich dann doch einmal kurz eingenickt bin, habe ich von glutäugigen Monstern und anderen Schlossgespenstern geträumt und bin sofort wieder aufgewacht.

»Vielleicht wohnt das Schlossgespenst ja schon ganz lange hier, und wir haben es irgendwie aufgeschreckt«, mutmaßt Luisa jetzt. Die anderen Mädchen nicken heftig.

»Also, ich lebe bereits seit zehn Jahren auf dem Schloss, und von einem Gespenst habe ich noch nie etwas gehört«, versucht Corinna zu beruhigen. Damit hat sie Recht. Mir geht es genauso, und ich bin mir sicher, Opili hätte ein Monster erwähnt, wenn es eines gegeben hätte. An den blassen Nasenspitzen von Luisa, Lena, Greta und den anderen kann ich allerdings ablesen, dass sie immer noch große Angst haben. Mist! Dabei sollte das hier doch ein ganz tolles Wochenende für die Mädchen werden, damit Luisa endlich ihre Freundin wird.

»Lasst es uns doch so machen: Nach dem Frühstück gehen wir gleich zu euren Ponys rüber. Das Wetter ist wunderschön, wir können ausreiten. Und nach ein, zwei Stunden in der Sonne sieht die Welt bestimmt wieder viel freundlicher aus. Gero wird in der Zwischenzeit das ganze Schloss und den Hof nach dem Gespenst absuchen. Und wenn er es findet, macht er es dingfest. Was meint ihr? Gute Idee?«

Die Mädchen nicken. Erst etwas zögerlich, dann überzeugter. Emmi, eine kleine Blonde, die bisher fast noch gar nichts gesagt hat, macht einen weiteren Vorschlag. »Luisa, vielleicht kann dein Hund ja mit suchen helfen. Dackel sind doch Jagdhunde – wenn Herkules eine Fährte aufnimmt, kann er sie bestimmt gut verfolgen.«

Och, nö! Das ist eine blöde Idee. Ich will mit auf den Ausritt!

»Das ist eine gute Idee!«, mischt sich nun ausgerechnet Lena ein. »Muss doch auch einen Sinn haben, dass du den Kleinen hier mitgeschleppt hast.«

»Das macht Herkules bestimmt gerne. Nicht wahr, Herkules? Du fängst das Gespenst!«

Ich hab's geahnt: Wenn die Rudelchefin es wünscht, zögert Luisa keine Sekunde. Sonst tue ich ihr gerne jeden Gefallen, aber muss es ausgerechnet dieser sein? Ich will auch raus und durch den Wald und die Felder laufen, Kaninchen und Füchsen nachspüren, kurz: mich mal wieder richtig wie ein Hund fühlen. Aber dann sehe ich das Strahlen auf Luisas Gesicht. Zum ersten Mal an diesem Wochenende sieht sie glücklich aus. Es bedeutet ihr offenbar sehr viel, vor Lena gut dazustehen. Also gut: Adieu ihr Kaninchen und ihr Füchse, für heute habt ihr Glück gehabt.

Als die Mädchen in den Stall verschwunden sind, überlegen Corinna und Gero gemeinsam, wie sie dem Gespenst auf die Schliche kommen können.

»Was meinst du – haben die Mädchen tatsächlich etwas am Fenster gesehen? Oder hat eine schlecht geträumt, und der Rest war allgemeine Hysterie?« Corinna schaut ihren Mann nachdenklich an, der zuckt mit den Schultern.

»Nachdem wir uns wohl einig sind, dass es hier nicht spukt, wird es eher ein Alptraum gewesen sein. Aber sicherheitshalber sehe ich mir die Sache gleich mal von außen an. Vielleicht hat sich auch jemand einen schlechten Scherz erlaubt.«

»Danke, Gero. Das ist nett. Dann reite ich mit den Damen aus und versuche, sie auf andere Gedanken zu bringen. Nimm doch wirklich Herkules mit. Falls uns jemand einen Streich spielt, findet er vielleicht eine Spur.«

Was heißt denn hier *vielleicht*? Und wieso Alptraum? Ich weiß doch, was ich gesehen habe! Kinder mögen sich alles Mögliche einbilden – Dackel neigen nicht dazu. Es ist also bestimmt eine gute Idee, nach ein paar Spuren zu suchen. Am besten, wir fangen gleich damit an!

»Hoppla, Carl-Leopold! Du hast es ja auf einmal so eilig! Lass mich wenigstens noch die Tür aufmachen.« Gero von Eschersbach lacht und läuft hinter mir her. So, mal sehen – wie kommen wir denn jetzt auf die andere Seite des Fensters vom Mädchenschlafzimmer? Also an die Stelle, wo das Monster gestanden haben muss?

Gero öffnet erst die Tür zum Flur, dann die Ausgangstür

des Westflügels. Dieser Teil des Schlosses hat längst nicht so ein eindrucksvolles Portal wie der Haupteingang in der Mitte des Gebäudes, aber ein paar Stufen müssen wir doch hinunter, um nach draußen zu gelangen. Dort angekommen, geht Gero ein paar Meter an der Hauswand entlang, dann bleibt er stehen. Gut, das ist offenbar die Stelle auf Höhe des Schlafzimmers.

Ich trabe auch dorthin und beginne, an dem Fleckchen Erde vor der Hauswand zu schnüffeln. Tatsächlich nehme ich noch den Hauch einer Geruchsspur wahr. Und ich bin mir sicher: Er gehört zu einem Menschen, nicht zu einem Monster! Eindeutig. So riecht nur ein Mensch. Die Erkenntnis beruhigt mich. Ich meine, nicht, dass ich vor einem Monster Angst hätte, o nein! Aber trotzdem ist mir der Gedanke an ein menschliches Wesen irgendwie sympathischer.

»Hm, was auch immer durch dieses Fenster geguckt haben mag, muss sehr, sehr groß gewesen sein«, überlegt Gero laut. »Denn das Zimmer liegt im Hochparterre, selbst ich kann kaum durch das Fenster schauen, und ich bin immerhin 1,90.«

Gero hat Recht. Ein echter Geist hätte womöglich bis zum Fenster fliegen können, aber der Mensch muss irgendwie anders dort hochgekommen sein. Ich schnüffle noch einmal an der Stelle. Gibt es irgendeine Spur, die uns noch weiterhelfen könnte?

Aha. Hier ist sie wieder, meine Fährte! Ich folge ihr von der Hauswand weg ein paar Meter weiter. Sie verläuft in Richtung der Ställe und endet schließlich vor einem alten Schuppen. Ich setze mich vor dessen Tür und beginne zu bellen. Gero kommt zu mir.

»Na, hast du was gefunden? In diesem Schuppen? Mal sehen.« Er öffnet die Tür. Direkt dahinter steht eine Leiter aus Holz. Jetzt ist mir alles klar: Der Mensch, der uns das

Monster vorgegaukelt hat, ist offensichtlich auf die Leiter gestiegen, um ans Fenster zu gelangen. Die Leiter ist jedenfalls von dem gleichen Menschen angefasst worden, der auch die Spur vom Schloss hierher hinterlassen hat. Und nicht nur das: An der Bretterwand des Schuppens lehnt der Dreizack! Aufgeregt laufe ich hinüber, belle und stupse den Stiel mit meiner Nase an.

»Hey, an dir ist ja ein echter Polizeihund verloren gegangen! Das ist doch mit Sicherheit der Dreizack, den die Mädchen gesehen haben. Eine Mistgabel! Und eine Leiter, um an das Fenster zu reichen. Also war die Monster-Attacke doch kein Alptraum. Aber wer versetzt denn hier harmlose kleine Mädchen in Angst und Schrecken?«

Tja, keine Ahnung. Ich habe mich zwar daran gewöhnt, dass Menschen unsinnige Sachen machen, aber das hier ist schon sehr seltsam. Warum sollte das jemand tun? Ich schnuppere noch ein bisschen an Leiter und Mistgabel, aber hier verliert sich die Spur. Ein Grund mehr, den düsteren Schuppen wieder zu verlassen und ein wenig an der frischen Luft herumzustromern. Auch Geros Interesse an der Monsterjagd scheint etwas abgeflaut zu sein. Jedenfalls öffnet er die Schuppentür und geht wieder mit mir nach draußen.

»Was mache ich denn jetzt mit dir, Carl-Leopold? Den Ausritt hast du verpasst, und ich muss kurz in die Stadt. Wer auch immer der ungebetene Besucher war, ich kann mich momentan nicht damit beschäftigen, um den müssen wir uns also später kümmern. Denkst du, du kommst alleine klar? Du kennst dich doch hier aus.«

Ich wedele mit dem Schwanz. Klar komme ich klar. Ich brauche doch kein Kindermädchen. Und wenn ich schon keine Kaninchen jagen kann, will ich wenigstens meine Zeit auf dem Schloss genießen. Vielleicht hat Charlotte Lust, etwas zu unternehmen. Gero bückt sich kurz und klopft mir auf den Rücken.

»Braver Hund. Bis später.«

Als Gero weg ist, laufe ich zur anderen Seite des Schlosses. Ich habe Glück: Die Küchentür steht offen, und ich kann sogar Emilias Stimme hören. Schnell hüpfe ich die Stufen zum Eingang hoch, ihrer Stimme und einem sehr verführerischen Geruch folgend.

»Hoppla, Carl-Leopold – was machst du denn hier?« Emilia ist überrascht, mich zu sehen, ihrem Lächeln nach zu urteilen, freut sie sich aber. Ich springe an ihr hoch und mache Männchen. »Ja, bist ein ganz Lieber. Warte mal, ich habe gerade ein leckeres Hühnerfrikassee für den alten Herrn zubereitet. Es ist noch nicht so stark gewürzt, du kannst es gerne mal probieren.«

Sie dreht sich um, nimmt eine Schüssel und schöpft etwas von dem Inhalt des großen Topfes, der auf dem Herd steht, hinein. Es riecht so lecker, dass mir sofort das Wasser in der Schnauze zusammenläuft.

»Hier, guten Appetit! Es müsste kalt genug sein, sonst musst du eben noch ein bisschen warten.«

Vorsichtig nehme ich den ersten Brocken ins Maul – herrlich! Und auch nicht zu heiß. Schnell schlinge ich den Rest hinterher, fahre mir mit der Zunge über die Schnauze und blicke Emilia noch einmal erwartungsvoll an.

»Was denn? Schon fertig? Na gut, einen kleinen Nachschlag bekommst du noch, aber dann ist Schluss. Sonst schimpft der Alte, wenn er das merkt!«

Sie gibt mir noch eine Portion. Ich bin im Hundehimmel, eindeutig! Seltsam, dass Charlotte immer noch so schlank ist. Muss am Trainingsprogramm vom Alten liegen.

»Jetzt fällt es mir auch wieder ein: die Lütte vom Tierarzt

verbringt das Wochenende mit den Ponys der jungen Gräfin, richtig? Oh, da war der alte von Eschersbach überhaupt nicht begeistert von. Aber Corinna plant schon so lange einen Ferienhof für Kinder, da ist das doch eine gute Gelegenheit, mal zu üben. Ist schön, dass du mitgekommen bist.« Sie kniet sich neben mich und streichelt mich. Gerne würde ich schnurren. Ob mir Herr Beck irgendwann beibringen kann, wie er das immer hinkriegt?

»Hallo, Carli – oder soll ich *Herkules* sagen?«

Charlotte ist in die Küche gekommen und setzt sich neben mich.

»Hallo, Charlotte. Gerne *Herkules*. Ich habe mich schon so daran gewöhnt, dass mir Carl-Leopold mittlerweile selbst komisch vorkommt.«

»Ich höre, du musst dich mit den langweiligen Ponys beschäftigen? Du Armer.«

»Ach, ich freue mich eher, dass ich schon wieder hier bin. Außerdem ist es überhaupt nicht langweilig – im Gegenteil: Gestern Nacht sind wir überfallen worden. Von einem Monster!«

Charlotte reißt die Augen auf.

»Von einem Monster?«

»Genau! Es tauchte nachts vor dem Fenster auf und bedrohte die Mädchen. Ich habe es verbellt!«

Das stimmt zwar nicht so ganz, aber es ist auch nicht wirklich gelogen.

»Nein! Das gibt's doch nicht! Von einem Monster habe ich hier noch nie gehört. Konntest du es stellen?«

Ich schüttle den Kopf.

»Nein, leider nicht. Aber ich habe heute zusammen mit Gero nach ihm gesucht. Und habe dabei eine sensationelle Entdeckung gemacht.«

»Nämlich?«

»Das Monster ist ein Mensch. Ich habe es gerochen.«

»Ach. Und was willst du nun unternehmen?«

»So genau weiß ich das auch nicht. Was würdest du denn tun?«

»Also, ich würde schon versuchen, den Menschen irgendwie zu schnappen. Sonst überfällt der die Mädchen vielleicht ein zweites Mal. Immerhin läuft er ja noch frei herum.«

Wahrscheinlich hat Charlotte Recht. Aber wie könnte man das anstellen? Falls das vermeintliche Gespenst heute Nacht wieder auftaucht, müsste ich schnell nach draußen rennen und es schnappen. Doch wenn die Mädchen wieder schreien und es dann so schnell weg ist wie gestern, kann ich das kaum schaffen. Andererseits kann ich auch nicht von vornherein draußen warten, ob es kommt. Denn dann kann ich nicht drinnen bei Luisa bleiben. Die aber wird heute auf keinen Fall ohne mich schlafen wollen. Und falls es doch kein Mensch, sondern ein Monster ist, muss ich die Mädchen beschützen können. Wie ich es auch drehe und wende: Ich müsste schon an zwei Orten gleichzeitig sein. Und das ist unmöglich. Es sei denn …

»Alles klar, sie schlafen fest. Kannst reinkommen.«

Ich hüpfe aus Luisas Bett und mache den Platz für Charlotte frei, die gerade ins Zimmer geschlichen gekommen ist. Sie springt hoch und kuschelt sich ans Kopfende, genau so, wie ich dort gerade noch gelegen habe. Das war zwar ziemlich warm, hat Luisa aber wirklich beruhigt. Sollte sie nun wach werden, wird sie den Unterschied nicht merken und wieder einschlafen. Charlotte sieht mir ziemlich ähnlich, und im Dunkeln sind wir bestimmt nicht voneinander zu unterscheiden.

»Wie komme ich denn jetzt nach draußen? Die Eingangstür hier ist doch bestimmt verschlossen.«

»Du musst dich durch die Katzenklappe zwängen. Die ist ein bisschen eng, aber das schaffst du. Sie ist direkt neben dem Eingang am Hauptportal. Findest du das?«

»Ja, ich glaube schon.«

Ich flitze los. Im Dunkeln ist es zwar nicht so einfach, sich zurechtzufinden, aber nachdem sich meine Augen daran gewöhnt haben, bin ich schnell am Ziel. Da ist die Klappe: Ich halte die Luft an und ziehe den Bauch ein – uff, vielleicht habe ich wirklich zugenommen – aber dann habe ich mich ins Freie gedrückt. Jetzt noch zweimal um die Ecke – geschafft! Ich stehe unter dem Fenster zum Schlafzimmer.

Eine ganze Weile passiert erst einmal: nix. Ich lege mich hin. Eigentlich bin ich unglaublich müde, vielleicht sollte ich ein Nickerchen machen. Wenn das Monster auftaucht, werde ich bestimmt von allein wach. Andererseits: Was, wenn nicht? Dann würde ich den Angriff verpassen, und der ganze tolle Plan mit Charlotte wäre vergebens. Nein, ich bleibe lieber wach. Zumindest versuche ich es.

Kurz bevor mir doch die Augen zufallen, passiert es endlich: Ich höre etwas hinter dem alten Schuppen rumpeln. Irgendjemand hat die Tür geöffnet. Schritte – dann sehe ich zwei Gestalten mit Leiter und Mistgabel auf das Schloss zuhuschen. Und ich habe richtig geschnuppert: Die Umrisse sind eindeutig menschlich, obwohl beide Gestalten weite Umhänge mit Kapuzen tragen. Die Bewegungen kommen mir bekannt vor, als hätte ich sie schon einmal gesehen.

Die beiden nähern sich, ich drücke mich in den Schatten der Hauswand. Jetzt lehnt der eine die Leiter ans Fenster, und mit einem Mal scheint ihm der Mond, gespiegelt durch das Fenster, genau ins Gesicht. Wie gruselig! Es ist der

Totenkopf! Ich reiße mich zusammen, um nicht wieder zu kläffen. Für dieses Aussehen muss es eine ganz einfache Erklärung geben, denn Menschen sehen im Normalfall nicht so aus, und dieser Kollege riecht eindeutig wie ein normaler Mensch. Kein Grund zur Panik, Herkules! Aber mulmig ist mir trotzdem.

Totenkopf steigt auf die Leiter, der andere reicht ihm die Mistgabel – und nun beginnt das gleiche Spektakel wie gestern Abend, nur dass ich diesmal auf der anderen Seite des Fensters stehe. Erst kratzt Totenkopf mit der Gabel ein wenig an der Fensterscheibe, dann fängt er an zu heulen. Das ist mein Einsatz! Ich komme aus der Deckung, mache einen Satz auf die beiden Unholde zu und schnappe nach dem Erstbesten, was mir vor den Fang kommt. Offenbar eine menschliche Wade, denn jetzt heult nicht nur der Totenkopf, sondern auch sein Kumpan.

»Aua! Verdammt, was ist das?«

Ich hüpfe hinterher, um ihn nicht entkommen zu lassen. Dabei knurre und belle ich laut und springe an ihm hoch.

»He, lass los!« Totenkopf hüpft von der Leiter und versucht, nach mir zu greifen, aber ich bin schneller und springe einen Meter zurück. Die beiden Kapuzenmänner stehen jetzt zwischen mir und dem Haus, mit dem Rücken zur Wand. In diesem Moment geht die Außenbeleuchtung über dem Seiteneingang an.

»Los, lass uns abhauen, sonst kriegen wir richtig Ärger!«

Das könnte euch so passen! Ich belle weiter so laut und furchteinflößend, wie ich nur kann. Dabei springe ich vor den beiden auf und ab und drücke sie förmlich gegen die Wand.

»Nun lauf doch!«, ruft Totenkopfs Helfer, ohne allerdings selbst loszurennen.

»Ich trau mich nicht an dem Hund vorbei! Vielleicht hat

der ja Tollwut. Und wenn wir rennen, beißt er garantiert nochmal.«

Richtig, mein Freund. Volle Punktzahl – genau das würde ich tun. Bevor es aber dazu kommt, biegt Gero von Eschersbach um die Ecke. Auch er hatte offenbar auf das Monster gewartet, jedenfalls hat er eine Taschenlampe in der Hand und leuchtet die beiden Gestalten an.

»Aha, ich dachte mir doch, dass wir heute Nacht wieder Besuch bekommen. Und nun lasst mich mal raten, wer unsere Gäste sind. So, Carl-Leopold, nun ist gut. Aus und sitz.«

Ich gebe den perfekt dressierten Dackel und tue, wie mir geheißen. Gero geht an mir vorbei und zieht Totenkopf und seinem Freund die Kapuzen von den Köpfen, und Totenkopf das böse Gesicht gleich mit: Es ist eine Maske! Zum Vorschein kommen …

»Lasse und Max! Also wirklich! Schämt euch!«

Die beiden Jungs gucken schuldbewusst zu Boden.

»Was fällt euch ein, diese kleinen Mädchen so zu erschrecken? Ich glaube, ihr habt sie nicht mehr alle. Ich dachte, ihr wolltet Corinna bei dem Ponywochenende helfen? Also, wenn die Hilfe so aussieht, dann vielen Dank!«

Nun kommen auch Corinna und die Mädchen zu uns nach draußen.

Corinna schüttelt den Kopf. »Ich bin wirklich ziemlich enttäuscht von euch. Wie seid ihr auf so eine Idee gekommen? Die Mädchen hatten Todesangst.«

Lasse räuspert sich. »Na ja, wir wollten ja auch helfen. Aber dann waren die Mädchen gleich so doof zu uns. Besonders die da!« Er zeigt auf Lena. »Da haben wir uns überlegt, denen mal richtig Dampf zu machen. Wir dachten, dann freuen die sich vielleicht über uns als Beschützer und sind ein bisschen netter zu uns.«

Gero schüttelt den Kopf. »Tja, da habt ihr aber offensichtlich die Rechnung ohne den Hund gemacht. Denn wenn wir hier schon von Beschützern reden – Carl-Leopold hat sich heute als 1a-Schutzhund erwiesen. *Stellen und verbellen*. Besser kann man es nicht machen.«

Luisa kommt zu mir und nimmt mich auf den Arm. »Mein lieber Herkules! So ein toller Hund! Du bist wirklich ein Held. Vielleicht von außen nicht der Größte, aber von innen bist du mindestens ein Schäferhund. Mindestens!«

Jetzt tritt Lena neben sie. »Du hast Recht, Luisa. Dein Hund ist wirklich ein Held. Es ist gut, dass er dabei war. Vielleicht bringst du ihn zum nächsten Treffen vom Tussi-Club mal mit? Wir hätten euch beide sehr gerne als Mitglieder.«

Luisa macht einen kleinen Freudensprung und drückt mich noch fester. Dann flüstert sie in mein Ohr: »Mein Heldendackel, vielen Dank für alles.«

Ich, ein Held? Und Mitglied in einem exklusiven Club? Ich spüre, wie ich tatsächlich ein paar Zentimeter wachse. Und in diesem Moment kommt mir eine geniale Idee.

EINUNDZWANZIG

»*Stellen und verbellen*? Und das ist dein toller Plan? Also, vielleicht bin ich etwas begriffsstutzig, aber ich kapiere echt nicht, was du meinst.«

Gut, ich kann und will Herrn Beck nicht vorwerfen, dass er keine Schutzhundausbildung hat. Aber dass er so wenig Phantasie aufbringt und sich nicht vorstellen kann, wie mich diese Strategie ans Ziel meiner Träume bringt, ist schon ein wenig enttäuschend. Vielleicht liegt es aber auch an der großen Hitze, die momentan herrscht. Selbst hier, im Schatten des großen Baumes im Garten hinter der Werkstatt, ist es kaum auszuhalten. Das schlägt mit Sicherheit aufs Hirn. Dann muss ich wohl ein wenig weiter ausholen.

»Also: Ich habe es dir doch erklärt. Von dem Moment an, in dem ich die beiden Bösewichte gestellt und verbellt hatte, war ich für die Mädchen ein Held. Und: Ich wurde sofort in diesen exklusiven Club aufgenommen. Genauer gesagt wurde Luisa dort aufgenommen, aber das lag an mir. Was lehrt uns das? Wenn du ein Held bist, hast du bei einer Frau den Universalzugang: in ihren Club, in ihre Arme, in ihr Herz!«

»Ja, und? Das ist doch nun wirklich keine neue Erkenntnis.« Herr Beck guckt gelangweilt und streicht mit der Tatze an seinen Barthaaren entlang.

»Natürlich ist das eine neue Erkenntnis! Begreifst du denn nicht? Ich muss den Bösewicht stellen, dann habe ich eine Chance bei Cherie.«

»Welchen Bösewicht?«

»Sag mal, Herr Beck, hast du mir in den letzten Wochen eigentlich jemals richtig zugehört? Ich habe dir doch alles haarklein erzählt. Von Cheries Unfall, dass der Typ mit dem Fahrrad einfach abgehauen ist, dass sie manchmal noch davon träumt und dass ihr Frauchen traurig ist, weil sie Marcs Rechnung nicht bezahlen konnte.«

»Stimmt. Das kommt mir jetzt irgendwie bekannt vor.«

»So, und dieser Fahrradfahrer ist mein Mann. Ich finde ihn, bringe ihn zur Strecke – und Cherie verliebt sich unsterblich in mich.«

Triumphierend schaue ich Herrn Beck an, aber in seinen Augen lese ich Zweifel.

»Also, mal ganz abgesehen davon, dass das natürlich ein Spitzenplan ist: Wie genau willst du denn den Typen finden? Wie du vielleicht schon bemerkt hast, ist der ein oder andere Fahrradfahrer hier in der Gegend unterwegs. Das stelle ich mir nun also gar nicht so leicht vor.«

»Hm. Darüber habe ich mir noch nicht so viele Gedanken gemacht. Aber am Wochenende auf Schloss Eschersbach war das jedenfalls ganz einfach.«

»Na ja, da sind die Täter aber auch zum Tatort zurückgekehrt. So leicht wirst du es diesmal nicht haben.«

Stimmt. Der Kater hat Recht. In meiner Euphorie habe ich diesen Punkt nicht bedacht. Ich lasse die Ohren hängen.

»Aber möglicherweise kann ich dir mit ein wenig meines neu erworbenen Wissens helfen. Um deinem Plan zum Erfolg zu verhelfen, brauchst du als Erstes ein Täterprofil.«

»Ein Täterprofil?«, echoe ich.

»Ja. Damit du weißt, nach wem du suchst, musst du möglichst viel über den Typen herausfinden. Zum Beispiel durch Spurensicherung vor Ort und Zeugenbefragung.«

»Woher hast du denn das jetzt? Ich denke, dein altes Herrchen war Anwalt, nicht Polizist. Und bei Frau Wiese hattest du damit doch auch nichts zu tun.«

Herr Beck nickt. »Deshalb sage ich doch auch *neu erworbenes Wissen*. Seitdem ich mit Nina zusammenlebe, habe ich schon jede Menge Fernsehen mit ihr geguckt. Ihre Lieblingssendungen sind dabei die sogenannten Krimis. Da fängt die Polizei mit schöner Regelmäßigkeit Verbrecher, und dabei geht sie ungefähr so vor, wie ich dir das gerade erklärt habe.«

»Ich weiß nicht. Nur weil du irgendwas im Fernsehen gesehen hast, muss das noch nicht so funktionieren. Immerhin wird Fernsehen für Menschen gemacht, nicht für Kater. Vielleicht hast du das auch falsch verstanden.«

»Wenn du eine bessere Idee hast, wie du den Kerl findest – bitte sehr, ich will mich nicht aufdrängen.«

»Entschuldigung. Du hast Recht. Ich habe auch keine bessere Idee. Zeugenbefragung – damit könnte ich doch beginnen. Wenn ich Cherie das nächste Mal sehe, frage ich sie, ob ihr an dem Mann irgendetwas aufgefallen ist.«

»Genau. Mach das. Und sei gründlich, noch das kleinste Detail kann …«

»Herkules! Komm mal rein!« Carolin hat die Terrassentür geöffnet und ruft nach mir.

»Ich muss los, Kumpel. Bis demnächst!«

»Ja. Und denk dran: Jedes Detail kann wichtig sein!«

Ich laufe zu Carolin und springe die Stufen zur Werkstatt hinunter.

»Da bist du ja schon. Braver Hund! Wir fahren kurz mit Nina zur Uniklinik. Ich habe versprochen, ihr mit dieser riesigen Kaffeemaschine zu helfen. Also komm!«

Typisch! Ich muss mit, und der Kater darf dableiben. Wieso meinen Menschen eigentlich immer, sie könnten einen

Hund nicht allein im Garten lassen, eine Katze aber schon? Ich würde schon nicht abhauen. Gut, möglicherweise würde ich kurz mal im Park nach den Kaninchen schauen, aber ich käme wieder, versprochen!

Nina wartet im Treppenhaus, neben ihr ein riesiger Karton. Da muss die Kaffeemaschine drin sein, keine Frage. Caro packt mit an, unter Ächzen und Stöhnen schleppen die beiden das Ding aus dem Haus. Sieht ziemlich anstrengend aus, jetzt wäre ein Mann doch gar nicht schlecht. Von mir aus auch dieser Alexander aus dem zweiten Stock. Selbst wenn er Nina zu jung ist – zum Schleppen käme er gerade recht. Aber wie sagte der alte von Eschersbach immer? *Wer nicht will, der hat schon.* Dann eben kein Mann für Nina. Die beiden Damen hieven den Karton schließlich in Marcs Auto, das Caro heute wohl extra für den Transport mitgenommen hat. Klar, mit dem Fahrrad wäre es auch schwierig geworden.

Bei der Klinik angekommen, wuchten Nina und Carolin den Karton wieder aus dem Auto raus. Gott sei Dank parkt Caro direkt vor dem Gebäude, in dem Ninas Büro zu sein scheint, auf alle Fälle steuern wir die Tür des Rotklinkers gleich neben dem Parkplatz an.

»Wir müssen in den ersten Stock, dann haben wir es geschafft.«

»Dass du dir aber auch gerade so einen heißen Tag aussuchen musst, um das Ding in dein Büro zu bringen. Puh!«

Caro und Nina rinnt der Schweiß, da kommt endlich jemand, um ihnen seine Hilfe anzubieten. Ein älterer Herr mit weißen Haaren, nicht besonders groß, aber recht kräftig gebaut.

»Hallo, Frau Dr. Bogner, was schleppen Sie denn da durch die Gegend?«

»Guten Tag, Herr Professor Sommer. Das ist meine neue Kaffeemaschine.«

»Warten Sie, ich helfe Ihnen.«

»Danke, das ist nett. Ich dachte, wo sich doch die neue Arbeitsgruppe in Zukunft öfter bei mir treffen wird, wäre das bestimmt eine lohnende Investition in eine gute Arbeitsatmosphäre.«

Ninas Büro ist nicht besonders groß, aber immerhin gibt es neben ihrem Schreibtisch noch einen weiteren Tisch mit ein paar Stühlen. Hinter dem Schreibtisch steht ein kleines Schränkchen, dort platziert der freiwillige Helfer den Karton. Dann wischt er sich den Schweiß von der Stirn.

»Sehr heiß heute, wirklich. Da würde ein kaltes Wasser wahrscheinlich besser passen als ein Kaffee. Die Idee ist natürlich trotzdem gut. Ich freue mich, dass Sie die neue Aufgabe so dynamisch angehen. Und apropos: Ich habe heute auch schon einen sehr engagierten Assistenten für Sie eingestellt. Also, eigentlich für mich, aber mit der andern Hälfte seiner Stelle wird er Sie unterstützen.«

»Oh, das ist ja toll«, freut sich Nina, »ich dachte, wir hätten unser Personalbudget schon überzogen.«

Sommer nickt.

»Ja, das stimmt. Aber es handelt sich um einen meiner neuen Doktoranden. Bekommt ein Stipendium, kostet uns also nichts. Mediziner, sehr motiviert. Und er wollte unbedingt zu Ihnen.«

»Ach ja?«

»Er schien Sie zu kennen. Vielleicht hatte er als Student mit Ihnen zu tun? Vorklinik oder so? Jedenfalls war er ausgezeichnet über die Arbeitsgruppe informiert, da haben wir bestimmt einen guten Fang gemacht.«

»Interessant. Wie heißt der junge Mann denn?«

»Tja, Frau Bogner. Ich und Namen, nicht? Aber ich gucke es gleich nach, wenn ich wieder im Büro bin, versprochen. Dann rufe ich Sie an.«

»Eilt ja nicht. Aber eine Weile bin ich noch da. Wir versuchen gleich mal, die Maschine zum Laufen zu kriegen.«

Sommer verlässt das Zimmer, und Nina und Carolin heben den Kaffeeautomaten aus dem Karton und stellen ihn wieder auf das Schränkchen. Den Stecker lässt Nina in einer Dose dahinter verschwinden, dann klappt sie die Maschine auf und zieht eine Art kleinen Eimer heraus.

»Jetzt noch Wasser in den Tank – und schon können wir mit unserem ersten Cappuccino anstoßen.«

Gesagt, getan – kurz darauf halten beide eine Tasse in der Hand, die nach Kaffee duftet und ein Häubchen aus Milch trägt. Riecht ganz angenehm, ist aber wahrscheinlich nichts, was mir schmecken würde. Nina und Caro prosten sich zu.

»Auf gutes Gelingen in deiner neuen Arbeitsgruppe!«

»Danke!«

Das Telefon auf Ninas Schreibtisch klingelt, sie hebt den Hörer ab.

»Ja? Hallo, Herr Professor Sommer! Genau. Wie heißt er denn nun?« Sie horcht in den Hörer. »Aha. Klein. Ist ja ein Allerweltsname. Hm. Ja, schauen Sie mal.«

Einen Moment sagt Nina nichts, sie scheint darauf zu warten, dass Sommer noch etwas für sie heraussucht. Dann reißt sie die Augen auf – und lässt die Tasse, die sie noch in der anderen Hand hält, auf den Boden fallen!

Im Auto kann sich Nina gar nicht wieder beruhigen. »Das gibt's doch wohl nicht! Alexander Klein! Was fällt dem ein? So was nennt man Stalking!«

»Vielleicht ist es ja ein anderer Alexander Klein«, wirft Carolin vorsichtig ein, »so selten ist der Name nun auch wieder nicht.«

Nina schnaubt wütend. »Das glaubst du doch wohl selbst nicht! So viele Zufälle gibt's gar nicht. Und vom Alter kommt es hin.«

»Ist dein Nachbar denn auch Medizinstudent?«

»Woher soll ich denn das wissen?«

»Na, aus den wertvollen und tiefsinnigen Gesprächen, die ihr geführt habt, bevor ihr miteinander geschlafen habt.« Caro grinst. Ich kann es von meinem Platz im Fußraum der Beifahrerseite zwar nicht sehen, aber am Ton ihrer Stimme erkenne ich es genau.

»Ha ha, sehr witzig. Wir hatten Sex, na und? Kein Grund, mich jetzt zu verfolgen.«

»Aber auch kein Grund, ihn komplett zu ignorieren. Ich hab's dir gleich gesagt – vielleicht ist er ein bisschen verliebt in dich. Ist ja nicht strafbar. Und auch nicht so schwer zu verstehen.«

Nina sagt daraufhin nichts mehr und schweigt, bis wir wieder zu Hause angekommen sind. Dort verabschiedet sich Nina von uns und geht gleich nach oben in ihre Wohnung, Carolin und ich gehen in die Werkstatt. Sie legt ihre Handtasche auf die Kommode im Flur, dann schaut sie zu Daniel ins Zimmer.

»Ich bin wieder da!«

»Alles klar. Ich habe mir gerade einen Kaffee gekocht. Möchtest du auch einen?« Daniel guckt von seiner Werkbank hoch.

»Danke, ich habe eben einen Cappuccino mit Nina getrunken. Das heißt, ich habe meinen getrunken, sie hat ihren fallen lassen, als sie gehört hat, dass ihr neuer Nachbar auch gleichzeitig ihr neuer Assistent ist.«

»Echt? So schlimm? Oder so toll?«

Caro verzieht den Mund und wiegt den Kopf hin und her. »Ich würde denken: Da ist das letzte Wort noch nicht gesprochen.«

»Klingt geheimnisvoll.«

»Sagen wir mal so: Nina hatte einen heftigen Flirt mit dem Kerl und behauptet nun, er würde sie nerven und sei nicht ihr Typ. Aber ich kenne meine Freundin: raue Schale, weicher Kern. Wenn sie so heftig auf ihn reagiert, hat er irgendwas, was sie eigentlich gut findet, aber nicht zugeben will. Weißt du, bloß nicht uncool werden – das ist doch Ninas Motto. Da wird sie gerne mal zum Gefrierschrank, obwohl sie jemanden mag. Oder vielleicht gerade deswegen.«

»Och, bei Marc war sie doch damals alles andere als frostig.«

»Ich weiß. Und ich glaube, das hat sie ihm bis heute nicht verziehen. Dass er sie aufgetaut hat.«

Daniel hebt die Hände. »Also, da halte ich mich raus. Ich bin mit meiner eigenen schwierigen Freundin schon völlig ausgelastet.«

»Echt? So schlimm?«

»Na ja. Einfach ist Aurora nicht.«

Beide lachen.

»Was hältst du denn davon, heute Abend mal mit einer pflegeleichten Frau ein Bierchen trinken zu gehen?«

»Eine Superidee. Bloß – wo soll ich die so schnell kennenlernen? Ich meine, ich muss hier noch arbeiten, und dann …«

»He!« Caro knufft Daniel in die Seite. »Nun mal nicht frech werden! Also, wie schaut es aus?«

»Heute Abend? Gerne. Wo?«

»Ich überlege mir noch was. Jetzt fahr ich erst mal los, zwei Geigen ausliefern, und anschließend nach Hause. Bei dem schönen Wetter hat sich Herkules einen etwas längeren Spaziergang verdient. Ich melde mich dann später bei dir.«

Es ist perfekt! Die Alster glitzert in der Nachmittagssonne, Carolin ist gut gelaunt, und endlich laufe ich mit ihr wieder eine richtig lange Runde. Klar, im Park hinter der Werkstatt geht sie oft mit mir spazieren, aber das ist natürlich nicht das Gleiche. Dort ist alles viel kleiner, und außerdem kenne ich den Park mittlerweile in- und auswendig.

Der Ausflug an die Alster hat allerdings noch einen anderen unschlagbaren Vorteil: Wenn es irgendwo die Chance gibt, Cherie zu begegnen, dann hier. Und dann könnte ich gleich mal mit der Zeugenbefragung beginnen. Am besten lotse ich Carolin zur Hundewiese, da könnten wir Glück haben.

Aber sosehr ich an der Leine auch in Richtung Wiese zerre, Carolin will sich erst mal ein Eis holen. Na gut, wenn es denn unbedingt sein muss! Gelangweilt warte ich, dass der Eismann ihr das Hörnchen in die Hand drückt. So, nun aber los! Ich drehe mich um, will losrennen, und stolpere direkt in: Cherie!

»Hallo, Cherie! Das ist ja ein Zufall!«

Cherie legt den Kopf schief und mustert mich. »Findest du? Es ist schönes Wetter, es ist heiß – da ist doch der Weg zur Eisdiele an der Alster naheliegend. Jedenfalls, wenn man hier wohnt und sowieso mit dem Hund rausmuss.«

Hach, messerscharf, der Verstand dieser Frau. Sie ist eben nicht nur schön, sie ist auch noch schlau.

»Okay, du hast Recht. Vermutlich kann man heute noch viele Menschen und Hunde hier treffen, die man kennt. Aber gut, dass ich dich sehe. Ich wollte dich sowieso etwas fragen.«

»Dann schieß los. Die Gelegenheit ist günstig: Unsere beiden Frauchen haben sich gerade verquatscht.«

So ist es: Carolin und Claudia Serwe stehen ganz entspannt mit ihrem Eis in der Hand da und plaudern miteinander. Also, los geht's mit meiner Zeugenbefragung: »Sag mal, der Typ, der dich umgefahren hat: Ist dir an dem irgendwas aufgefallen?«

Cherie schüttelt den Kopf. »Nein, dafür ging es viel zu schnell.«

Hm, das ist natürlich nicht besonders ergiebig. Aber – nicht so schnell aufgeben, Herkules!

»Denk doch noch mal nach. Vielleicht irgendeine Kleinigkeit? Jedes Detail ist wichtig.«

»Wieso willst du denn das noch wissen? Der Typ ist doch sowieso über alle Berge.«

Ich ignoriere diesen völlig berechtigten Einwand. »Bitte, Cherie, denk nach!«

»Okay. Mal sehen. Also: Er hatte eine große Tasche mit Riemen über seiner Schulter, die Tasche selbst hing hinten auf seinem Rücken. Und ich glaube, die war schwarz.«

»Das ist doch schon mal nicht schlecht.«

»Ich habe auch kurz seine Stimme gehört – er hat *Hoppla* gerufen, als er mich fast überfahren hat. Die klang jung, ziemlich jung. Ein junger Mann, kein alter.«

»Super, das ist gut!«

»Und dann«, Cherie scheint in ihrem Gedächtnis zu kramen, »dann wehte noch ein Geruch hinter ihm her. Er roch irgendwie … irgendwie nach … Kaugummi oder so was.«

»Kaugummi?«

»Nein! Jetzt hab ich's: Er roch nach Pfefferminz. Genau. Er roch nach Pfefferminz. Das war's!«

Fahrradfahrer. Jung. Große Tasche. Pfefferminz. Hier in der Gegend unterwegs. Langsam beginnt es in meinem Kopf zu rattern. Langsam, aber unaufhörlich.

ZWEIUNDZWANZIG

Dieser Schrank muss magische Kräfte besitzen. Denn er hat eindeutig Macht über Menschen. Leider nutzt er diese Macht nicht, um Gutes zu bewirken. Im Gegenteil: Schon zum zweiten Mal löst der Kleiderschrank einen handfesten Streit zwischen Carolin und Marc aus. Wie macht er das bloß?

Ich sitze neben dem Türrahmen zum Schlafzimmer und versuche zu verstehen, worum es bei dem Streit geht. Irgendwie um Wäsche. Und wer die wohin gelegt hat, in besagtem Schrank. Es fing erst ganz harmlos an: Carolin wollte sich für ihr Treffen mit Daniel umziehen und hat eine bestimmte Sache nicht gefunden. Und jetzt ist sie richtig sauer auf Marc. Dabei hat der gar nichts gemacht, sondern seine Mutter. Marc wiederum ist nicht sauer, sondern klingt eher verzweifelt.

»Carolin, ich bitte dich – meine Mutter wollte sich doch nur nützlich machen. Ich verstehe nicht, was daran so schlimm ist.«

»Das verstehst du nicht? Ich will nicht, dass deine Mutter in meiner Unterwäsche rumwühlt. So einfach ist das.«

»Sie hat doch nicht darin rumgewühlt. Sie hat lediglich unseren Kleiderschrank etwas umorganisiert.«

Caro schnappt nach Luft, Marc guckt sehr unglücklich – und mir leuchtet der Grund für diesen Streit immer noch nicht ein. Also, außer der Tatsache, dass der Kleiderschrank hier seine unheilvolle Macht entfaltet. Daran muss es liegen.

Gut, ich selbst trage weder Unter- noch Oberwäsche, aber ich glaube, würde ich welche tragen, wäre es mir ziemlich egal, ob diese nun links oder rechts im Schrank liegt. Oder nicht? Ich schleiche mich näher an den Schrank heran und schnüffele, ob ich irgendwelche weiteren Indizien für die Bösartigkeit dieses Möbelstücks finde.

»Umorganisiert? Was fällt dieser Frau ein? Dieser Schrank ist meine Intimsphäre. Ich bin eine erwachsene Frau, kein Teenager, dem Mutti die Wäsche machen muss. Und du bist übrigens auch ein erwachsener Mann!«

Der Schrank ist *was*? Caros Intimsphäre? Was bedeutet das? Ob es auch etwas mit dem Revierverhalten zu tun hat, das Marc bei unserem Einzug in Sachen Kleiderschrank an den Tag gelegt hat? Das würde natürlich erklären, warum Caro nun so genervt reagiert. Mit dem Sortieren der Wäsche hätte Oma Wagner dann quasi ihr Beinchen gehoben. Im Schlafzimmer. So geht's natürlich nicht. Der Kleiderschrank wäre dann doch nicht magisch, sondern unschuldig. Aber warum versteht Marc das nicht?

»Caro, ich habe eigentlich keine Lust, mich jeden Tag mit dir über meine Mutter zu streiten.«

»Ja, glaubst du etwa, ich?«

»Nein, natürlich nicht. Aber ohne Sprechstundenhilfe kann ich nun mal nicht arbeiten. Frau Warnke ist von einem auf den anderen Tag ausgefallen, und die Lösung mit meiner Mutter war die einfachste.«

»Genau. Für dich. Für mich ist es mittlerweile eine ätzende Situation. Sie mischt sich überall ein, sie kritisiert mich, wo sie nur kann – und nun macht sie auch noch unsere Wäsche. Nee, wirklich, Marc, so habe ich mir das Zusammenleben mit dir nicht vorgestellt. Und wenn du das nicht kapierst, dann tut's mir leid.«

»Aber, Caro, lass uns doch bitte in Ruhe darüber reden! Ich bin auch nicht glücklich mit der Situation.«

»Nix *aber Caro*. Ich ziehe mich jetzt um und gehe mit Daniel ein Bier trinken. Du kannst dir gerne allein Gedanken über die Situation machen. Für heute habe ich die Nase voll. Komm, Herkules, du kannst mich begleiten, ich gehe zu Fuß.«

Wir landen – mal wieder – im Violetta. Offenbar kann man hier nicht nur ganz hervorragend Kaffee und Prosecco trinken, sondern auch Bier. Jedenfalls bestellt sich Caro gleich eins, kaum dass wir angekommen sind und ohne auf Daniel zu warten. Mit finsterer Miene trinkt sie es ziemlich schnell aus und bestellt sich sofort noch ein zweites. Als die Kellnerin es bringt, ist Caros Laune schon auf wundersame Weise besser geworden. Ob Bier gut fürs Gemüt ist? Ich hoffe es sehr – nicht, dass sich Caro gleich auch noch mit Daniel streitet.

Der kommt jetzt geradewegs auf unseren Tisch zu und strahlt Carolin an.

»Hallo, Caro!« Dann guckt er nach unten. »Und hallo, Herkules, mein Freund.« Ich wedele mit dem Schwanz. »Was für ein netter Empfang, vielen Dank!« Er wendet sich wieder an Carolin. »Gut schaust du aus, hast du dich extra für mich noch umgezogen?«

Um Caros Mundwinkel zuckt es, aber sie sagt nichts weiter dazu. Offenbar will sie nicht von dem Streit mit Marc erzählen.

»Willst du auch ein Bier? Ich habe mir eben schon eins bestellt, ich hatte so Durst.«

»Ja, klar. Für mich auch eins.« Sie winken der Kellnerin zu, und Daniel hält Caros Glas in die Höhe. Die Kellnerin nickt und verschwindet.

»Bist du mit dem zweiten Cello fertig geworden?«, will Caro von Daniel wissen.

»Ja. Jedenfalls fast. Die Grundierung habe ich schon, es fehlt nur noch der Lack. Ein wunderschönes Instrument. Überhaupt ist die ganze Sammlung toll. Ich bin echt froh, dass du mich gefragt hast.«

Caro lächelt ihn an. »Ich hoffe doch, du bist nicht nur wegen der Sammlung froh.«

»Nein. Natürlich nicht. Das Schönste ist, wieder mit dir zusammenzuarbeiten. Auch wenn es nur für einen begrenzten Zeitraum ist.«

Eine Weile schweigen beide. Die Kellnerin bringt Daniels Bier und stellt es vor ihn auf den Tisch.

»Prost! Auf unsere gemeinsame Zeit!«

»Ja, Prost! Und nochmal herzlich Willkommen in Hamburg.«

Sie trinken ein paar Schlucke und stellen die Gläser wieder ab.

»Wie läuft es eigentlich so in München?«, erkundigt sich Carolin.

»Och, ganz gut. Meine Werkstatt da ist natürlich viel kleiner als deine hier. Aber weil ich Aurora auf fast jeder Konzertreise begleite, bin ich auch viel zu selten da, um mehr zu machen. Na ja, ich bin jetzt quasi Teilzeit-Handwerker.« Er lacht, aber es klingt nicht fröhlich.

»Und du bekommst viel zu sehen von der Welt.«

»Ja. Flughäfen, Hotels und Konzerthallen.« Jetzt lacht Daniel nicht einmal mehr unfröhlich. Caro schaut ihn erstaunt an.

»Aber – mit dir und Aurora ist noch alles in Ordnung, oder?«

»Ja, ja«, beeilt Daniel sich zu sagen, »alles in Ordnung.

Aber es ist eben auch ein anstrengender Lebensstil, und Aurora ist keine einfache Frau. Du kennst sie ja.«

»Hm, ich glaube, ich weiß was du meinst. Trotzdem – irgendwie passt ihr gut zusammen.«

Daniel schaut Caro nachdenklich an, sagt aber erst einmal nichts, sondern nippt an seinem Bier.

»Und bei dir und dem Tierarzt«, will er dann doch wissen, »alles gut?«

»Ja. Alles gut. Oder: fast alles.«

»Fast alles? Ich dachte, ihr seid Mr und Mrs Happy.«

»Waren wir auch. Aber seit ein paar Wochen arbeitet seine Mutter als Krankheitsvertretung für die Sprechstundenhilfe in seiner Praxis – und die macht mich echt wahnsinnig.«

»Echt? Aber du bist doch während der Sprechzeiten gar nicht da.«

»Richtig. Aber ihr Engagement beschränkt sich leider nicht darauf, Marc zu assistieren, sondern sie scheint auch noch für den Titel *Superhausfrau des Jahres* zu kandidieren. Bleibt auch nach Sprechstundenende, kocht abends warm, macht mit Marcs Tochter die Hausaufgaben und hat ständig Verbesserungsvorschläge für mein Leben an der Seite ihres tollen Sohnes.«

»Hoppla! Kann es sein, dass sich da ein bisschen Frust angesammelt hat?«

»Also, wie würde es dir denn gehen, wenn du nicht nur mit Aurora, sondern auch noch mit Auroras Mutter zusammenleben müsstest?«

Daniel verdreht die Augen. »Ich mag es mir gar nicht vorstellen! Aber was sagt denn Marc dazu? Ihn muss das doch auch nerven.«

»Ach, der tut so, als sei alles gar nicht so schlimm. Heute zum Beispiel: Seine Mutter hat es tatsächlich fertiggebracht, *unseren* Kleiderschrank umzusortieren. Mit *meiner* Wäsche. Ungefragt. Ich bin explodiert – und was sagt er? *Sie wollte doch nur helfen.*« Carolin schüttelt den Kopf.

»Okay, dann musst du wohl mal ein ernsteres Gespräch mit ihm führen.«

»Ja, du hast Recht. Das habe ich bisher noch nicht gemacht. Werde ich mal nachholen. Denn ansonsten ist es sehr schön, mit ihm zusammenzuwohnen. Auch mit Luisa, seiner Tochter, klappt es prima.«

»Na, also! Klingt doch gut. Dann war es ja die richtige Entscheidung, ihn zu nehmen – und nicht mich.«

Oh, oh – bahnt sich hier das nächste Krisengespräch an? Ich robbe ein Stück näher an Daniel heran, um sein Gesicht betrachten zu können. Aber Entwarnung: Er grinst. Und auch Caro lächelt.

»Ja, das war auf alle Fälle richtig. Und mit Marc habe ich ja nicht nur *two for the price of one* – nein, es sind eher *three* oder auch *four*.«

»Echt?« Daniel scheint diese Bemerkung genauso wenig zu kapieren wie ich. »*Two* ist klar – er hat ja das Kind. Und auch *three* verstehe ich noch, wenn die Mutter ständig bei euch rumhängt. Aber wer bitte ist *number four*?

»Oh, in letzter Zeit schaut auch hin und wieder die Exfrau vorbei.«

»Na, bravo. Damit hätte ich nun wirklich nicht mithalten können.«

»Das kannst du laut sagen. Da habe ich mir ein echtes Spitzenpaket geschnürt.«

Erst lachen beide, dann wird Daniel wieder ernst. »Ab und zu denke ich schon darüber nach, warum es mit uns nicht geklappt hat. Ich habe mir das damals sehr gewünscht.«

Caro greift über den Tisch, nimmt Daniels Hand und

drückt sie. »Ich weiß. Und ob du es glaubst oder nicht: Ich habe es mir auch gewünscht. Aber wahrscheinlich kannten wir uns einfach zu gut.«

Jetzt nimmt Daniel Carolins zweite Hand, und von meinem Blickwinkel sieht es so aus, als würde er mit seinen Händen die ihren streicheln. Vielleicht bilde ich mir das aber auch nur ein. Auf alle Fälle sieht es sehr vertraut aus und – zärtlich. Ob Marc dieses Bild gefallen würde, wenn er die beiden jetzt sehen könnte? Und müsste ich in diesem Moment nicht eigentlich genauso einschreiten wie bei Marc und Sabine? Andererseits – Sabine war mir gleich unsympathisch, Daniel dagegen sofort mein Freund. Und wahrscheinlich gibt es Dinge, die klären Männer und Frauen lieber unter sich. Ohne die Einmischung eines Dackels.

»Also, die Befragung der Zeugin hat folgendes Täterprofil ergeben: Der Gesuchte ist ein junger Mann mit großer Tasche, Fahrrad und rasantem Fahrstil. Des Weiteren riecht er nach Pfefferminz und hält sich im Großraum Alster auf.« Herr Beck wiederholt noch einmal mit wichtiger Miene, was ich ihm soeben über mein Gespräch mit Cherie berichtet habe. »Ein Fahrradkurier. Sehr selten in dieser Stadt. Ich würde sagen, der Typ ist so gut wie gefunden.«

Wenn dieser fette Kater hämisch grinsen könnte, würde er es nun mit Sicherheit tun. Aber ich habe noch ein Ass im Ärmel, von dem er nichts ahnt.

»Tja, mein Lieber, das würde ich auch sagen. Denn ich bin selbst Zeuge. Ich habe die Zielperson schon selbst gesehen.« Ha! Das hat gesessen, Herr Beck guckt ganz schön doof aus der Wäsche. Kein Wunder. Gerade auf meinen letzten Satz bin ich besonders stolz. Der blöde Kater ist nämlich beileibe nicht das einzige Haustier, das schon einmal einen Krimi im

Fernsehen geguckt hat. Und bevor ich Herrn Beck über die neueste Entwicklung mit Cherie informiert habe, habe ich nochmal ganz tief in meinem Erinnerungsschatz an gemeinsame Fernsehabende mit Carolin gegraben. *Zielperson*. Ich bin ein Superdackel.

»Äh, du hast ihn schon mal gesehen?«

»Ja. Damals an der Alster. Als Carolin mit dem Fuß umgeknickt ist. Ein junger Mann hat ihr ins Café geholfen, sie konnte ja kaum noch laufen. Und auf diesen Herrn passt die Beschreibung perfekt. Er war auch genauso frech, wie man wahrscheinlich sein muss, um wehrlose Retrieverdamen umzufahren. Hat gleich an Carolin rumgegraben. Bei der hatte er natürlich keine Chance. Egal – ich bin mir sicher, das ist unser Mann.«

Herr Beck guckt sehr zweifelnd. »Ich weiß nicht. So sensationell einzigartig ist das Täterprofil nun auch wieder nicht. Das passt bestimmt auf ein paar mehr Leute.«

Der nun wieder! Immer diese negative Art! Aber davon lasse ich mich gar nicht erschüttern.

»Gut, es mag sein, dass ich falschliege. Aber was spricht dagegen, den Kerl zu suchen? Ich erkenne ihn bestimmt wieder. Und wenn wir ihn haben, organisieren wir eine *Gegenüberstellung*.« Noch so ein tolles Wort. Und tatsächlich scheint Herr Beck nun ein bisschen beeindruckt. Jedenfalls murmelt er *Gegenüberstellung* in seinen Schnurrbart und streicht sich mit einer Tatze über die Barthaare.

»Gut«, befindet Beck, als er sich genug um seinen Bart gekümmert hat, »ich habe dir vom Täterprofil berichtet. Kommen wir nun zu etwas, das der Fachmann als Bewegungsprofil bezeichnet.« Mist. Beck trumpft wieder auf, und ich habe kein weiteres Fachwort, das ich noch verbraten könnte. Offenbar sieht er mir an, dass ich nicht weiß, was damit gemeint sein könnte, denn er setzt in sehr gönnerhaftem Ton zu einer Erklärung an. »Unter dem Bewegungsprofil verstehen wir einen durch Datensammlung erstellten Datensatz, der es uns ermöglicht, die Bewegungen und damit auch die Aufenthaltsorte einer Person nachzuvollziehen und zu überwachen. Gerade bei einem Fahrradkurier ein wichtiges kriminalistisches Werkzeug.«

Hä? Ich verstehe kein Wort. Datensatz? Datensammlung? Das kann sich Herr Beck unmöglich durch ein paar gemeinsame Fernsehstunden mit Nina angeeignet haben. Langsam werden mir Katzen unheimlich.

»Gut, dann jetzt mal für Hunde: Du hast ihn gesehen, Cherie hat ihn gesehen. Dann überlegen wir doch mal, wann und wo das jeweils war, und vielleicht haben wir so eine Chance herauszufinden, wo man ihn eventuell wiederfindet.«

»Ach so. Sag das doch gleich. Also ich habe ihn an der Alster getroffen, und Cherie wurde direkt vor der Haustür überfahren. Das ist aber auch in der Nähe der Alster. Insgesamt also alles nicht weit von hier.«

»Okay. Dann spricht doch einiges dafür, dass dieser Kurier hier sein Revier hat. Viele Kunden, die an der Alster wohnen und von ihm regelmäßig beliefert werden. Wenn wir uns also eine Zeitlang an den Hauptverkehrsadern hier in der Gegend tummeln, sollten wir ihn finden.«

Klingt einfach und logisch – hat aber einen entscheidenden Haken: Ich kann mich nicht einfach tummeln. Wenn ich mal verschwinde, wird gleich nach mir gefahndet. Herr Beck seufzt.

»Gut, dann müssen wir eben immer dann losziehen, wenn Carolin wirklich gut beschäftigt ist und denkt, dass wir im Garten sind. Und hoffen, dass wir ein bisschen Glück haben.«

Ich bin skeptisch. Es war zwar mein eigener Plan, aber

wenn Beck ihn so vorträgt, bin ich nicht mehr ganz so überzeugt von ihm. Nett ist allerdings, dass Beck schon in der *Wir*-Form davon spricht. Offensichtlich will er mir helfen. Er ist eben doch ein echter Freund.

»So, und nun habe ich Hunger. Ich werde mal schauen, ob Nina schon etwas Schönes in meinen Fressnapf gefüllt hat.«

Kein Wunder, dass Beck immer fetter wird. Wann der wohl das letzte Mal sein Essen selbst gejagt hat? Andererseits: meist fällt bei Nina etwas für mich mit ab. Ich werde Beck also begleiten.

Im Treppenhaus treffen wir tatsächlich auf Nina. Allerdings ist sie weit davon entfernt, sich Gedanken über Becks Verpflegung zu machen: Sie steht auf halber Treppe zwischen dem ersten und zweiten Stock und streitet sich mit Alexander Klein. Beck und ich hocken uns auf die erste Stufe des Absatzes und beobachten das Spektakel.

»Was soll das? Ich habe dir gesagt, dass ich dich nicht weiter treffen will. Und was machst du? Bewirbst dich für meine Arbeitsgruppe.«

»Na und? Ist ja ein freies Land mit freier Berufswahl. Oder ist es dir unangenehm, mit mir zusammenzuarbeiten?«

»Quatsch. Aber ich brauche Mitarbeiter, die an dem Projekt interessiert sind, nicht an mir.«

»Wer sagt dir denn, dass ich nicht an dem Projekt interessiert bin? Lass dir doch mal von Sommer meine Bewerbungsunterlagen geben. Ich glaube kaum, dass du einen besseren Assistenten findest. Ich bin nämlich ziemlich gut.«

Jetzt muss Nina grinsen. Warum eigentlich?

»Das weiß ich, Alexander. Aber darum geht's hier nicht.«

»Ach. Und worum geht es dann?«

»Das weißt du ganz genau.«

»Nee. Erklär's mir.«

Die beiden starren sich an. Nina räuspert sich. »Gut. Was muss ich tun, um dich nicht mehr zu sehen?«

»Gib mir eine Chance. Geh mit mir essen. Verbringe vierundzwanzig Stunden mit mir. Und wenn du mich dann immer noch loswerden willst, verspreche ich, mich in Luft aufzulösen.«

»Okay. Also vierundzwanzig Stunden?«

Alexander nickt.

»Vierundzwanzig Stunden.«

»Abgemacht.«

DREIUNDZWANZIG

Noch so ein Tag, und ich schmeiße hin. Meine Augen tränen, und meine Nase ist von dem Gestank der Autos schon richtig geschwollen. Das ist das Schlimmste! Abgesehen von meinen tauben Ohren, die nun seit mehreren Tagen den Krach von vorbeiknatternden Wagen und Motorrädern ertragen müssen. Und das alles ohne jeden Erfolg. Ich beginne zu jaulen.

»Ehrlich, Herkules, jetzt reiß dich mal zusammen! Ich habe dir gleich gesagt, dass so eine Fahndung kein Zuckerschlecken ist.«

Herr Beck guckt mich streng an.

»Aber ich kann nicht mehr! Dieser ganze Verkehr macht mich fertig!«, verteidige ich mich.

»Nun sei doch nicht so weinerlich! Hart in der Sache und gegen sich selbst – das ist das Erfolgsrezept des wahren Kriminalisten.«

Das sagt nun gerade der Richtige. Sonst ist es doch immer Beck, der rummeckert. Und außerdem bin ich ein Dackel, kein Kriminalist. Ich weiß ja nicht mal genau, was das Letztere überhaupt bedeutet.

»Beck, vielleicht ist unser Plan einfach gescheitert, und wir sollten nach Hause gehen.«

»Quatsch. So schnell willst du doch wohl nicht aufgeben. Denk an deine große Liebe – für eine Hündin finde übrigens selbst ich sie recht attraktiv und sportlich, wenn sie jeden Tag auf der Hundewiese trainiert. Ich muss sagen: Geschmack hast du.«

Tatsächlich hat unser bisheriger Einsatz zumindest dazu geführt, dass Beck Cherie kennengelernt hat, als sie gestern mit ihrem Frauchen zur Hundewiese spazierte. Sie war sichtlich erstaunt, mich ohne Mensch, dafür aber in Begleitung eines Katers anzutreffen.

»Wahrscheinlich findet mich Cherie jetzt erst recht wunderlich. Wir hätten ihr schon mal von unserem Plan erzählen sollen.«

»Auf keinen Fall. Der ist streng geheim. Und nun mach dir nicht so viele Sorgen. Denk einfach daran, was für ein Held du sein wirst, wenn du ihr den Schurken auf dem Silbertablett präsentierst.«

»Genau: *wenn*. Ich meine, seit fast einer Woche hängen wir in jeder freien Minute hier rum – und von dem Typen keine Spur.«

»Ach, der wird schon kommen. Und unser Beobachtungsposten ist perfekt: Hier muss eigentlich jeder vorbei, der von Cheries Haus zur Alster will. Du siehst doch, wie viel hier los ist.«

Keine Frage, das sehe ich. Und riechen und hören tue ich es leider auch. Ich seufze und frage mich, ob ich unseren Kandidaten schon verpasst habe. Vielleicht ist er so schnell gefahren, dass ich keine Witterung aufnehmen konnte. Andererseits – die Stelle ist von Beck tatsächlich perfekt gewählt. Denn an der neben uns liegenden Kreuzung müssen alle, die Richtung Alster wollen, abbiegen, werden also langsamer oder halten ganz an. Wäre der Kurier an mir vorbeigekommen, hätte ich ihn bemerken müssen. Ich beschließe, der Sache noch eine letzte Chance zu geben. Ohnehin müssen wir gleich wieder in die Werkstatt zurück. Zu lange können wir nicht auf unserem Posten bleiben, denn sonst würde Carolin merken, dass ich gar nicht mehr mit Beck im Garten bin.

»He, guck mal, ist das unser Mann?«

Während mich diese Bemerkung von Beck noch vor drei Tagen elektrisiert hätte, wende ich jetzt nur kurz den Kopf. Es ist immerhin das ungefähr fünfhundertste Mal, dass Herr Beck einen Verdächtigen sichtet.

Von unserem Blickwinkel aus sieht der Fahrradfahrer allerdings schon sehr nach dem Typen aus, den wir suchen. Ich müsste mal an ihm schnuppern. Ich trabe näher an den Bordstein zur Straße – und habe endlich mal Glück: Die Ampel springt offensichtlich gerade auf Rot, jedenfalls hält der Mann direkt neben mir. Ich schnüffele an dem Bein hoch, das er praktischerweise direkt vor meiner Nase abgestellt hat: Pfefferminz! Nun bin ich wirklich elektrisiert.

»Beck! Ich glaube, das ist unsere Zielperson! Könnte es zumindest sein!«

»Bist du sicher?«

»Ja.«

»Okay. Zugriff!«

Mit diesem Kommando beginnt Teil zwei unseres Plans. Und ich hoffe sehr, dass wir uns dabei nicht alle Knochen brechen. Immerhin steht unser Mann schon, das erleichtert das Vorhaben immens. In voller Fahrt wäre alles deutlich gefährlicher, aber auch dann hätten wir versucht, was wir nun in die Tat umsetzen.

Wie vorher tausendmal besprochen, läuft Herr Beck zum Fahrrad, springt auf das Vorderrad und krallt sich in den Reifen. Dann passiert tatsächlich das, was er vorausgesagt hatte: Der Typ steigt von seinem Fahrrad ab.

»Sach mal, bist du irre, du Viech? Geh weg von meinem Fahrrad, los!«

Ah! Die Stimme! Jetzt habe ich überhaupt keinen Zweifel mehr – der Kurier ist der Typ von der Alster. Und bestimmt ist er auch der Verkehrsrowdy, den wir suchen.

»He, weg da!«

Aber Herr Beck denkt gar nicht daran, dieser Aufforderung zu folgen. Stattdessen attackiert er den Vorderreifen, als hätte er es mit einer sehr appetitlichen Maus zu tun. Ich schleiche mich von hinten an die beiden heran. Der Mann beugt sich zu Beck, versucht ihn zu verscheuchen. Aber noch hat er leider seine Tasche nicht abgelegt. Beck macht also weiter und versucht, einen Kampf zu provozieren. Er beißt in den Reifen, faucht und kreischt, was das Zeug hält. Der Kurier wiederum versucht, ihn von dem Fahrrad wegzuziehen, hat aber deutlich Respekt vor Becks Krallen. Und dann, endlich, endlich, nimmt er seine Tasche von der Schulter, um sich beim Kampf mit Beck besser bewegen zu können.

Als er sie neben sich auf den Bürgersteig gestellt hat und sich wieder zu Beck umdreht, schleiche ich so unauffällig wie möglich in Richtung Tasche. Nicht dass der Typ noch merkt, dass er es in Wirklichkeit mit zweien von uns zu tun hat. Ich packe die Tasche und ziehe sie vorsichtig weg. Gott sei Dank ist sie nicht besonders schwer. Beck beschäftigt den Mann derweil, so gut er kann. Schließlich brauche ich ein bisschen Vorsprung, um nicht gleich geschnappt zu werden. Ich halte nach dem nächsten Gebüsch Ausschau. Dorthin schleppe ich meine Beute und gucke vorsichtig durch die Blätter. Bisher funktioniert unser Plan: Der Mann hat das Fehlen der Tasche noch nicht bemerkt und versucht inzwischen, mit seinen durch die Hemdsärmel geschützten Händen Beck von dem Fahrradreifen zu ziehen. Verdeckt durch die Sträucher, laufe ich immer weiter von den beiden weg.

Ich renne mittlerweile so schnell, wie ich es mit einer Tasche im Maul eben kann. Einfach ist das nicht, mein Nacken ist schon ganz steif, aber die Angst, erwischt zu werden und eine Riesenmenge Ärger zu kriegen, treibt mich voran. Noch zwei Ecken – dann bin ich endlich im Park vor unserem Haus. Ich halte kurz an und drehe mich um: Niemand folgt mir. Mir fällt ein ziemlich großer Stein vom Herzen, denn wer Hunde mit dem Fahrrad auf die Straße schubst, hat bestimmt auch wenig Skrupel, Dackeln das Fell über die Ohren zu ziehen. Ich hoffe nur, dass die Kuriertasche auch wirklich die Informationen enthält, die wir brauchen. Sonst war alles umsonst.

Am Haus angekommen, schleppe ich die Tasche nicht in die Werkstatt, sondern versteckte sie hinter einem der Blumenbeete. Aus der Werkstatt klingt Musik. Carolin spielt auf einer Geige. Sehr gut. Offenbar hat sie mich noch nicht vermisst. Ich lege mich unter den großen Baum und warte auf Beck. Hoffentlich ist bei ihm auch alles glattgegangen – immerhin tut er das nur mir zuliebe.

Bevor ich mir aber weiter Sorgen um ihn machen kann, kommt Beck schon lässig in den Garten geschlendert. Ein wenig zerzaust sieht er aus, aber alles in allem wie ein strahlender Sieger. Er legt sich neben mich und reckt und streckt sich genüsslich.

»Gut, dass du wieder da bist! Ich hatte schon ein bisschen Angst, dass du mit dem Typen noch mächtig Ärger bekommen hast.«

»Ach was! Mit einem unbewaffneten Menschen werde ich doch leicht fertig. Du solltest den mal sehen – ein paar Schrammen hat er schon abbekommen. Aber nun zum Wichtigsten: Hast du die Tasche?«

»Ja, sie liegt hinter dem Beet.«

»Sehr gut. Dann gibt es jetzt nur noch eine Schwierigkeit.«

»Echt? Welche denn?«

»Wie kriegen wir die Tasche zu Cheries Frauchen?«

Stimmt. Das ist noch ein klitzekleines Hindernis. Ansonsten hat der Plan bisher perfekt funktioniert. Wir haben dem Verbrecher tatsächlich die Tasche geklaut, und nach Becks Kenntnissen von menschlichen Taschen und Koffern dürfte sich darin eine Information über ihren Eigentümer befinden. Wenn Cheries Frauchen also in die Tasche hineinschaut, wird sie herausfinden, wem diese gehört, und sie ihrem Besitzer zurückgeben wollen. Dabei wird sie erkennen, dass sie den Schurken vor sich hat, der den Unfall mit Cherie verursacht hat, und wird ihm das Geld für die Operation abknöpfen. Und Cherie wird mich lieben, weil ich ein Held bin. Es ist einfach eine strategische Meisterleistung von Beck! Auch wenn wir noch nicht ganz am Ziel sind: Ich bin trotzdem stolz auf den Kater.

»Weißt du, Beck, das wird uns auch noch einfallen.«

»Ah, ich mag es, wenn du optimistisch bist.«

»Danke. Und weißt du noch was? Du bist ein echter Freund. Ich bin froh, dass es dich gibt.«

»Wie geht es eigentlich deinem neuen Mitarbeiter?«, will Carolin von Nina wissen, als diese später am Tag auf einen Kaffee in der Werkstatt aufkreuzt.

»Och, ich glaube, ganz gut.«

»So, glaubst du.«

»Ja«, erwidert Nina knapp. Das ist ungewöhnlich. Normalerweise redet sie doch gerne über Männer.

»Du musst ihn jetzt eigentlich gut behandeln, sonst nennt man das Bossing und ist bestimmt ein Fall für die Gleichstellungsbeauftragte. Nicht, dass die Arbeitsgruppe noch darunter leidet.«

»Ha, ha. Sehr witzig. Woher denn das plötzliche Interesse für meine Arbeitsgruppe?«

»Na, du bist schließlich meine Freundin. Mich interessiert brennend, wie es beruflich so bei dir läuft.«

»Aha. Wie es *beruflich* läuft. Na klar. Gegenfrage: Wie läuft es denn bei dir so *beruflich* – mit dem Kollegen Carini?«

»Och. Gut.« Nun ist es an Carolin, einsilbig zu sein.

»Soso. Gut ist gut.«

»Ja. Gut ist gut. Aber was hältst du denn davon, wenn wir uns heute Abend auf ein Glas Wein treffen? Ich habe Marc versprochen, Luisa später vom Flughafen abzuholen, aber danach hätte ich Zeit. Dann könnten wir uns doch mal ausführlich über unser berufliches Fortkommen austauschen.« Carolin grinst.

»Eigentlich eine sehr gute Idee. Aber heute habe ich leider keine Zeit. Bin schon verabredet.«

»Aha? Habe ich da etwas verpasst?«

»Nein. Ein rein geschäftlicher Termin.«

»Abends?«

»Ja. Ein 24-Stunden-Versuchsaufbau. Ganz neues Studiendesign.«

»Schade. Dann wünsche ich fröhliches Forschen.«

»Danke.«

Nina trinkt ihren Kaffee aus und geht. Dabei gibt sie sich fast mit Daniel die Klinke in die Hand, der in diesem Moment in die Werkstatt kommt.

»Hallo, Nina! Musst du schon los?«

»Ja, leider, die Pflicht ruft.«

»Nina absolviert heute einen vierundzwanzigstündigen Versuch«, erklärt Carolin.

»Echt? Wow. Dann viel Erfolg!«

»Ja, den kann ich brauchen. Tschüss!«

Nina schließt die Tür hinter sich, und Daniel stellt den großen Cellokasten, den er gerade noch in der Hand gehalten hat, im Flur ab.

»Gibt es eigentlich Neuigkeiten von ihrem Nachbarn? Hat sie sich von dem Schock, dass er bei ihr arbeitet, erholt?«

Carolin zuckt mit den Schultern. »Schwer zu sagen. Da lässt sich Nina nicht in die Karten gucken. Ich wollte mich heute Abend mit ihr verabreden, aber leider muss sie arbeiten. Na, ich werde es schon noch herausfinden. Aber mal was ganz anderes: Wie war es denn bei Lemke? Hat ihm die erste Restauration gefallen?«

»Ja, er war begeistert. Ehrlich. Außerdem hatte er noch ein paar wertvolle Anregungen für die Sammlung. Ich bin jetzt noch motivierter als ohnehin schon – es macht Spaß, für jemanden mit so viel Sachverstand zu arbeiten.«

»Finde ich auch. Ich würde übrigens gleich gerne von *deinem* Sachverstand profitieren. Bei der Geige, die ich momentan bearbeite, bin ich an einer heiklen Stelle angelangt. Kannst du dir das mal anschauen?«

»Klar, mache ich.«

Die beiden verschwinden in Richtung Werkbank, und ich beschließe, mich ein bisschen in meinem Körbchen im Flur auszuruhen. Der Tag war doch sehr anstrengend, und die Taschenentführung hat mich ziemlich mitgenommen. Außerdem muss ich die ganze Zeit darüber nachdenken, wie wir die Tasche nun möglichst schnell zu Claudia Serwe schaffen.

Vielleicht fällt mir im Schlaf etwas dazu ein. Ein kleines Nickerchen käme mir ganz recht. Bevor mir die Augen zufallen, überlege ich noch kurz, ob Ninas 24-Stunden-Experiment etwas mit Alexander Klein zu tun haben könnte. War da nicht auch von 24 Stunden die Rede?

Luisa kommt an der Hand einer jungen Frau, die eine Art Uniform trägt, durch die großen Glasschiebetüren am Flughafen. Sie sieht uns, lässt die Frau los und stürzt auf uns zu.

»Carolin, Herkules! Das ist aber schön, dass ihr mich abholt!«

Sie fällt Caro um den Hals, die drückt das Mädchen herzlich.

»Das mach ich doch gerne. Ich war sogar ganz froh, dass Marc heute eine Fortbildung hat und ich einspringen konnte. Wie war es denn in München?«

»Och, das Fest bei Oma Burgel war ein bisschen langweilig. Das Beste war eigentlich, dass ich deswegen nicht zur Schule musste.«

Die Frau in der Uniform mischt sich ein. »Sind Sie Frau Neumann?«

»Ja, genau. Ich hole Luisa ab.«

»Können Sie sich ausweisen?«

»Sicher.« Carolin hält der Dame ein Kärtchen unter die Nase.

»Alles klar. Dann noch einen schönen Abend!«

»Danke.«

Gemeinsam laufen wir zum Ausgang.

»Na, Luisa, haben die sich denn gut um dich gekümmert an Bord?«, will Carolin wissen.

»Klar. Und einige von denen kennen mich ja. Mama ist doch auch Stewardess. Also bin ich fast Profi.«

Carolin lacht. »Dann ist ja gut. Gib mir doch deinen Koffer. Was hast du denn da alles drin? Der ist ja viel schwerer als auf dem Hinweg.«

»Oma hat mir noch ein paar Sachen gekauft. Und Mama hat mir auch noch etwas für Papa mitgegeben.«

»Aha. Was denn?«

»Ein Buch. Sie sagt, da hat sie sich neulich mit Papa drüber unterhalten, als sie ihn in Hamburg besucht hat.«

»Sie hat ihn in Hamburg besucht? Wann war denn das?«

Caros Stimme bekommt auf einmal einen ganz seltsamen Unterton, der mir überhaupt nicht gefällt. Aber Luisa bemerkt ihn nicht und plappert munter weiter. »Weiß nicht genau. Neulich irgendwann. Sie waren zusammen essen, weißt du, in dem Café, in das du auch immer so gerne gehst. Da hast du mir mal ein Eis gekauft.«

»Im Violetta?« Carolin klingt tonlos.

»Genau.«

Auf der Fahrt nach Hause sagt Carolin fast gar nichts mehr. Dafür unterhält sich Luisa mit mir, krault mich hinter den Ohren und wird nicht müde, mir zu versichern, wie toll der Tussi-Club ist und wie froh sie ist, wieder in Hamburg zu sein.

Carolin trägt Luisas Koffer nach oben und legt ihn auf ihr Bett. Sie setzt sich neben Luisa auf den Fußboden und guckt das Kind nachdenklich an.

»Luisa, darf ich das Buch für Papa mal sehen?«

»Logo.« Sie öffnet ihren Bärchenkoffer, kramt darin herum und gibt Caro schließlich ein Buch. Die nimmt es, guckt auf den Titel und schlägt die erste Seite auf. Neben den ganz geraden, dunklen Buchstaben hat offenbar jemand etwas in das Buch gemalt oder geschrieben – das ist für mich schwer zu unterscheiden.

»Sag mal, Luisa, Papa müsste in einer halben Stunde wieder da sein. Ich muss noch etwas in der Werkstatt erledigen. Meinst du, du kannst so lange allein bleiben?«

Luisa nickt.

»Klar, kein Problem.«

Caro steht vom Boden auf. »Komm, Herkules. Lass uns nochmal los.«

Ich habe auf einmal ein ganz, ganz ungutes Gefühl. Fast ein bisschen so wie an dem Tag, als mich der alte von Eschersbach in einen Karton setzte und ins Tierheim fuhr.

VIERUNDZWANZIG

Kein Zweifel: Daniel ist mehr als überrascht, uns hier zu sehen. Er öffnet die Tür zu seinem Hotelapartment, und seine Lippen formen ein lautloses *Oh*.

»Darf ich reinkommen?« Carolin hat schon im Auto geweint, und man hört es ihr deutlich an. Daniel macht die Tür weit auf und legt seine Hand auf Caros Schulter.

»Um Gottes willen, was ist denn los?«

»Hier, lies selbst!«

Sie drückt ihm das Buch in die Hand. Er studiert den Titel und liest laut vor. »*Die zweite Chance. Ehekrisen überwinden, zueinanderfinden.* Aha. Muss mir das irgendetwas sagen?«

Er schlägt das Buch auf und liest weiter. »*Lieber Marc! Hast du darüber nachgedacht? Wie hast du dich entschieden? Ruf mich an. In Liebe, Sabine.*«

Er räuspert sich.

»Okay. Nicht ganz unverfänglich. Aber vielleicht schon älteren Datums? Bevor du ihn kanntest?«

Caro schüttelt den Kopf und geht an Daniel vorbei in das kleine Wohnzimmer hinter dem Flur.

»Darf ich mich setzen?«

»Klar, entschuldige. Setz dich. Ich hatte irgendwie nicht mit Besuch gerechnet, aber du bist mir immer willkommen.«

»Danke.«

»Willst du etwas trinken?«

»Wenn du etwas mit Alkohol hast, gerne.«

O je. Alkohol. Mit Alkohol und Liebeskummer habe ich bei Carolin schon mal ganz schlechte Erfahrungen gemacht. Als wir damals endlich Thomas losgeworden waren, hat sie davon so viel getrunken, dass sie im Krankenhaus gelandet ist. Ich hoffe also, dass Daniel ihr jetzt nur einen Tee anbieten kann.

»Tja, mal sehen, was die Minibar hergibt.«

Er geht zu einem Schrank und öffnet ihn. Die Flaschen, die zum Vorschein kommen, sind zwar ziemlich klein, sehen ansonsten aber genauso aus wie die, in denen die Menschen für gewöhnlich Alkohol aufbewahren. Mist. Na, immerhin passt nicht so viel davon in eine Miniflasche.

»Also, ich kann dir anbieten: Sekt, Weißwein, Rotwein, Bier, Whisky, Gin und Cognac.«

»Okay, bitte genau in dieser Reihenfolge.«

Beide müssen lachen. Ich verstehe zwar nicht, was daran lustig sein soll, bin aber erleichtert, dass Carolin überhaupt noch lachen kann. Daniel nimmt zwei Gläser, öffnet eine der kleinen Flaschen, gießt ein und setzt sich neben Carolin.

»Du glaubst also nicht, dass das ein älteres Geschenk ist? Die Widmung hat immerhin kein Datum.«

»Nein. Sie hat das Buch Luisa erst heute mitgegeben. Und sie hat Marc getroffen. Erst vor ein oder zwei Wochen. Und er hat mir nichts davon erzählt.«

»Aber kann das nicht noch etwas anderes bedeuten? Ich meine *hast du darüber nachgedacht* – vielleicht meint das irgendetwas mit dem Kind oder so. Das heißt doch möglicherweise gar nicht das, was du denkst.«

Carolin nimmt einen tiefen Schluck aus ihrem Glas. »Ja, und den Weihnachtsmann gibt's bestimmt auch. Mensch, Daniel: *Die zweite Chance* – darüber soll er nachdenken. Das liegt doch auf der Hand. Sie haben darüber gesprochen, es wieder miteinander zu versuchen.« Noch ein Schluck, dann schluchzt Caro. Daniel legt den Arm um ihre Schulter.

»Caro, das kann ich mir nicht vorstellen. Das muss ein Missverständnis sein.«

Daniel, du hast ja so Recht! Mir wird in diesem Moment klar, was es mit dem Buch und der Widmung wirklich auf sich hat. Ich erinnere mich an das Treffen von Marc und Sabine im Violetta. Stimmt, sie hatte damals schon von dem Buch erzählt. Und dann hat sie sich entschuldigt. Wofür eigentlich? Das weiß ich nicht mehr genau. Auf alle Fälle wollte Marc darüber nachdenken, ob er die Entschuldigung annimmt. Und nicht etwa die ganze Sabine. Genau so war es. Aber wie mache ich das Carolin klar? Die scheint nun tatsächlich zu glauben, dass Marc sie verlassen will.

Mittlerweile hat Daniel schon die zweite kleine Flasche geöffnet, dazu eine kleine Dose, die er jetzt auf den Sofatisch vor sich stellt. Ich hebe meine Nase auf Tischkantenhöhe. Hm, Erdnüsse, also nichts für mich. Schade, ich bekomme langsam ein wenig Hunger.

»Weißt du, er war in letzter Zeit auch irgendwie komisch. So angespannt und gereizt. Ich habe allerdings gedacht, dass er *Ärger* mit Sabine hat, nicht, dass sich bei den beiden wieder etwas anbahnt.« Sie schluchzt, Daniel reicht ihr ein Taschentuch, in das sie sich geräuschvoll schnäuzt.

»Aber das weißt du doch gar nicht. Ich finde, du solltest erst mal mit Marc sprechen, bevor du gleich vom Schlimmsten ausgehst.«

Carolin schüttelt den Kopf. »Nein. Ich kenne dieses Gefühl. Damals bei Thomas war es genauso. Und dabei liebe ich Marc doch so. Wie kann er mir das antun?« Sie schluchzt lauter, Daniel streicht ihr über das Haar.

Was gäbe ich in diesem Moment darum, sprechen zu können! Ich weiß schließlich ganz genau, dass Marc kein Betrüger wie Thomas ist. Gut, vielleicht ist er ein nicht ganz so netter Kerl wie Daniel, aber der war ja auch *zu* nett für Carolin. Unruhig laufe ich hin und her – was soll ich bloß tun?

»Muss Herkules mal raus?«, erkundigt sich Daniel.

»Nee, ich bin ja gerade erst mit ihm hierhergelaufen. Wahrscheinlich spürt er, wie schlecht es mir geht. Nicht wahr, Herkules? Du merkst, dass Frauchen traurig ist.«

Ich setze mich neben Caros Füße, sie hebt mich hoch auf ihren Schoß und vergräbt ihr Gesicht in meinem Fell.

»Mein Süßer, ich glaube, du bist der einzige Mann, auf den ich mich wirklich verlassen kann.«

»An dieser Stelle muss ich scharf protestieren!«

»Tut mir leid. Du hast Recht. Auf dich kann ich mich auch immer verlassen.« Sie kommt wieder nach oben, nimmt Daniels Hand und drückt sie.

Er guckt Caro nachdenklich an. »Ich kann allerdings nicht sagen, dass mich das als Mann bei dir weitergebracht hätte.«

Caro schluckt. »Ja. Vielleicht war das falsch von mir.«

Beide schweigen, die Stille fühlt sich fast unangenehm an. Dann steht Daniel auf, geht nochmal zu dem Schränkchen und nimmt eine der ganz kleinen Flaschen.

»Ich glaube, ich brauche jetzt etwas Härteres.«

»Warum?« Caro klingt erstaunt.

»Das weißt du doch.«

»Nein, wirklich nicht.«

»Na, wir sitzen hier, und ich tröste dich wegen Liebeskummer mit einem anderen Mann. Es gibt schönere Momente.«

»Aber du bist doch mein Freund!«

»Ja!« Daniel lacht, es klingt bitter. »Genau. Ich bin eben immer der nette Kumpel. Weißt du, ich habe gerade genau das gleiche Gefühl wie vor einem Jahr. Als ich dir gesagt habe, dass ich nach München gehe, weil ich Abstand brauche. Und nun ist es, als hätte es diesen Abstand nie gegeben. Ich hänge wieder genauso drin wie vorher.«

Caro reißt die Augen auf. »Aber ... aber ... ich dachte, du wärst mit Aurora glücklich. Ich meine, ihr seid doch ein Paar.«

»Ja. Sind wir. Mal mehr, mal weniger. Trotzdem ist es für mich immer noch schwer mit dir. Merke ich gerade. Hätte ich auch nicht gedacht. Tja, und deswegen trinke ich jetzt mal einen schönen Whiskey.«

»Sind da zwei in der Bar? Dann gib mir auch einen!«

Daniel nickt und holt noch ein Fläschchen.

»Auf die Freundschaft. Und die Liebe.« Sie prosten sich zu. Daniel leert sein Glas in einem Zug, Caro macht es genauso, schüttelt sich danach aber.

»Puh, ganz schön scharf. Vielleicht sollte ich auf den Sekt umsteigen, das liegt mir doch mehr.«

»Oder mal ein Wasser zwischendurch?«

Caro kichert. »Quatsch. Das wirft uns doch Stunden zurück.«

»Hast Recht. Dann nehme ich den Cognac, und du kriegst den Sekt.«

Auf dem Hinweg zum Schränkchen stellt Daniel noch das Radio an. Langsam geht es hier zu wie in einer Bar, und ich überlege, ob mir diese Entwicklung gefällt.

Irgendwann ist das Schränkchen leer. Dafür stehen alle Flaschen und Fläschchen, die es zuvor enthielt, schön ordentlich in Reih und Glied auf dem Tisch vor dem Sofa. Und es ist eine ziemlich lange Reihe – erstaunlich, was so alles in diesen kleinen Schrank reingepasst hat. Caro sitzt nicht mehr auf dem Sofa, sondern liegt, und Daniel krault ihren Kopf, denn der wiederum liegt praktischerweise auf seinem Schoß.

Gesagt haben die beiden schon eine ganze Zeitlang nichts mehr, sie gucken sich einfach nur in die Augen.

Auweia. So schön friedlich dieses Bild auch ist – ich kann mich daran nicht erfreuen. Denn Caro ist doch Marcs Frau, nicht Daniels. Und auch, wenn sie von Marc nun das Schlechteste denkt – ich weiß ja, dass es nicht stimmt. Und ich bin mir ziemlich sicher, dass wiederum Marc nicht begeistert wäre, wenn er Caro und Daniel so sähe. Das wäre vielleicht sogar das Ende unserer kleinen Familie, oder? Immerhin hat Caro damals mit Thomas kurzen Prozess gemacht, als sie ihm auf die Schliche mit der anderen Frau gekommen ist. Oh, oh, oh, diese Menschen! Die treiben mich irgendwann noch in den Wahnsinn! Dabei will ich doch einfach nur friedlich mit ihnen zusammenleben.

Jetzt sagt Caro doch etwas. »Weißt du, ich bin schon ganz schön müde. Und ganz schön betrunken. Kann ich vielleicht bei dir übernachten? Ich will heute nicht nach Hause.«

»Wenn du möchtest, gerne. In meinem Schlafzimmer steht ein sehr komfortables Doppelbett. Da passt du locker mit rein.«

»Danke, das klingt geradezu verführerisch.« Carolin kichert.

Mir hingegen stellen sich die Nackenhaare auf. Ins Bett? Gemeinsam? Das verheißt nichts Gutes – jedenfalls nicht, wenn man wie ich der Meinung ist, dass Carolin und Marc sehr gut zusammenpassen und deswegen bitteschön ein Paar bleiben sollen. Denn nach meiner Kenntnis nutzen Männer und Frauen das Bett auch gerne für andere Dinge als den reinen Nachtschlaf. Kein Dackel käme zwar auf die Idee, mit der Dame seines Herzens im Hundekörbchen … aber lassen wir das. Fakt ist: Hier ist Gefahr im Verzug, und ich muss einschreiten.

Als Daniel und Caro Richtung Schlafzimmer wanken – und *wanken* ist hier wörtlich zu nehmen, denn die vielen sehr kleinen und etwas größeren Fläschchen scheinen ihre Wirkung zu tun – trabe ich sofort hinterher. Das Gute daran ist, dass die beiden so mit ihrer Koordination beschäftigt sind, dass sie mich überhaupt nicht beachten. Ich gelange also problemlos ins Schlafzimmer. Caro wirft sich aufs Bett, Daniel legt sich dazu. Ich überlege kurz – dann springe ich hinterher und platziere mich möglichst unauffällig am Fußende. Von hier aus kann ich alles gut beobachten und notfalls sofort eingreifen. Und ich werde nicht zögern, es zu tun!

Während ich noch überlege, ob mich ein beherzter Biss in empfindliche Teile von Daniel wohl die Freundschaft zu ihm kosten würde, deutet ein Geräusch direkt über mir darauf hin, dass zumindest Carolin heute Nacht keine wilden Dinge mehr plant: Sie schnarcht, und zwar ziemlich laut. Daniel dreht sich zu ihr – will er sie etwa wecken? Untersteh dich! Ich schiebe mich ein Stück höher und knurre ihn ganz unmissverständlich an. Hände weg von meiner Carolin!

»He, Herkules – willst du dein Frauchen beschützen? Brav! Ist aber nicht nötig. Bei mir ist sie sicher wie in Abrahams Schoß. Ich weiß ja, dass ihr alles andere als ein friedliches Nickerchen in meinem Bett morgen leidtun würde. Also, Kumpel, keine Sorge. Ich gebe dir mein Wort als Gentleman.« Er streichelt mir kurz über den Kopf.

Na gut. Ich habe zwar keine Ahnung, wer nun wieder dieser Abraham ist. Aber Daniels Wort vertraue ich. Und mit diesem sicheren Gefühl schlafe auch ich beruhigt ein.

»Weißt du noch, was du beim Umzug zu mir gesagt hast?«

Beck schüttelt den Kopf.

»Nein, was denn?«

»Dass es deiner Erfahrung nach kein Happy End bei Menschen gibt.«

»Echt? Das habe ich gesagt?«

»Ja, hast du. Und langsam glaube ich, du hattest Recht.«

Meine Laune könnte heute kaum schlechter sein. Erstens habe ich nicht besonders gut geschlafen, weil ich trotz aller Beteuerungen von Daniel zwischendurch immer wieder kontrolliert habe, ob jeder von den beiden auch noch brav auf seiner Seite des Betts lag. Zweitens zerbreche ich mir den Kopf darüber, wie man das Missverständnis zwischen Marc und Caro aus der Welt schaffen könnte – doch leider fällt mir nichts ein. Drittens – und das ist nun wirklich eine Katastrophe – habe ich heute Morgen im Garten gleich als Erstes nach der versteckten Tasche geschaut. Weg! Spurlos verschwunden! Unser schöner Plan komplett zunichte! Der Schmerz in meinem eigenen kleinen Herzen erinnert mich daran, dass ich auch auf ein Happy End für mich persönlich gehofft hatte. Beck starrt mich an.

»Kein Happy End? Ach, ich weiß nicht. Vielleicht lag ich damit auch falsch.«

Bitte? Endlich will ich den Grundpessimismus von Herrn Beck mal gebührend würdigen, da ändert der seine Meinung? Offenbar sehe ich sehr erstaunt aus, denn Herr Beck setzt zu einer Erklärung an.

»Ja, möglicherweise wird manchmal doch alles gut. Nehmen wir zum Beispiel Nina: Zum einen hat sie jetzt einen total netten und zuverlässigen Mitbewohner – nämlich mich. Und zum anderen scheint sie frisch verliebt zu sein. Und das, obwohl sie den Typen neulich noch unangespitzt in den Boden rammen wollte. Tja – und heute früh kommt sie bestens gelaunt und fröhlich pfeifend in unsere Wohnung spaziert. Mit dem Herrn Nachbarn an der Hand. Die beiden haben zusammen gefrühstückt, was gar nicht so einfach war, weil sie sich zwischendurch immer küssen mussten. Und dann ist sie mit ihm wieder abgedüst. So schnell kann's also gehen mit dem Glück.«

Ich bin beeindruckt. Aber nur kurz. Dann fallen mir alle Sachen wieder ein, die bei mir für extremes Kopfzerbrechen sorgen.

»Trotzdem. Ich fürchte, dein Verdacht war richtig. Bei Marc und Carolin sieht es eher so aus, als würde dort alles mächtig schiefgehen. Wegen eines ganz blöden Missverständnisses.«

Ich schildere Herrn Beck haarklein die ganze Geschichte von Caro, Marc und Sabine und zwar inklusive des Treffens im Violetta und des verdächtigen Buches. Beck hört aufmerksam zu und schüttelt hin und wieder den Kopf.

»Und leider ist das mit dem fehlenden Happy End nicht auf Menschen beschränkt: Ich weiß immer noch nicht, ob ich jemals wenigstens *ein* Rendezvous mit Cherie haben werde. Denn irgendjemand hat die blöde Tasche aus dem Blumenbeet geklaut.«

»Ja, das habe ich auch schon gesehen. Ärgerlich, aber kein Drama.«

»Kein Drama? Mit unserem tollen Plan ist es jetzt Essig! Die ganze Mühe umsonst. Ach, es ist einfach alles aussichtslos.« Frustriert lasse ich mich neben Beck ins Gras fallen. Wenigstens fühlt sich das gut an, denn es ist warm und weich.

»Herkules, das ist ein klarer Fall von Katzenjammer, den du da gerade hast.«

»*Katzenjammer*? Was ist denn das? Klingt wie etwas, das Hunde gar nicht bekommen können.«

Herr Beck schüttelt den Kopf. »Nee. Den kann jeder kriegen, der eigentlich besonders gut gelaunt ist. Damit hängt der nämlich zusammen. Mit der guten Laune, oder besser gesagt: mit zu guter Laune. Also, wenn sich jemand ganz doll freut und dann plötzlich merkt, dass doch nicht alles so rund läuft, wie er dachte, dann ist er natürlich besonders enttäuscht. Und diese Enttäuschung nennt man *Katzenjammer*. Was eigentlich eine Frechheit ist, weil gerade wir Katzen doch viel zu schlau sind, um so übertrieben euphorisch zu sein. Es müsste vielleicht eher *Hundeunglück* heißen.«

Na, vielen Dank. Wenn mir noch etwas gefehlt hat, dann Becks Schlaumeierei. Ich rapple mich wieder auf und laufe in Richtung Terrassentür zur Werkstatt. Anstatt mich weiter verspotten zu lassen, gucke ich mal, ob es nicht wenigstens etwas zu fressen für mich gibt. Immerhin ist die Mittagszeit schon fast vorbei.

»He, warte doch!«, ruft mir Beck hinterher. »Das war nicht so gemeint! Entschuldige!«

Pah. Der kann mich mal. Bevor ich jedoch die Treppen zur Werkstatt hinunterspringen kann, kommt Herr Beck im gestreckten Galopp angeprescht und direkt neben mir zu stehen.

»Hallo, Herr von Eschersbach! Ich habe mich entschuldigt. Nun sein Se mal nicht nachtragend, sondern lassen Sie uns lieber überlegen, wie wir Sie aus diesem Stimmungstief wieder nach oben kriegen.«

Ich setze mich.

»Na gut. Was schlägst du vor?«

»Mal sehen. Die Sache mit der Tasche, um die kümmere ich mich. Es war meine Idee, also bringe ich das auch zu Ende. Wirst schon sehen.«

»Aber wie willst du das denn machen? Ohne die Tasche geht's doch gar nicht. Wir hätten sie einfach besser verstecken müssen – sie draußen liegen zu lassen war echt hirnrissig.«

»Mag sein, aber Selbstvorwürfe bringen uns nun auch nicht weiter. Und Aufgeben kommt nicht in Frage. Mir wird schon etwas einfallen. Mir fällt immer etwas ein.«

Ich seufze. Der Kater scheint wild entschlossen.

»Und mit Marc und Carolin?«

»Auch da würde ich sagen: nur die Ruhe. Denn sein wir mal ehrlich: Wenn Carolin mittlerweile so wenig Vertrauen zu Marc hat, dass sie ernsthaft glaubt, er würde hinter ihrem Rücken wieder was mit seiner Exfrau anfangen, dann kannst du auch nichts dran machen. Wenn sie ihn wirklich liebt, muss sie sich ein Herz fassen und mit ihm sprechen. Dir empfehle ich, dich da rauszuhalten. Das ist eindeutig Menschenkram.«

Wahrscheinlich hat Beck Recht. Ich sollte mich da raushalten. Das wird mir allerdings verdammt schwerfallen. Vielleicht haben wir auch Glück, und alles regelt sich von selbst? Ich beschließe vorzufühlen, ob die Stimmung in der Werkstatt vielleicht schon ein bisschen besser ist. Eben war Caro verdammt schweigsam, hoffentlich ist sie mittlerweile munterer.

Nein. Sie steht immer noch an ihrer Werkbank, scheinbar konzentriert auf ihre Arbeit. Daniel lehnt neben ihr an der Wand und mustert sie nachdenklich.

»Willst du ihn denn nicht wenigstens mal zurückrufen?«

»Nein.«

»Er hat schon dreimal angerufen. Beim vierten Mal verleugne ich dich nicht mehr.«

Schweigen. Daniel zieht sich seine Jacke an. »Ich fahre jetzt noch mal zu Lemke und komme heute nicht mehr rein. Und ich glaube, du machst einen Fehler. Marc weiß doch gar nicht, was eigentlich los ist.« Dann schnappt er sich die Schlüssel, die auf seiner Werkbank liegen, und geht los.

Als die Tür ins Schloss fällt, nimmt sich Caro das Telefon und tippt eine Nummer ein.

»Hallo, Nina. Bist du an der Uni? Und noch mit deinem Experiment beschäftigt? Ach so ... na, ich dachte, wir könnten vielleicht einen Kaffee zusammen trinken.« Nina scheint etwas länger auszuholen, jedenfalls sagt Caro eine ganze Weile gar nichts. »Aha. Na gut, dann komme ich später auf ein Glas Wein vorbei ... nee, muss ich dir persönlich erzählen. Bis dann.« Klick.

Sie hat aufgelegt. Ohne mich eines Blickes zu würdigen, geht Caro in die kleine Küche und holt sich ein Glas Wasser. Aus ihrer Handtasche kramt sie ein kleines Pappschächtelchen, holt zwei kleine weiße Bonbons daraus hervor und schluckt diese. Dann stapft sie wieder zu ihrer Werkbank zurück.

Wenn Carolin in dieser Stimmung ist, mag ich sie gar nicht. Gut, so grimmig wie heute ist sie selten, und es ist überdeutlich, dass es ihr nicht gut geht. Aber ist das ein Grund, seinen treuen vierbeinigen Freund zu ignorieren? Ich laufe hinter ihr her, springe dann auf den Korbsessel neben ihrer Werkbank und belle einmal laut und kräftig. Hallo, Caro! Nun guck mich doch wenigstens mal an! Endlich dreht sie sich zu mir um.

»Mann, Herkules! Jetzt nerv du nicht auch noch!«

Bitte? So eine Unverschämtheit! Ich, der immer nur ihr Bestes im Sinn hat. Undank ist der Welten Lohn. Ach, Quatsch: Undank ist der Menschen, insbesondere der Frauen Lohn. Beleidigt igle ich mich im Kissen des Sessels ein und starre böse zu Caro hinüber. Aber sie beachtet mich schon nicht mehr, sondern blättert wieder in dem unseligen Buch von Sabine. Von wegen *du bist der einzige Mann, auf den ich mich wirklich verlassen kann*. Wenn du alle anderen Männer auch so behandelst wie mich, dann bist du bald verlassen. Du wirst schon sehen, was du davon hast.

Genau – das ist überhaupt die Idee! Verlassen! Warum bin ich nicht schon eher darauf gekommen? Ich werde sie verlassen. Ich haue ab! Und zwar noch heute. Vielleicht kommt Caro dann wieder zur Besinnung. Ha, ein Spitzenplan! Wenn sie nachher mit Nina ein Glas Wein trinkt, mache ich mich davon. Ich weiß auch schon genau, wohin ich flüchten werde. Zu einem Leidensgenossen. Und ich bringe ihm etwas mit. Etwas, das ihm gehört.

FÜNFUNDZWANZIG

Herkules, was machst du denn hier? Und was hast du da im Maul?«

Marc beugt sich zu mir hinunter und zieht vorsichtig an dem Buch, das ich immer noch im Fang halte. Langsam lasse ich los und hoffe, dass es meine Flucht aus der Werkstatt heil überstanden hat. Na ja, es ist ein bisschen vollgesabbert, aber insgesamt sieht es doch noch anständig aus. Marc wischt mit seinem Ärmel über den Buchdeckel und betrachtet ihn eingehend.

»*Die zweite Chance.* Hm.« Dann schlägt er das Buch auf und liest. »*Lieber Marc …* auweia!« Irritiert starrt er mich an. »Woher hast du das, Herkules?« Er steht auf und geht kurz aus dem Behandlungszimmer. Ich höre ihn mit seiner Mutter sprechen.

»Sag mal, und sonst war niemand vor der Haustür?«

»Nein. Nur Herkules mit dem Teil im Maul. Wollte er mir übrigens nicht geben, hat gleich geknurrt. Ich habe mich auch gewundert. Aber er wird ausgebüxt sein. Typisch Jagdhund. Erinnerst du dich noch an unseren Terrier Trudi? Die ist doch auch immer …«

»Ja, Mutti«, unterbricht Marc sie, »ich weiß. Ich dachte nur, dass Carolin vielleicht mit ihm unterwegs war, und er schon mal vorgelaufen ist.«

»Aber Junge, Carolin hat doch einen Schlüssel. Die würde einfach reinkommen. Und falls sie ihn vergessen hätte, hätte sie längst geklingelt. Nein, als ich eben zur Post wollte, saß nur Herkules vor dem Hauseingang. Sonst niemand.«

»Hm.«

»Sag mal, wo steckt Carolin denn? Ich habe sie heute Morgen gar nicht gesehen.«

»Äh … sie hat doch gerade diesen Riesenauftrag. Musste zu einem Auswärtstermin.«

»Na, und lässt dich hier einfach allein? Ja, ja, diese berufstätigen Frauen.« Sie lacht.

»Ach, Mutter, wo du gerade davon sprichst – wenn du mit der Post fertig bist, würde ich mich gerne mal in Ruhe mit dir unterhalten.«

»Worüber denn?«

»Wie wir hier weitermachen. Sag einfach Bescheid, wenn du wieder da bist.« Er kommt zurück zu mir ins Behandlungszimmer.

»Herkules, ich wünschte, du könntest sprechen. Wie bist du nur an dieses Buch gekommen? Und was ist gestern passiert? Weißt du, ich mache mir wirklich Sorgen.«

Da sagt er was! Auch ich würde ihm zu gerne erzählen, was es mit dem Buch auf sich hat und warum Carolin sich so schrecklich verhält. Aber stattdessen kann ich nur die Ohren hängen lassen und ihn traurig angucken. Marc seufzt.

»Tja, Kumpel. Hoffen wir einfach mal, dass sich alles wieder einrenkt. Ich schlage vor, du vergnügst dich ein bisschen im Garten. Und wenn ich das unangenehme Gespräch mit meiner Mutter hinter mich gebracht habe, machen wir beide etwas Schönes: Wir holen Luisa vom Hort ab und gehen gemeinsam ein Eis essen. Was hältst du davon? Ich finde, das haben wir uns als kleinen Lichtblick verdient.«

Ich wedele mit dem Schwanz. Solche positiven Ansätze müssen unbedingt verstärkt werden! Bis es so weit ist, werde ich mich ein bisschen in der Sonne entspannen. Schließlich waren die letzten Tage auch für mich sehr anstrengend – da muss ein kleines Schläfchen drin sein.

Als wir vor der Schule ankommen, wartet Luisa schon auf uns.

»Mensch, Papa, du bist zu spät!«

»Tut mir leid, mein Schatz. Ich musste noch etwas mit der Oma besprechen, und das hat länger gedauert. Aber dafür habe ich Herkules mitgebracht.«

»Oh, klasse! Ist Carolin denn auch wieder da?«

»Äh, nein, die ist noch unterwegs. Kommt aber bestimmt bald nach Hause. Ich finde, wir gehen jetzt mal ein Eis essen.«

»Superidee!«

»Wie war es denn sonst so?«

»Och, ganz gut. Greta vom Tussi-Club feiert Geburtstag, und ich bin auch eingeladen. Sie macht eine Rollschuh-Rallye, und du, Herkules, sollst auch mitkommen. Toll, nicht? Ich gehöre jetzt richtig dazu. Und alles wegen Herkules!«

Stolz recke ich mich und mache Männchen. Genau, alles wegen mir! Endlich mal eine Frau, die das erkennt und zu würdigen weiß. Luisa nimmt Marc die Leine aus der Hand und läuft mit mir los.

»Kommt, wer als Erster an der Eisdiele ist!«

»Auch das noch! Dein armer, alter Vater!«

Auch Marc beginnt zu laufen, und schon kurz darauf biegen wir um die Ecke zur Eisdiele.

»Erster!«, ruft Luisa und stellt sich mit mir an die lange Schlange vor dem Eingang.

»Ja, aber du hast geschummelt. Herkules hat dich gezogen. Das zählt nicht.«

»Nee, Papa, du bist einfach zu langsam.«

Sie gibt Marc einen Kuss, und ich merke, wie mir wohlig warm wird. Nicht vom Rennen, sondern von dem schönen Gefühl, dass hier endlich mal zwei Menschen miteinander glücklich sind. Hach, wenn Carolin nicht mehr auftaucht, bleibe ich einfach bei Marc und Luisa. Die kann mich gernhaben.

Offenbar kann Marc meine Gedanken lesen.

»Na, wir machen uns das auch ohne dein Frauchen nett, was?«

Luisa guckt Marc streng an. »Aber Papa! Wir können Caro doch ein Eis mitbringen! Oder ist sie heute Abend immer noch nicht da? Wo ist sie denn bloß?«

Marc streicht sich durch die Haare, er scheint zu überlegen, was er Luisa antworten soll.

»Sag mal, Schatz, du hast mir gesagt, dass Caro noch mal wegwollte?«

»Genau. Du hast mir doch erklärt, dass sie momentan viel um die Ohren hat.«

»Richtig. Aber habt ihr euch noch über irgendetwas anderes unterhalten?«

Luisa denkt nach. »Nein, eigentlich nicht … obwohl: doch! Ich habe ihr erzählt, dass du neulich mit Mama im Violetta warst.«

»Was? Woher weißt du das?«

»Von Mama. Mama hat mir ein Buch für dich mitgegeben. Sie sagt, darüber habt ihr im Violetta gesprochen. Und dann wollte Caro das Buch mal sehen. Aber ich habe mich gar nicht mehr mit ihr darüber unterhalten, denn dann musste sie ja schon weg.«

Marc schlägt sich mit der Hand vor die Stirn. »Verdammte Scheiße!«

»Papa! So was darf man nicht sagen, das ist doch ein Klo-Wort!«

»Du hast Recht, entschuldige. Ist mir so rausgerutscht.«

»Bist du irgendwie böse auf mich?«

»Nein, nein! Ich bin froh, dass du mir das erzählt hast.«

Und ich erst! Vielleicht wird doch wieder alles gut. Auch, wenn ich noch ziemlich sauer auf Carolin bin: Ich hätte sie sehr, sehr gerne wieder zurück.

Auf dem Rückweg erzählt Luisa jede Menge Geschichten aus dem Tussi-Club. Offenbar sind Lena und sie nun ein Herz und eine Seele, und ich bin froh, dass sich Luisa an der Schule endlich wohl zu fühlen scheint. Und okay – stolz bin ich natürlich auch. Immerhin bin ich der Held in dieser Geschichte. Der Gedanke daran gibt meinem Herzen allerdings einen Stich: Eigentlich wollte ich doch auch für Cherie ein Held sein. Und dieser Plan ist wohl trotz aller Anstrengung grandios gescheitert. Ich glaube nicht, dass Herr Beck daran noch etwas ändern kann. So werde ich für Cherie immer der kleine, lustige Dackel bleiben.

Ich atme schwer. Irgendwie tue ich mir heute selbst leid. Der Ärger mit Carolin, kein Glück in der Liebe – das Dackelleben ist schwer. Ich lasse die Öhrchen hängen und laufe mit gesenktem Kopf hinter Marc und Luisa her. Vielleicht ist es auch besser, wenn ich Cherie nie, nie wiedersehe. Genau: Ich muss sie mir aus dem Herzen reißen! Besser einmal leiden, als immer das Gefühl zu haben, ihr nicht gut genug zu sein. Wenn ich sie also in Zukunft sehe, werde ich einfach die Straßenseite wechseln. Ich werde mich in Büschen verstecken und werde in Zukunft …

»Hallo, Herkules.«

Ha! Eine Wahnvorstellung! Wir sind vor der Praxis angekommen, und direkt neben dem Hauseingang sitzt Cherie. Das ist doch nicht möglich!

»Guten Tag, Herr Doktor Wagner!«

»Hallo, Frau Serwe! Alles in Ordnung? Ich habe heute ein bisschen früher Schluss gemacht, um meine Tochter abzuholen. Meine Mutter sollte mich allerdings anrufen, wenn etwas Dringendes passiert.«

»Nein, nein, alles in Ordnung. Es klingt verrückt, aber Cherie wollte unbedingt in diese Richtung. Wir drehen um diese Uhrzeit immer unsere Runde, und sie hat so gezogen und gezerrt, bis ich diesen Weg eingeschlagen habe. Seltsam, nicht? Wahrscheinlich kehrt sie immer gerne zu ihrem Lebensretter zurück.«

Marc zuckt mit den Schultern. »Tja, man hört die unglaublichsten Dinge über Hunde. Sie sind eben schon sehr intelligente Tiere. Na, Cherie, wolltest du mich besuchen?« Er streichelt ihr über den Kopf. Sie dreht sich zu mir.

»Nee, wollte ich eigentlich nicht. Ich wollte zu dir, Herkules.«

»Zu mir?«

»Dein Freund, der fette Kater, hat mich heute auf der Hundeauslaufwiese an der Alster besucht. Das war vielleicht ein Hallo unter den Hunden – er musste sich schnell auf einen Baum in Sicherheit bringen. Jedenfalls hat er mir erzählt, dass ihr diesen Verkehrsrowdy gefunden und ihm sogar seine Tasche geklaut habt.«

Ich nicke. »Ja, stimmt. Wir dachten, dass dein Frauchen ihn vielleicht mit der Tasche finden kann. Aber der zweite Teil des Plans hat nicht mehr geklappt – irgendjemand hat dic Tasche aus unserem Versteck geklaut.«

»Herkules, du bist wirklich süß.«

Bilde ich es mir ein, oder strahlt mich Cherie an. »Aber

… aber … jetzt bin ich doch kein Held. Weißt du, so wie der blöde Alonzo. Ich meine, ich hab's echt versucht. Und bin gescheitert.«

»Ist mir doch egal. Noch nie hat sich jemand so viele Gedanken um mich gemacht und so etwas Wagemutiges für mich getan. Das ist, was zählt. Wieso glaubst du denn, dass du ein Held sein musst?«

»Weil ich doch so gerne mal mit dir zusammen wäre. Nur wir zwei, weißt du?«

Es ist keine Einbildung: Cherie schenkt mir einen sehr warmen, liebevollen Blick.

»Ach, Herkules, warum hast du mich das denn nicht einfach mal gefragt?«

Gute Frage. Warum eigentlich nicht?

»Hm. Also, ich habe mich das nicht getraut. Du bist doch so eine tolle Frau. Und ich nur ein kleiner Mischling. Ich dachte, du lachst dich schlapp. Immerhin musstest du mich aus der Alster retten und nennst mich immer *Kleiner*. Da dachte ich, ich muss erst etwas Besonderes schaffen.«

»Aber du bist doch selbst etwas Besonderes! Welcher Dackel kommt schon auf so viele verrückte Ideen wie du?«

Ich lasse wieder die Ohren hängen. Verrückte Ideen – das ist nun nicht gerade ein Kompliment. Aber Cherie stupst mich mit der Schnauze an und leckt mir über das Maul. Ein tolles Gefühl – mein ganzer Körper fängt an zu kribbeln.

»He, das meine ich nett! Die meisten anderen wollen mich durch Kraft und Größe beeindrucken. Das hast du gar nicht nötig. Ich mag dich. Ehrlich!«

Wirklich? Ich gucke sie erstaunt an und werde verlegen.

»Ui, guck mal, Papi – ich glaube, Cherie und Herkules mögen sich. Die haben sich eben abgeschleckt.«

Marc räuspert sich, dann grinst er. »Tja, tatsächlich ein

untrügliches Zeichen für Zuneigung zwischen Männern und Frauen.«

»Sag mal, Luisa«, macht nun Claudia Serwe einen Vorschlag, »wo sich unsere beiden hier doch so gut verstehen, wollen wir da nicht mal mit ihnen zusammen spazieren gehen? Ich muss jetzt leider los, aber ich finde, wir sollten uns bald verabreden, damit Herkules und Cherie sich wiedersehen können.«

»Au ja!«, ruft Luisa. »Das ist eine Superidee. Vielleicht werden die beiden dann richtige Freunde. Und neue Freunde finden ist toll, das weiß ich von mir selbst.«

»Gut, ich rufe deinen Vater an, und dann machen wir etwas aus. Ich wünsche noch einen schönen Abend!«

Bevor sich auch Cherie umdreht, um weiterzulaufen, zwinkert sie mir zu. Glaube ich jedenfalls. Ach was, ich bin mir sicher. Und mein kleines Herz schlägt ganz schnell. Ich habe eine Verabredung!

Sehr beschwingt hüpfe ich hinter Marc und Luisa die Stufen zur Wohnung hoch. Dort empfängt uns Oma Wagner mit einer Miene wie mindestens drei Tage Regenwetter.

»Hat dich deine Freundin schon erreicht? Die Gute wirkte etwas aufgelöst.« So, wie Marcs Mutter *die Gute* sagt, klingt es nicht eben freundlich. Sie hat schon den Abendbrottisch gedeckt und mir ein sehr leckeres Fresschen in den Napf gefüllt. Schön, so umsorgt zu werden – obwohl Oma Wagner momentan keinen besonders liebevollen Eindruck macht. Im Gegenteil. Sie scheint irgendwie sauer zu sein. Aber warum bloß?

»Nein. Warum? Was war denn los?«

»Sie vermisst ihren Hund. Ich habe dir gleich gesagt, dass der wohl ausgebüxt war. Aber auf mich hört ja keiner.«

»Hast du ihr denn nicht gesagt, dass Herkules bei uns ist?«

»Nein.«

»Bitte?! Du hast es ihr nicht gesagt?«

»Weißt du, ich hatte nun wirklich keine Veranlassung, mit dieser Frau zu plaudern. Und außerdem wollte sie ja unbedingt dich sprechen.«

»Also wirklich, Mutter!« Marc haut mit der flachen Hand auf die Tischplatte. »Was soll denn das? Wenn du jetzt beleidigt bist, weil ich eine neue Sprechstundenhilfe suche, beschwer dich bei mir. Aber hör auf, Carolin so zu behandeln.«

In diesem Moment kommt Luisa ins Esszimmer. »Was ist mit Carolin? Kommt sie heute Abend immer noch nicht?«

»Doch, doch. Mach dir keine Sorgen. Ich rufe sie mal an.« Marc holt das Telefon, das auf der Anrichte liegt, und wählt eine Nummer, horcht kurz, wählt nochmal. »Mist. Festnetz besetzt und Handy ausgeschaltet. Komm, Herkules, du alter Fahnenflüchtling. Wir fahren zu Frauchen.«

Carolin öffnet uns die Tür, sieht mich – und nimmt mich sofort auf den Arm.

»Herkules, mein Schatz! Wo bist du denn gewesen? Ich habe mir solche Sorgen um dich gemacht!«

»Er saß vor etwa einer Stunde auf einmal vor unserer Tür. Übrigens: Hallo, Carolin.« Huch. Marc klingt sehr, sehr streng.

»Entschuldige – hallo erst mal. Aber weißt du, ich bin noch ganz aufgelöst. Ich habe Herkules überall gesucht. Und ich habe auch mit deiner Mutter telefoniert. Sie hat mir nicht gesagt, dass Herkules bei euch ist.«

»Ich weiß. Sie ist etwas indisponiert.«

»Bist du etwa abgehauen, Herkules?«

Ich wedele mit dem Schwanz. Schließlich habe ich kein schlechtes Gewissen. Caro hat sich das selbst zuzuschreiben.

»Du böser, böser Hund! Frauchen hatte solche Angst. Warum machst du denn solche Sachen?«

»Na, wenn du diesen jungen Mann so schlecht behandelt hast wie mich, ist es offen gestanden kein Wunder.«

Carolin zieht die Augenbrauen nach oben, was von meiner Position auf ihrem Arm aus sehr lustig aussieht. »*Ich* dich schlecht behandelt? Was fällt dir ein? Ich habe eher den Eindruck, dass du mir einiges zu erzählen hast.«

»Richtig, meine Liebe. Zuallererst nämlich eines: Wer fremde Post liest, muss mit dem Inhalt auch selbst fertig werden.«

Carolin schnappt nach Luft. »Bitte? Wie meinst du das denn?«

Marc grinst. »Das Buch und die Widmung. Eindeutig für mich bestimmt.«

»Aber … aber … woher weißt du? Hat Luisa …?«

»Nein. Luisa hat das Gott sei Dank alles gar nicht mitbekommen. Aber mein Kumpel Herkules, der weiß noch, was Eigentum bedeutet. Er kam nämlich nicht allein, sondern hatte das Buch in der Schnauze.«

Carolin starrt mich mit offenem Mund an. »Er hatte … was?!«

»Genau. Er hatte das Buch dabei. Ein Blick auf die Widmung, und ich wusste sofort, was los ist. Das hätte mich allerdings nicht dazu gebracht, hier aufzulaufen. Denn ich bin mir keiner Schuld bewusst. Ja – ich habe mich mit Sabine getroffen. Weil sie mit mir über unseren Streit sprechen wollte, und ich mit der Mutter meiner Tochter nicht in einer Dauerfehde leben will. Sie hat sich entschuldigt für die Tatsache, dass sie mich damals ohne jede Vorwarnung verlassen hat, und hat mich gebeten, die Entschuldigung anzunehmen. Ich habe gesagt, dass ich drüber nachdenke. Nicht mehr und nicht weniger ist passiert.«

Carolin vergräbt ihr Gesicht in meinem Nacken. Das scheint ihr doch einigermaßen unangenehm zu sein. Mit Recht! Dann guckt sie wieder hoch.

»Aber warum hast du mir denn nicht gesagt, dass du dich mit ihr triffst?«

»Ganz einfach: Weil du auf das Thema Sabine schon so gereizt reagiert hast, dass ich einfach keine Lust auf einen weiteren Streit mit dir hatte. Das war wahrscheinlich ein Fehler – aber keine Todsünde. Finde ich jedenfalls.«

Caro setzt mich wieder runter und macht einen Schritt auf Marc zu.

»Es tut mir leid. Das war nicht richtig von mir.«

Marc nickt. »Aber jetzt habe ich auch eine Frage. Wo warst du gestern Nacht? Bei Nina?«

Caro schüttelt den Kopf. Marc atmet tief durch.

»Etwa bei Daniel?«

»Ja. Aber da habe ich gleich mal einen Vorschlag: Ich glaube dir – und du glaubst mir. Es ist nichts passiert, ich brauchte nur ein Bett.«

Marc zögert, dann nickt er. »Okay. Vertrauen gegen Vertrauen.«

Endlich! Das klingt doch schon ganz gut, und ich persönlich finde, das wäre nun eine gute Gelegenheit für die beiden, sich zu küssen. Leider kommt in diesem Moment Nina die Treppe herunter und ruft schon von oben: »Mensch, Caro, wo bleibst du denn? Du wolltest doch jetzt … oh, hallo, Marc. Eigentlich dachte ich, wir steuern hier auf einen Frauenabend zu.«

»Nimm's mir nicht übel – aber ich würde meine Süße jetzt gerne mitnehmen. Bitte!«

»Marc, du kannst fast so herzerweichend wie Herkules gucken. Na gut. Ich habe zwar schon eine Flasche Rotwein aufgemacht, aber dann muss ich mir wohl Ersatz besorgen.«

»Du könntest dich doch zum Beispiel mit deinem Mitarbeiter treffen«, schlägt Caro kurzerhand vor, »der wohnt ja nicht so weit von hier.« Sie kichert.

»Das ist nicht mehr mein Mitarbeiter. Ich habe ihn rausgeschmissen.«

»Echt? Wie gemein. Ich finde, du solltest da Privates und Berufliches trennen.«

Nina grinst. »Das tue ich auch. Genau deswegen hat Alex heute die Gruppe gewechselt. Ich kann Liebe im Job nämlich nicht gebrauchen. Und er auch nicht. Das lenkt uns zu sehr ab. So, und jetzt werde ich ihm mal schnell Bescheid sagen, dass sich mein Frauenabend erledigt hat. Tschüss, ihr beiden.« Kurz bevor sie wieder nach oben verschwindet, dreht sie sich noch einmal um. »Ach, was wolltest du mir eigentlich so Dringendes erzählen?«

Caro guckt sie mit großen Augen an. »Ich? Nichts. Ich wollte nur ein bisschen klönen.«

Ich liege in meinem Körbchen und bin eigentlich glücklich und zufrieden. Aber nur eigentlich. Denn leider kündet ein dumpfes Grollen von draußen ein heftiges Gewitter an. Auch das noch! Dabei bin ich doch so müde und würde gerne schlafen. Das Donnern wird lauter und kommt immer näher. Ich versuche mich ganz tief in meine Kuscheldecke zu vergraben. Vielleicht ist es dann nicht mehr ganz so laut.

Aber es nutzt nichts: Obwohl die Decke nun schon meine Ohren bedeckt, jagt mir jeder Donnerschlag neue Schauer über den Rücken. Der nächste Blitz erleuchtet die Wohnung fast taghell. Und jetzt kracht es so laut, dass ich das Gefühl habe, das ganz Haus wackelt. Mama! Angst!

Carolin hat es mir zwar streng verboten, aber es führt kein Weg daran vorbei: Ich muss zu ihr ins Bett. Sonst kriege ich heute Nacht kein Auge mehr zu. Ich schleiche Richtung Schlafzimmer und drücke vorsichtig, aber feste mit der Schnauze gegen die Tür. Mit einem leisen *Klack* öffnet sie sich, und ich husche hinein. Es ist zwar sehr dunkel, aber die Umrisse des Betts kann ich einigermaßen erkennen. Schwupp! Schon habe ich es mir am Fußende bequem gemacht. So ist es eindeutig besser!

Zwei helle Blitze, direkt hintereinander, dann ein fürchterlicher Donnerschlag! Ein ohrenbetäubender Lärm – trotzdem fühle ich mich jetzt sicher. Das Getöse scheint auch Marc und Carolin geweckt zu haben.

»Kannst du auch nicht schlafen?«

»Nee. Bei dem Lärm schwierig.«

»Ich bin froh, wieder hier zu sein. An wen sollte ich mich sonst kuscheln?«

»Hm, das klingt gut. Dann komm mal her, ich beschütze dich.« Es kommt Bewegung unter die Bettdecke, und ich höre, wie die beiden sich küssen. Na endlich! Darauf warte ich doch schon den ganzen Tag.

»Sag mal, bist du noch böse wegen des Buchs?«

»Nein. Schwamm drüber. Bist du noch böse wegen Sabine?«

Caro kichert. »Nein. Vergeben und vergessen. Und ich bin sehr, sehr froh, dass du dir eine neue Hilfe in der Praxis suchst.«

»Ja. Ich auch. Aber weißt du, was mich trotz des ganzen Streits heute sehr glücklich gemacht hat?«

»Nein, keine Ahnung.«

»Dass sich Luisa wirklich gefreut hat, dass du wiedergekommen bist. Sie hat dich ehrlich vermisst. Das finde ich schön. Ich bin nämlich gerne eine Familie mit dir.«

Sie küssen sich wieder.

»Hm, das ist schön. Ich auch.«

»Weißt du, ich könnte mir sogar vorstellen, sie noch ein bisschen zu vergrößern.«

Wieder ein Kuss.

»Echt?«

»Ja, denn ich liebe dich. Sehr, sehr sogar.«

»Ich liebe dich auch.«

»Hmmhm. Das klingt gut. Dann könnten wir doch gleich mal ... Ah! Was ist das? Irgendetwas Komisches liegt im Bett!«

Marc schaltet seine Nachttischlampe an.

»Herkules! Was fällt dir ein? Was machst du hier?«

Carolin fängt an zu lachen. »Na, das Gewitter. Wahrscheinlich hat er Angst. Dann lass ihn halt hier schlafen.«

»Och nö! Nicht in unserem Bett. Okay, Herkules. Du kannst im Zimmer bleiben. Aber du schläfst *neben* dem Bett!«

Wie hartherzig! Aber Marc klingt so entschlossen, dass ich brav von der warmen Decke hüpfe und mich neben das Bett lege. Wenigstens legt mir Carolin noch ein Kissen auf den Boden, in das ich mich kuscheln kann.

Ein paar Minuten vergehen, das Gewitter wird wieder heftiger. Ich bemühe mich, ruhig zu bleiben. Leicht ist es nicht.

»Süße, kannst du schlafen?«

»Ja, in deinen Armen geht es.«

»Komm noch näher ran, ich beschütze dich.« Marc scheint sie jetzt an einer heiklen Stelle zu küssen. Jedenfalls kichert Caro. Toll. Und an mich denkt keiner.

Klack. Die Tür geht auf, und Luisa steht im Schlafzimmer.

»Papa, ich hab Angst. Ich kann nicht schlafen.«

Marc seufzt, und Carolin lacht.

»Na, dann komm zu uns ins Bett.«

Sofort schlüpft Luisa zu den beiden. Ein weiterer Donnerschlag. Nee, so geht es wirklich nicht. Ich will nicht der Einzige sein, der in so einer Nacht draußen schläft. Alle Verbote ignorierend, hüpfe ich wieder zu den dreien ins Bett.

»Oh, hallo, Herkules!«, freut sich Luisa. »Das ist ja toll! Jetzt sind wir alle in einem Bett. Komm zu mir, ich streichle dich, dann hast du bestimmt keine Angst mehr.« Das lasse ich mir natürlich nicht zweimal sagen und krieche weiter hoch.

»Na, bist du immer noch sicher, dass du eine größere Familie willst?«, zieht Caro Marc auf.

Über Luisas und meinen Kopf hinweg gibt Marc ihr einen Kuss.

»Kurz und bündig: ja!«

Da ist es also endlich, mein Happy End. Schon seltsam, diese Menschen. Anstrengend ist es mit ihnen. Aber manchmal auch ganz schön schön.

DANK AN:

▷ meine Lektorin, die fabelhafte Iris Kirschenhofer. Wer sich noch nächtens ganze Kapitel zumailen lässt, ist verrückt. Oder ein Enthusiast. Liebe Iris – ich werde dich vermissen!

▷ Dr. Martin Bucksch, den Tierarzt meines Vertrauens aus der Praxis Grandweg, der auch überfallartige Telefoninterviews locker wegsteckte. Falls noch Fehler drin sind, Herr Dr. Bucksch: Nicht böse sein, künstlerische Freiheit!

▷ Bettina Keil, meine Agentin und engagierte Mitleserin. Dein Feedback war echter Treibstoff und als solcher dringend nötig.

▷ Alexandra Fröhlich für ihren Hunde- und sonstigen Sachverstand. Und ihre Durchhalteparolen.

▷ Natürlich Bernd. Ich weile im Schreibexil, du bändigst die Bande. It's a dirty job, but someone's got to do it. Ohne dich hätte ich es nicht geschafft.

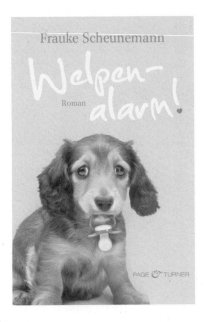

FRAUKE SCHEUNEMANN

Welpenalarm!

Roman · 288 Seiten

ISBN 978-3-442-20391-8

Was für eine tolle Familie! Carolin lebt mit dem Tierarzt Marc und seiner Tochter Luisa zusammen. Mit von der Partie ist natürlich Dackel Herkules, für den das Glück seines Rudels Chefsache ist. Endlich kündigt sich bei Carolin und Marc gemeinsamer Nachwuchs an, das Patchwork ist perfekt. Oder? Bloß nicht zu euphorisch werden, warnt Herkules' Kumpel, der kluge Kater Herr Beck. Wie weitsichtig! Kaum ist das Baby da, geht alles drunter und drüber, und die Menschen machen, was sie am besten können: sich selbst und anderen das Leben schwer. Als Luisa von zu Hause abhauen will, behalten nur die Vierbeiner einen kühlen Kopf. Und so starten Herkules und Herr Beck mit Luisa in ein Abenteuer – auf der Suche nach Liebe, Freundschaft und Geborgenheit.

EINS

Unfassbar! Es ist einfach unfassbar! Irgendetwas muss über Nacht mit meinem Frauchen Carolin passiert sein, und jetzt hat sie offensichtlich eine Nase, die der eines alten Königspudels gleicht. Um hier Missverständnissen vorzubeugen: Damit meine ich nicht etwa groß, feucht und eingerahmt von leicht ergrautem, lockigem Fell. Nein, sondern vielmehr mit dem Geruchssinn eines in die Jahre gekommenen Begleithundes ausgestattet. Also für einen Menschen geradezu sensationell gut.

Wie ich darauf komme? Ganz einfach: Vor etwa zehn Minuten habe ich es mir auf dem neuen Sofa im Wohnzimmer so richtig gemütlich gemacht. Die Gelegenheit war günstig, denn weit und breit war kein Mensch zu sehen, der es mir hätte verbieten können. Frauchens Freund Marc war schon morgens in seine Tierarztpraxis im Erdgeschoss verschwunden, sein Töchterchen Luisa in der Schule und Carolin selbst in ihrer Geigenbauwerkstatt auf der anderen Seite des Parks. Dachte ich jedenfalls.

Auf dem alten Sofa durfte ich immer ohne weiteres Platz nehmen, aber seitdem das neue die sonnigste Ecke des Wohnzimmers ziert, ist mein Leben deutlich unkomfortabler geworden. Am Tag seiner Lieferung stellte Marc nämlich eine neue, sehr spießige Regel auf: Hunde gehören ins Körbchen, auf den Teppich oder vor die Couch, keinesfalls aber *auf* Letztere. Begründet wurde das mit meinen Haaren und dem schönen, flauschigen Wollbezug der Neuerwerbung. Was natürlich totaler Blödsinn ist, denn das Sofa ist dunkelgrau und hat damit ziemlich genau meine Haarfarbe. Schließlich bin ich ein Rauhaardackel, jedenfalls fast. Selbst wenn ich also haaren würde – was ich selbstverständlich nicht tue –, würde es nicht weiter auffallen.

Gut, Regeln sind, was man selbst daraus macht – und so liege ich nun eben ab und zu heimlich auf dem Sofa und genieße die Sonne und das kuschelige Gefühl an meinem Bauch. Bis jetzt hat es noch niemand von meinen drei menschlichen Mitbewohnern bemerkt – so viel zum Thema *störende Haare*.

Auch in diesem Moment fläze ich mich auf meinem neuen Lieblingsplatz und freue mich über die Ruhe in der Wohnung. Eigentlich bin ich als Rudeltier nicht besonders gern allein, aber wenn es denn schon sein muss, dann bitte auf diesem Fleckchen. Hier fühlt sich selbst die Wintersonne, die um diese Tageszeit genau ins Fenster scheint, ganz warm und sommerlich an. Herrlich!

Ein Schlüssel wird im Haustürschloss gedreht. Mist! Ich springe schleunigst auf den Teppich, entferne mich weit genug vom Corpus Delicti und setze eine möglichst unschuldige Miene auf. Carolin streckt den Kopf durch die Tür.

»Hallo Herkules, ich bin wieder zurück. Muss mich mal ein bisschen hinlegen. Irgendwie ist mir heute flau. Vielleicht zu viele Schokoweihnachtsmänner zum Frühstück.«

Sie zögert kurz, dann geht sie in meine Richtung.

»Ach, ich komm zu dir ins Wohnzimmer. Ein wenig Gesellschaft ist vielleicht nicht schlecht.«

Sie nimmt auf dem Sofa Platz, dann legt sie sich mit dem Kopf auf ebenjene Stelle, auf der auch ich gerade ein Nickerchen machen wollte. Normalerweise überhaupt kein Problem. Die Nase eines Menschen reagiert auf Duftmarken schließlich so empfindlich wie ein dickfelliger Berner Sennenhund auf die Temperaturen beim ersten Schneefall des Winters. Ich bin also ganz entspannt.

Kaum liegt Carolin jedoch, rappelt sie sich schon wieder auf.

»Sag mal, Herkules, du böser Hund – hast du etwa auf dem schönen neuen Sofa gelegen?«

Ich bin völlig verdutzt. Wie hat sie das gemerkt? Sollte ich etwa doch haaren?

»Du brauchst gar nicht so unschuldig zu gucken! Das ganze Sofa riecht nach dir. Also ehrlich – es stinkt regelrecht nach Hund! Igitt!«

Bitte? Sie hat es gerochen? Das KANN gar nicht sein. Denn ich habe maximal fünf Minuten dort gelegen, und nass war ich auch nicht. Für einen Menschen ist das genau so, als wäre ich niemals da gewesen. Ich bin – ich erwähnte es bereits – also fassungslos. Und, nebenbei bemerkt, was heißt hier eigentlich *stinkt* nach Hund? Ich bin mir sicher, dass ich sehr angenehm dufte. Carolin sollte sich lieber mal klarmachen, dass das Wässerchen aus dem kleinen Glasfläschchen, das sie selbst häufig benutzt, geradezu penetrant stinkt.

»Tja, mein Lieber, da staunst du, was? Ich habe dich erwischt. Du hast hier gelegen, hundert Prozent. Das rieche ich drei Meilen gegen den Wind. Und du weißt genau, dass wir dir das verboten haben. Also sei froh, dass ich dich erwischt habe und nicht Marc. Bei diesem sauteuren Designerstück kennt Herrchen keinen Spaß.«

Okay, sie hat es offenbar tatsächlich erschnuppert. Ich richte mich zu voller Größe auf und starre Carolin an. Sieht sie irgendwie anders aus? Irgendetwas, das ihren plötzlich sensationellen Geruchssinn erklären könnte? Nein, alles völlig normal und wie immer: Carolin hat ihre blonden langen

Haare zu einem Pferdeschwanz gebunden, die hellen Augen strahlen, und ihre Nase ist kein Stück größer geworden. Sehr seltsam. Seeehr seltsam!

Bevor ich aber noch dazu komme, Carolin eingehender zu untersuchen, springt sie vom Sofa auf.

»Ich lege mich ins Bett. Hier wird mir ja ganz anders, ich fürchte, die Couch muss erst einmal auslüften. Schäm dich, Herkules!«

»Und du bist dir wirklich sicher, dass sie es gerochen hat?« Auch Herr Beck guckt erstaunt, als ich ihm am nächsten Tag von der Sofageschichte erzähle. Und das will etwas heißen. Denn der dicke schwarze Kater hat schon ziemlich viele Jährchen auf dem Buckel und mit Menschen wohl alles erlebt, was man als Vierbeiner so mit ihnen erleben kann. Seit ich ihn im Sommer vor zwei Jahren kennen gelernt habe, ist er deswegen nicht nur mein bester Freund, sondern auch mein wichtigster Ratgeber geworden.

»Ich meine, vielleicht hat sie es auch nur erraten. Du lagst immerhin neben dem Teil, und vielleicht hast du gleich so schuldbewusst geschaut.«

Ich schüttle den Kopf.

»Nee, völlig ausgeschlossen. Zum einen hatte ich überhaupt kein schlechtes Gewissen. Und zum anderen habe ich wirklich einen Sicherheitsabstand zwischen das Teil und mich gebracht, *bevor* Carolin ins Zimmer gekommen ist. Nicht nur das: Sie hat sogar behauptet, ihr würde ganz anders von dem Geruch.«

»Hm.« Beck guckt nachdenklich und rückt von dem Treppenabsatz unseres Hauseingangs näher an die Hauswand heran. Tatsächlich hat es angefangen zu schneien, und wie die meisten Katzen ist Beck wettertechnisch ein echtes Weichei.

Wenn mein Opili – Gott hab ihn selig! – das sehen könnte, es würde ihn in seiner Meinung über diese Gattung vollauf bestätigen. Ich bleibe selbstverständlich wie angenagelt liegen und trotze dem Schneesturm. Na ja, drei Flocken mindestens haben schon meine Nase gestreift. Ich muss niesen. Herrn Beck scheint das an unser Ausgangsthema zu erinnern.

»Ja, ja, die Nase. Damit hat sie dich also ertappt. Für einen Menschen ist das wirklich eine unglaubliche Leistung. Selbst mir fällt es mittlerweile schon deutlich schwerer, Duftmarken exakt zuzuordnen. Das Alter!« Er seufzt. »Ist dir denn sonst noch etwas aufgefallen? Vielleicht sind das ja Anzeichen irgendeiner seltenen Krankheit?«

Ich denke kurz nach.

»Nein. Oder, na ja. Ich finde, Carolin ist in letzter Zeit immer sehr müde. Normalerweise dreht sie bei schönem Wetter gerne eine Extrarunde mit mir im Park. Das ist schon länger nicht mehr vorgekommen, sie ist immer zu schlapp dafür. Meinst du, ich muss mir Sorgen um Carolin machen?«

Becks Schwanzspitze zuckt. Ein untrügliches Zeichen dafür, dass er nachdenkt.

»Tja, so spontan weiß ich damit auch nichts anzufangen. Geruchsempfindlichkeit und Müdigkeit – habe ich so als Krankheitssymptome beim Menschen noch nicht erlebt. Beim Kater erst recht nicht. Vielleicht sind das auch alles nur Zufälle? Ihre Nase hatte heute nur einen guten Tag, und außerdem ist es ihr momentan schlicht zu kalt, um mit dir spazieren zu gehen? Ich fürchte, wir müssen das weiter beobachten, mein Freund. Nur so kommen wir zu einer fundierten Diagnose.«

Ich nicke, dann wälze ich mich hoch und trotte Richtung Terrassentür zur Werkstatt. Beobachten ist bestimmt eine gute Idee, und wenn ich schon dabei bin, kann ich auch gleich mal beobachten, ob sich schon etwas Essbares in meinem Napf befindet.

Carolin läuft in dem großen Raum mit den Werkbänken hin und her und telefoniert. Aus der kleinen Küche hinter dem Flur, in der sich Caro und ihr bester Freund und Kollege Daniel immer Tee oder Kaffee kochen, höre ich es verdächtig klappern. Vielleicht denkt wirklich jemand an mich? Muss ja nicht unbedingt frisches Rinderherz sein, eine Zwischenmahlzeit in Form von Hundekuchen würde mir auch gefallen.

Hoffnungsfroh renne ich hinüber und schaue durch die Tür: Tatsächlich hantiert Daniel mit einem Karton. Ich schnuppere kurz in die Luft – nein, bedauernswerterweise sind keine Hundekuchen darin, sondern wohl nur die kleinen Papiertüten, in die er immer das Kaffeepulver füllt. Vielleicht kann ich ihm trotzdem einen Snack aus den Rippen leiern. Direkt neben der Tür stehen mein Trink- und mein Fressnapf. Letzterer ist – leider! – leer. Ich gebe ihm einen kräftigen Stoß mit meiner Schnauze und werfe ihn damit gegen den Trinknapf, so dass es ziemlich laut scheppert. Daniel dreht sich erschrocken zu mir um. Recht so! Ein schlauer Kerl und Hundefreund wie er sollte doch mit dieser Botschaft etwas anfangen können.

»He, du Randale-Dackel! Oder sollte ich besser Hooligan-Hund sagen? Was soll das denn?«

Also bitte, Daniel, das ist jetzt nicht der passende Moment für sprachliche Spitzfindigkeiten, die mir persönlich auch rein gar nichts sagen. Ich will etwas zu fressen, und zwar schnell! Um die Botschaft noch etwas klarer zu machen, gebe ich dem umgekippten Fressnapf noch einen Stups und knurre ein bisschen.

»Ach, daher weht der Wind. Monsieur verlangt nach einer Mahlzeit!«

Sehr gut, hundert Punkte, Daniel. Und nun mach schon, du weißt bestimmt, wo Carolin meine Leckerlis aufbewahrt – in dem kleinen Schränkchen, auf dem die Kaffeemaschine steht. Das ist doch für dich nur ein Griff!

Aber leider öffnet Daniel nicht einfach die Schranktür, sondern sieht sich etwas hilfesuchend in der kleinen Küche um und fährt sich dann ratlos mit den Händen durch die vielen hellen Locken auf seinem Kopf.

»Hm, wo mag denn dein Frauchen etwas für dich verstaut haben?« Er öffnet den Schrank über dem Herd mit den zwei Platten. »Also, das hier sieht schon mal schlecht aus. Vielleicht daneben? Nee, auch nicht.« Er beugt sich zu mir herunter. »Tja, Herkules, da siehst du es – ich war wirklich verdammt lange weg. Ich muss mich hier erst einmal wieder einleben.«

Mit diesen Worten verlässt er die Küche und geht in den großen Werkraum.

»Sag mal, Carolin«, höre ich ihn fragen, »hast du hier unten irgendetwas zu fressen für Herkules? Er scheint Hunger zu haben.«

»Kann zwar eigentlich nicht sein, aber vielleicht hat ihn die allgemeine Vorweihnachtsvöllerei angesteckt. Moment, ich zeig's dir.« Sie kommen beide in die Küche.

»Danke!«

»Keine Ursache, ist ja auch in meinem Interesse, wenn du dich so schnell wie möglich wieder heimisch fühlst.«

Recht hat sie. Ich will doch schwer hoffen, dass Daniel diesmal für immer dableibt. Carolin und Daniel haben sich nämlich schon einmal die Werkstatt geteilt und zusammen Geigen gebaut. Das war zu der Zeit, als mich Caro aus dem Tierheim gerettet hat. Aber dann war Daniel *als Mann* zu nett für Carolin, aber nicht für Aurora, und deswegen verliebte sich Carolin in Marc, und Daniel zog mit der doofen Aurora weit, weit weg und kam nur noch ganz selten bei uns vorbei. Also, das ist jetzt die sehr verkürzte Fassung, aber so ungefähr war's. Es ist auch müßig, sich bei Menschen alles merken zu wollen. Ich habe es jedenfalls mittlerweile aufgegeben. Dafür passiert bei denen einfach viel zu viel.

Das soll mich jetzt auch nicht weiter kratzen, denn immerhin ist Daniel nun wieder da und scheint auch bleiben zu wollen. Umso sinnvoller ist es deswegen natürlich, dass Carolin ihn gründlich in die wesentlichen Dinge der Werkstatt einweist. Wozu selbstverständlich auch gehört, wo sich mein Futter befindet.

Nach einer solchen Einarbeitung sieht es allerdings momentan nicht aus. Stattdessen stehen die beiden in der Küche voreinander und schweigen sich an. Dann lächelt Daniel und knufft Caro in die Seite.

»Carolin, ich bin froh, dass wir jetzt wieder ein richtiges Team sind.« Sie nickt.

»Ja, ich auch. Ich hoffe nur, du wirst München nicht zu sehr vermissen. Und alles, was damit zusammenhängt.«

Daniel brummt irgendetwas Unverständliches, und diesmal ist es Carolin, die ihn knufft.

He! Das ist ja geradezu rührend, wie ihr hier den Geist eurer Freundschaft beschwört, aber: WO BLEIBT MEIN FUTTER? Ich winsle ein bisschen, um den Ernst der Lage zu verdeutlichen.

»Ist ja gut, Süßer, geht schon los!« Carolin beugt sich zu dem Schränkchen, öffnet eine der Türen und nimmt eine Dose heraus. *Na endlich!*, möchte ich laut rufen, beschränke mich aber meinen Fähigkeiten entsprechend auf ein gutgelauntes Schwanzwedeln.

Als Carolin die Dose öffnet, passieren mehrere Dinge, und zwar fast zeitgleich: Erst strömt der verführerische Duft von Pansen und Leber in die Küche – und nur den Bruchteil einer Sekunde später lässt Carolin die Dose auf den Boden fallen, gibt ein tiefes, würgendes Geräusch von sich, dreht sich blitzschnell zur Seite und übergibt sich in die Spüle neben der Kaffeemaschine.

ZWEI

Heilige Fleischwurst! Das letzte Mal, dass ich erleben musste, wie sich Carolin übergab, war mit Sicherheit der absolute Tiefpunkt meiner Karriere als Haustier. Carolin hatte aus Liebeskummer eine ganze Flasche Cognac niedergemacht, dann ihren Wohnzimmerteppich in kleine Teile geschnitten und war schließlich ohnmächtig geworden. Also, nachdem sie gespuckt hatte. Und wer war schuld daran? Genau. Ich, Herkules, der Unglücksrabe, mit freundlicher Unterstützung von Herrn Beck. Kurz zuvor hatten wir zwei nämlich Carolins gruseligen Freund Thomas aus dem Haus geekelt. Die beiden passten einfach nicht zusammen. Trotzdem war Caro danach so unglücklich, dass sie auf die Sache mit dem Cognac verfiel.

Heute liegen die Dinge aber völlig anders – Carolin hat keinen Liebeskummer, sondern ist schon ziemlich lange glücklich mit ihrem Freund Marc, der praktischerweise auch mein Tierarzt ist. Und Cognac hat sie auch keinen getrunken, auch keine andere Sorte von diesem scheußlichen Zeug namens Alkohol. Wenn ich es mir recht überlege, nicht nur heute nicht, sondern schon ziemlich lange nicht mehr. Daran kann es demnach auch nicht liegen.

Herr Beck hatte also Recht mit seinem Verdacht. Mein Frauchen ist krank! Und wir brauchen einen Arzt, dringend! Offenbar bin ich aber der Einzige, der die Lage besorgniserregend findet, denn weder Daniel noch Carolin wirken im

Geringsten alarmiert. Daniel klopft Caro lediglich auf die Schulter, reicht ihr dann ein Taschentuch und fragt: »Geht's wieder?«

Sie nickt.

»Danke, alles in Ordnung. Es war nur dieser Geruch … der hat mich gerade echt umgehauen.«

Ha! Da ist es wieder! Geruchsempfindlichkeit! Mensch, Carolin, lass uns doch mal zu einem Arzt gehen, das ist doch nicht normal! Mal ganz abgesehen von der Tatsache, dass Pansen sehr lecker riecht, war es natürlich nicht die erste Hundefutterdose, die Carolin in ihrem Leben geöffnet hat, und bisher hat es ihr nie etwas ausgemacht, am Inhalt zu schnuppern.

»Vielleicht setzt du dich einen Moment in den Sessel?«, schlägt Daniel vor. Als keine Widerrede kommt, nimmt er Caros Hand und zieht sie sanft in das große Zimmer vor der Terrasse, in dem neben den beiden Werkbänken von Carolin und Daniel auch ein gemütlicher Korbsessel steht. Er drückt Carolin in das weiche Sitzkissen und marschiert dann noch einmal in die Küche, um kurz darauf mit einem Glas zurückzukehren.

»Hier, ein stilles Wasser für die Patientin! Ich werde mich demnächst als dein hauptamtlicher Krankenpfleger bewerben.«

»Tu das, der Job liegt dir ja offensichtlich, und mein Arzt wäre begeistert. Er hat neulich wegen meines Arbeitspensums schon mit mir geschimpft und verlangt, dass ich mich mehr schone.«

Aha. Anscheinend weiß Carolin selbst um ihren schlechten Gesundheitszustand und war schon beim Arzt. Und sollte Daniel etwa auch eingeweiht sein? Wieso weiß ich dann nichts Näheres und muss mir hier meinen Teil zusammenreimen?

Gut, als Dackel bin ich Jagd- und nicht Schutzhund, aber ich muss doch wohl nicht erst bei der Bergrettung anheuern, damit ich in Fragen des Wohlergehens meines Frauchens eingebunden werde.

Egal: Wenn ihr es mir nicht freiwillig erzählen wollt, muss ich euch wohl noch ein wenig belauschen. Dann kriege ich es schon selbst heraus und werde dann entsprechende Maßnahmen für die Genesung von Carolin ergreifen. Welche das im Einzelnen sein könnten, ist mir noch nicht ganz klar. Aber die meisten Krankheiten des Menschen bekommt man mit viel Bewegung und frischer Luft wieder hin. Das jedenfalls war die unerschütterliche Meinung meines Züchters, des alten von Eschersbach. Er erwähnte in diesem Zusammenhang auch immer wieder gerne einen längeren Spaziergang – oder *Fußmarsch* –, der an einem Ort namens Ostpreußen begann. Ich bekomme es nicht mehr ganz zusammen, aber irgendwie war der Alte der Meinung, dass er als Kind mit seiner Mutter sehr viel gelaufen und er deswegen heute bei so robuster Gesundheit sei, während die Jugend heute vom vielen Rumsitzen völlig *verweichliche*.

Ich hoffe also, Carolins Krankheit hat mit ihrem Bewegungsmangel in letzter Zeit zu tun, denn den werde ich mit Sicherheit ganz schnell in den Griff bekommen. Die Sache mit dem »Schonen« können wir dann immer noch machen, aber wenn Carolins Arzt wirklich Ahnung hätte, wäre sie doch längst wieder gesund.

Es sei denn … es wäre etwas Ernsteres. Hm. Kann das sein? Ist Caro vielleicht *richtig* krank? Nicht nur ein bisschen? Verstohlen betrachte ich sie von dem Platz neben dem Sessel, auf den ich mich gelegt habe. Aus diesem Blickwinkel sieht sie eigentlich ganz normal aus. Ein bisschen blass, aber sonst ganz die Alte. Ich robbe ein Stück vor und lege mich auf Caros Füße. Was auch immer sie haben mag, Körperkontakt ist immer gut.

Sie beugt sich zu mir herunter und krault mich zwischen den Öhrchen. Sehr gut, zumindest die alten Reflexe scheinen noch zu funktionieren!

»Herkules, mein Süßer, vielleicht sollte ich mich einfach zu Hause hinlegen und dich als Wärmflasche gleich neben mich packen. Von mir aus auch auf Marcs heiliges Sofa. In meinem Zustand darf ich das doch wohl.«

Oh, oh – einerseits eine verlockende Vorstellung, andererseits –, was meint sie bloß mit *Zustand*? Klingt nicht gut. Daniel zieht sich einen der Werkbankschemel neben ihren Sessel und setzt sich.

»Habt ihr es Luisa eigentlich schon gesagt?«

Klingt gar nicht gut.

Carolin schüttelt nur den Kopf.

»Meinst du, sie ahnt schon etwas?«

»Ich hoffe nicht, ich will ja nicht, dass sie sich unnötig Sorgen macht. Wir wollten erst mal abwarten, wie es sich entwickelt.«

Schluck! Klingt überhaupt rein gar nicht auf keinen Fall gut!

»Wann wollt ihr es Luisa denn sagen? Viel Zeit habt ihr ja nicht mehr.«

O MEIN GOTT! Viel Zeit ist nicht mehr! Ich bin schockiert – was mache ich mir denn hier übers Gassigehen Gedanken? Carolin ist offenbar schwer krank. Sehr schwer krank.

»Na, wir dachten, an Weihnachten. Seitdem Luisa bei Marc wohnt, feiert sie Weihnachten eigentlich immer bei ihrer Mutter Sabine in München. Aber Sabine war einverstanden, dass Luisa diesmal Heiligabend noch bei uns verbringt. Ist ja schließlich das letzte Weihnachten in dieser Besetzung.«

Das letzte Weihnachten? Ich bekomme Ohrenrauschen und Atemnot, der Raum beginnt sich zu drehen. Carolin wird sterben. Ich werde mein geliebtes Frauchen verlieren! Ich werde eine einsame Dackelwaise sein, verlassen von der Welt, ich werde …

»Herkules, was ist denn auf einmal mit dir los?« Carolin hebt mich auf ihren Schoß und streichelt mich zärtlich. »Du zitterst ja plötzlich am ganzen Leib. Ist dir kalt? Oder bist du schon so geschwächt vor Hunger?«

Carolin, du gütigster Mensch auf der Welt – selbst im Angesicht deines eigenen Todes denkst du noch an deinen treuen, kleinen Freund Herkules. Am liebsten würde ich jetzt weinen – eine Fähigkeit, um die ich die Menschen schon oft beneidet habe –, aber so bleibt mir nur ein schwaches Winseln.

Daniel steht von seinem Schemel auf.

»Richtig, das Fressen für Herkules. Das haben wir ja ganz vergessen. Ich schau mal, ob man die Dose noch nehmen kann, sonst mache ich ihm eine neue auf.«

Ihr glaubt doch nicht ernsthaft, dass ich jetzt etwas fressen kann? Mir ist natürlich ob dieser grausamen Nachricht völlig der Appetit vergangen. Daniel verschwindet in Richtung Küche. Wie abgebrüht die beiden sind – sie müssen die furchtbare Wahrheit schon lange kennen. Wahrscheinlich ist Daniel auch deswegen zu Carolin zurückgekommen: Er will seine alte Freundin auf ihrem letzten, schweren Weg begleiten. Wahre Freunde. Ob Herr Beck das auch für mich tun würde? Wobei – eigentlich stellt sich die Frage eher umgekehrt. Herr Beck ist ja schon ganz schön betagt, während ich mit meinen drei Jahren noch fast ein junger Hüpfer bin. Also werde ich Herrn Becks Tatze halten, wenn es irgendwann mit ihm zu Ende geht?

In diesem Moment hält mir Daniel einen bis zum Rand gefüllten Fressnapf direkt vor die Nase.

»Na, mein Freund – wie sieht das für dich aus? Lecker, oder?«

Pah, störe meine Trauer nicht! Wobei – es riecht schon ziemlich gut. Und durch Hunger geschwächt bin ich natürlich auch keine Hilfe für Carolin. Was sie jetzt braucht, ist ein ganzer Kerl. Von mir aus auch dank Chappi. Ich hüpfe von ihrem Schoß, Daniel stellt das Schälchen auf den Boden. Hastig schlinge ich los, immerhin ist meine letzte Mahlzeit schon eine ganze Zeit her. Hinzu kommt, dass Marc dem Diätwahn anheimgefallen ist. Leider nicht bei sich selbst, das wäre mir egal. Aber nein – er findet tatsächlich, dass ich zu viel angesetzt habe. Zum einen eine Frechheit. Und zum anderen ist eine leichte Gewichtszunahme jahreszeitlich völlig angemessen. Es ist schließlich kalt draußen, und ich habe beobachtet, dass auch die Menschen momentan einen gesteigerten Appetit zu haben scheinen. Vor allem auf Süßigkeiten. Die sind zwar für mich streng verboten, aber Luisa hat mir heimlich schon den einen oder anderen Schokoweihnachtsmann zugesteckt. Braves Mädchen.

»Sag mal, wo feierst du eigentlich Weihnachten?«, will Carolin von Daniel wissen.

»Ich weiß noch nicht so genau. Aurora hat mich gefragt, ob ich nicht doch mit ihr nach New York kommen will. Aber das halte ich für keine so gute Idee. Ich glaube, ein bisschen Abstand tut uns beiden nach dem ganzen Desaster erst einmal gut. Außerdem hat sie bei Konzertreisen erfahrungsgemäß sowieso wenig Zeit, und ich säße nur allein im Hotel.«

»Hm.« Mehr sagt Caro dazu nicht, was schade ist, denn die Kombination aus *Aurora* und *Desaster* klingt selbst in meinen Dackelohren interessant. Gut, natürlich ist Daniel gekommen, um Carolin beizustehen, so viel steht fest. Aber offenbar gibt es Zoff mit Aurora, der *Stargeigerin*. Das ist natürlich großartig, denn es erhöht nach meiner Kenntnis von menschlichen Beziehungen die Wahrscheinlichkeit, dass Daniel wirklich für immer hierbleibt, erheblich.

»Ach, ich glaube, ich besuche einfach meine Eltern in Lübeck. Die würden sich freuen, mich zu sehen.«

»Du kannst natürlich auch mit uns feiern. Marc und Luisa hätten bestimmt nichts dagegen.«

»Danke, das ist ein liebes Angebot. Aber du hast es ja schon selbst gesagt – dieses Weihnachten ist in gewisser Weise besonders für euch. Da möchte ich nicht stören.«

»Du störst überhaupt nicht.«

»Nee, danke, lass mal. Ich fahre nach Lübeck und lasse mich von meiner Mutter mästen.«

Carolin rappelt sich aus ihrem Sessel hoch.

»Tja, vielleicht hast du Recht. Ich bin auch schon sehr gespannt, wie Luisa reagieren wird.« Na, wie wohl? Entsetzt! »Ich meine, ich bin nicht ihre Mutter, aber trotzdem …« Also, da fallen mir doch so langsam die Schwanzhaare aus – für wie herzlos hält sie das Kind?

»Ja, ihr müsst sie gut darauf vorbereiten«, pflichtet ihr Daniel bei, »für die Kleine wird sich eine Menge ändern, und die Familie, die ihr jetzt seid, wird es so nicht mehr geben.«

Vielen Dank, Daniel. Jetzt hast du es geschafft. Mein Appetit ist mir endgültig vergangen. Ich lasse den Napf stehen und beschließe, die traurigen Nachrichten mit jemandem zu teilen, der zur Abwechslung mal mich trösten kann.

»Und du bist dir da ganz sicher?« Herr Beck ist fassungslos.

»Ja, leider. Im wahrsten Sinne des Wortes: todsicher.«

»Aber, aber – das ist ja schrecklich! So eine junge Frau! Was ist denn das bloß für eine fürchterliche Krankheit?«

»Das hat sie nicht so genau gesagt. Aber sie hat nicht mehr viel Zeit. Weihnachten wollen sie es Luisa sagen.«

»O nein. Das arme Kind.«

»Ach, Beck, ich bin so unglücklich.« Ich beginne zu jaulen. Beck macht ein Geräusch, das dem menschlichen *hm, hm* sehr nahekommt.

»Aber vielleicht ist es auch blinder Alarm, und du hast die beiden einfach falsch verstanden. Vielleicht wollen sie Luisa an Weihnachten etwas ganz anderes sagen. Weißt du, Menschen sind Meister der Doppeldeutigkeit, das ist als Haustier nicht immer leicht zu verstehen.«

Typisch Beck. Nie nimmt er mich ernst. Ein toller Freund. Ich jaule noch ein bisschen lauter.

Beck seufzt.

»Okay. Nehmen wir mal an, du hättest Recht. Dann musst du dich ein bisschen ablenken. Sonst wirst du noch schwermütig. Und mit einem schwermütigen Dackel ist auch niemandem gedient. Am wenigsten Carolin.«

»Ich bin bereits schwermütig. Mein Frauchen wird sterben, wie könnte ich da gut gelaunt sein?«

Beck seufzt.

»Noch mal: Vielleicht hast du sie einfach falsch verstanden. Leider können wir sie das nicht einfach fragen. Bis wir Gewissheit haben, bist du gut beraten, nicht die ganze Zeit über den Tod nachzudenken. Zu viel denken ist für Haustiere insgesamt nicht gut. Für Menschen eigentlich auch nicht, aber die sind für sich selbst verantwortlich. Also, lass uns über etwas anderes reden.«

Dieser fette Kater ist so verdammt herzlos! Worüber soll ich denn jetzt mit ihm reden?

»Mir fällt nichts ein, worüber ich mich im Moment mit dir unterhalten möchte.«

»Wie wäre es denn zum Beispiel mit dem Thema Weihnachten?«

»O nein! An Weihnachten wollen sie es doch Luisa sagen. Und dann wird das arme Kind erfahren, dass ...«

»Herkules!«, unterbricht mich Beck rüde. »Keine Gespräche über den Tod!«

Na gut, dann eben nicht. Wir schweigen uns an.

»Wann ist eigentlich Weihnachten?«, will ich schließlich von Beck wissen.

»Na, so wie jedes Jahr.«

»Das ist mir klar, ich habe es nun schließlich auch schon zweimal mitgemacht – aber trotzdem habe ich es mit der menschlichen Zeiteinteilung nicht so. Also – ist Weihnachten eher morgen, oder dauert es noch ein bisschen?«

Beck bewegt den Kopf bedächtig hin und her. Offenbar weiß er es auch nicht so genau.

»Lass mal überlegen. Auf Ninas Wohnzimmertisch steht so ein rundes Teil mit Kerzen drauf. Vier Stück. Und soweit ich weiß, müssen alle brennen, damit Weihnachten ist.«

»Aha. Aber die brennen doch, weil die Menschen sie anzünden. Dann könnte ja jeder selbst bestimmen, wann das ist. Einfach alle Kerzen angezündet, fertig.«

Herr Beck zieht seine buschigen Augenbrauen hoch und schaut mich tadelnd an.

»Nein, so geht das natürlich nicht. Diese Kerzen kann man nicht einfach so anzünden.«

»Kann man nicht? Brennen die dann nicht?«

»Quatsch, das meinc ich nicht. Ich meine, sie werden nach einem bestimmten ... na ... wie nenne ich es? Genau – sie werden nach einem bestimmten Ritus angezündet. Erst eine, dann zwei ... und so weiter. Bis sie schließlich alle brennen. Dazwischen müssen aber immer ein paar Tage liegen.«

»Welchen Sinn soll das denn haben?«

»Herkules, manchmal stellst du Fragen wie ein Maikätzchen. Als ob bei den Menschen immer alles einen Sinn hätte.«

Nee, nee, mein Lieber – so einfach kommst du mir nicht davon. Wer den Spezialisten gibt, muss auch mit kritischen Nachfragen rechnen.

»Ich sage ja gar nicht, dass bei den Menschen immer *alles* einen Sinn haben muss. Aber wenn sie es so kompliziert machen, haben sie sich doch in der Regel schon etwas dabei gedacht«, halte ich dagegen. Herr Beck macht ein Geräusch, das wie *PFFF* klingt und wahrscheinlich Missbilligung ausdrücken soll, aber an den Bewegungen seiner Schwanzspitze kann ich erkennen, dass er tatsächlich über meinen Einwurf nachdenkt.

»Okay, wenn ich mich richtig erinnere, hat das irgendetwas mit Abwarten zu tun.«

»Abwarten?«

»Ja. Die Menschen warten auf irgendetwas oder irgendjemanden. Und damit die Zeit schneller vergeht, zünden sie nach jeder Woche, die sie erfolgreich hinter sich gebracht haben, eine neue Kerze an.«

»Aber auf wen oder was warten sie denn? Das muss ja etwas ganz Besonderes sein, wenn dafür so ein Brimborium veranstaltet wird. Ich meine – Carolin wartet auch häufiger mal auf einen Kunden, der sich verspätet. Oder auf Marc, dem ein Notfall dazwischengeplatzt ist. Meines Wissens hat sie deswegen aber noch nie eine Kerze angezündet.«

Jetzt guckt Herr Beck wirklich sehr nachdenklich.

»Du hast Recht. So habe ich es noch nie betrachtet. Ich schätze mal, sie warten auf den Weihnachtsmann.«

»Den Weihnachtsmann? Aber den gibt es doch momentan an jeder Ecke. Auf den muss man nicht warten, man kann ihm zurzeit eigentlich kaum entgehen. Erst heute Morgen hat mir Luisa einen kleinen Schokoweihnachtsmann zugesteckt. Sehr lecker! Und ein großer, dicker Weihnachtsmann sitzt jetzt auch vor dem riesigen Haus, in dem man von der Fleischwurst bis zur Unterhose alles besorgen kann. Vor ein paar Tagen war ich mit Carolin dort, es war unglaublich voll, und gleich am Eingang war dieser Weihnachtsmann und brüllte *ho*, *ho*, *ho* und bimmelte ununterbrochen mit einer sehr lauten Klingel. Also, für den würde ich garantiert keine Kerze anzünden. Ich wäre eher froh, wenn der *nicht* kommt.«

Beck seufzt.

»Herkules, mein Freund. Das war mit Sicherheit nicht der echte Weihnachtsmann.«

»War er nicht? Er sah aber so aus. Genau wie so ein Schokoladenkerl, nur in echt.«

»Nein. Der echte Weihnachtsmann kommt nur an Weihnachten und bringt die Geschenke.«

»Ach? Die Geschenke sind vom Weihnachtsmann? Bist du sicher?«

»Ganz sicher. Er kommt und verteilt sie an die Kinder. Ich habe ihn schon selbst dabei gesehen.«

»Wo denn? Nina hat doch gar keine Kinder. Weder eigene noch geliehene. Und ihr Freund Alex hat auch keine.«

Herr Beck lebt nämlich bei Nina, Carolins bester Freundin, und das praktischerweise in der Wohnung über Carolins Werkstatt. Insofern kenne ich Nina sehr gut und weiß aus eigener Anschauung, dass sie eine echte Kinderallergie hat. Die Vorstellung, dass Nina eine für Menschen so wichtige Veranstaltung wie Weihnachten womöglich freiwillig mit fremden Kindern verbringen könnte, ist geradezu ausgeschlossen. Der Kater gibt also nur an, sonnenklar.

»Doch nicht bei Nina. Ich habe ihn bei Frau Wiese gesehen.« Frau Wiese war Becks altes Frauchen. Die hatte allerdings auch keine Kinder. Ich hole tief Luft, Beck macht eine hektische Bewegung mit seiner Tatze.

»Stopp, stopp – ich weiß, was du sagen willst: Ja, Frau Wiese hatte auch keine Kinder. ABER sie hatte ja diesen nichtsnutzigen Neffen. Der wiederum bekanntermaßen drei ungezogene Kinder hat.«

Stimmt. Ich erinnere mich. Herr Beck war einmal ein paar Tage bei Wiese junior untergebracht und kehrte danach mit Geschichten heim, die denen vom alten Eschersbach über etwas, was er *Krieg* nannte, in nichts nachstanden. Herr Beck blickt nur bei dem Gedanken an diese Familie ausgesprochen finster drein.

»Und diese ganze grausame Sippe war auch an Weihnachten einmal zu Besuch. Du kannst dir ja gar nicht vorstellen, wie schlimm …«

»Beck«, unterbreche ich ihn, »was war denn nun mit dem Weihnachtsmann?«

»Äh, richtig. Der Weihnachtsmann. Na, der kam mit einem großen Sack voller Geschenke für diese furchtbaren Gören. Die Kinder sangen ein Lied, der Weihnachtsmann guckte sehr streng und las vor, wann die Kinder im letzten Jahr unartig waren. Das hat natürlich ziemlich lange gedauert, und als der Weihnachtsmann dann auch noch mit der Rute gewedelt hat, fing das kleinste Kind an zu weinen, und die anderen beiden versteckten sich hinter dem Sofa. Da hat sich der Weihnachtsmann beeilt, doch noch etwas Nettes zu sagen und Geschenke zu verteilen. Die Kinder haben dann gelobt, in Zukunft immer brav zu sein. Aber als der Weihnachtsmann wieder weg war, haben sie sich natürlich sofort um das Spielzeug gestritten, das er ihnen mitgebracht hatte. Die Erwachsenen tranken viel Alkohol und stritten sich schließlich auch. Irgendwann fing Frau Wiese an zu weinen, die Frau des Neffen keifte sehr laut, und der Neffe selbst schlief auf dem Sofa ein. Das ist also Weihnachten. Wenn alle vier Kerzen brennen.«

Wow! Da bin ich geradezu froh, dass bei uns der Weihnachtsmann noch nie da war. Allerdings haben wir bisher auch immer ohne Kind gefeiert. Sondern sehr kuschelig zu dritt, nur Caro, Marc und ich. Gestritten hat niemand, gesungen Gott sei Dank auch nicht. Stattdessen gab es ausgesprochen leckeres Essen, sogar für mich. Allerdings gab es auch Geschenke. Ein Punkt, der mich stutzig macht.

»Beck, bei uns gab es aber auch Geschenke für Marc und Carolin. Vom Weihnachtsmann hingegen keine Spur.«

Becks Schwanzspitze zuckt wieder hin und her.

»Hm. Wahrscheinlich schickt der Weihnachtmann die den Leuten ohne Kinder mit der Post. Damit er mehr Zeit für die Familien hat. Der gute Mann kommt ja ganz schön rum.«

Aha. Ob der Weihnachtsmann wegen Luisa diesmal also auch zu uns kommt? Ich muss dringend nachschauen, wie viele Kerzen auf diesem Kranzdings schon gebrannt haben. Vielleicht habe ich noch etwas Zeit, mich zu wappnen. Schließlich werde ich Luisa wegen Carolin trösten und womöglich diesen Weihnachtsmann im Auge behalten müssen. Dieses Weihnachtsfest, so viel ist schon jetzt klar, wird den ganzen Hund erfordern.

Ein kleines Dackelherz auf Abwegen

288 Seiten
ISBN 978-3-442-20391-8

»Eine der liebreizendsten Liebeskomödien der letzten Jahre.«
denglers-buchkritik.de

Nach den SPIEGEL-Bestsellern »Dackelblick« und »Katzenjammer«: neue Abenteuer mit Herkules.

Überall, wo es Bücher gibt, und unter www.pageundturner-verlag.de

Um die ganze Welt des
GOLDMANN Verlages
kennenzulernen, besuchen Sie uns doch
im Internet unter:

www.goldmann-verlag.de

Dort können Sie
nach weiteren interessanten Büchern ***stöbern***,
Näheres über unsere ***Autoren*** erfahren,
in ***Leseproben*** blättern, alle ***Termine*** zu Lesungen und
Events finden und den ***Newsletter*** mit interessanten
Neuigkeiten, Gewinnspielen etc. abonnieren.

Ein ***Gesamtverzeichnis*** aller Goldmann Bücher finden
Sie dort ebenfalls.

Sehen Sie sich auch unsere ***Videos*** auf YouTube an und
werden Sie ein ***Facebook***-Fan des Goldmann Verlags!